KB272692

엠퍼러 5

김지현 판타지 장편 소설

초판 1쇄 찍은 날 § 2003년 9월 29일
초판 1쇄 펴낸 날 § 2003년 10월 9일

지은이 § 김지현
펴낸이 § 서경석

편집장 § 문혜영
편집책임 § 권민정 · 유경화
마케팅 § 정필 · 강양원 · 이선구 · 김규진 · 홍현경

펴낸곳 § 도서출판 청어람
등록번호 § 제1081-1-89호
등록일자 § 1999. 5. 31
어람번호 § 제1-0422호

주소 § 경기도 부천시 원미구 심곡1동 350-1 남성B/D 3F (우) 420-011
전화 § 032-656-4452 팩스 § 032-656-4453
http://www.chungeoram.com
E-mail § eoram99@chollian.net

© 김지현, 2003

값 8,000원

ISBN 89-5505-832-2 04810
ISBN 89-5505-642-7 (SET)

5
뤙의 나

김지현 판타지 장편 소설

엠퍼러
Emperor

도서출판
청어람

나의 딸

목차

9장

반란

시에라는 생각보다 꽤 버티고 있었다.

그 이유는…….

"시에라의 병력이 12만이 넘다니… 애초에 우리의 예상을 훨씬 넘는 수가 아닌가."

"너무 흥분하시면 안 좋습니다."

"이게 흥분 안 할 일이오. 대체 지금까지……."

내가 시에라를 못 믿고 있었듯이 시에라 역시 날 믿고 있지 않았던 거다.

그 증거로 시에라가 말해 준 자신의 병력과 실제 병력이 배 이상 차이가 났다. 그리고 물자 역시 생각 이상으로 준비해 두고 있었다.

아마 나와 다시 대립할 때를 대비해서 숨겨두고 있다가 더 이상 숨길 수가 없어서 드러낸 것이겠지. 아니면 이걸 예상하고 있었거나.

나야 시에라에게 빌려준 세실리아 덕분에 어느 정도 알고 있던 일이지만 세실리아도 생각 이상으로 유능한 것 같단 말야. 하여튼 시르 공작과 시에라의 현재 상황은 이렇다.

시에라의 병사 수를 잘 몰랐던 덕분에 적은 수로, 한마디로 원래 알고 있던 약 7만의 수를 제압할 병력만을 데리고 갔던 시르 공작은 처음에는 크게 당했다.

따지고 보면 처음부터 충분한 수의 군대를 데리고 갔으면 될 일이고 또 그게 당연한 한 일이니 이런 경우가 오히려 우스운 일이지만. 아주 한심한 말이지만 아무도 그렇게 대군을 끌고 갈 생각을 안 했던 거다.

바보 같은 일이기는 하지만 이건 귀족끼리의, 그것도 꽤 힘있는 귀족끼리의 연합 전선이라서 일어난 일이다. 누가 자신의 사병을 기꺼이 내놓았겠는가. 얼마의 피해가 생길지 모르는데.

그렇게 서로 되도록 안전하게, 손실을 최소화하고 싶어서 최소한의 인원만 내놓으려 해서 일어난 일이었던 셈이다. 그 덕분에 시르 공작은 큰 피해를 입었고 그 후 함께 간 귀족들을 닦달해서 군을 끌어 모았다. 아무리 힘이 있네 해도 시르 공작만큼은 아니었으니까 모두 눈치를 보다가 군을 내놓은 모양이었다.

그렇게 사병들과 동원 가능한 병력을 모두 동원해서 시에라를 공격하고 있다.

그에 더 이상 자신의 히든카드를 숨기고 있을 수 없었던 시에라는 전 병력을 보여주었다. 그리고 자신의 성—지금은 요새로 쓰고 있지만—주변에 설치했던 트랩 역시 이제 다 파괴된 상태. 순수하게 힘으로 겨룰 수밖에 없게 되었다.

지금은 팽팽한 대치 상황.

덕분에 지금처럼 거의 매일같이 긴급 회의가 열리고 있다.

그래 봤자 말만 '긴급'일 뿐 결론나는 것도, 제대로 토론하고 있는 것도 없지만.

나로서는 이럴 바에야 이 시간에 각자 할 일이나 했으면 싶긴 하지만, 그래도 저 대신이라고 있는 것들은 그저 가만히 있을 수는 없는 모양이었다.

매일같이 와서 '국가의 위기' 니 '반역자들을 치기 위해 더 힘을 써야 한다' 느니 하며 쓸데없는 말들만 떠들어대는 꼴이라니… 거기다가 매일 하는 말이 거기서 거기이고, 아무 결론도 나지 않는다. 그런 주제에 매일 나도 참석해 달라고 하고. 물론 시르 공작이 없는 지금 나에게 매달리는 건 이해가 가지만, 귀찮을 뿐이다. 내가 제대로 실권을 잡은 상황이라면 모르지만 지금은 어차피 시르 공작이 오면 다시 물러나야 하는 상황이기에.

"이제 다들 할 말은 없는가."

"폐하……."

우물쭈물하는 모습들이 마음에 안 든다. 대부분이 시르 공작이 권력을 쥐게 되면서 대신이 된 녀석들이다.

시르 공작은 원래 이 자리에 있던 녀석들 대부분을 몰아낸 뒤 자신을 따르는 자들을 앉혔다. 조종하기 쉽게 수동적인 녀석들로만 앉혀놓은 덕분에 뭔 회의를 해도 제대로 진행된 적이 없다. 어차피 자신의 생각을 밀고 나가기 위해 형식적으로만 구성해 놓은 셈이다. 덕분에 이렇게 시르 공작이 아무 말도 전하지 못하는 상황에서는 다들 우왕좌왕할 뿐.

예전에 있던 대신들은 레비스가 제대로 된 정치를 위해 앉혔던 녀석들이어서 쓸 만했는데 말이야. 아마 다들 집 안에서 근신 중이라지? 몇몇은 수도 밖으로 쫓겨났고. 물론 힘이 강한 하네인 후작과 사이라 후작, 그리고 미스트 백작은 그대로 있지만 그들은 이런 데 관심도 없는 것 같으니…….

"매일 입으로만 떠들지 말고 뭔가를 해보는 게 어떻겠소."

그렇게 차가운 말을 한 나는 바로 회의실을 나와 버렸다.

계속 앉아 있어봤자 짜증나는 일들일 뿐일 테니. 그렇지 않아도 시르 공작이 전선으로 가버린 뒤에는 생각대로 일이 풀리지 않아 스트레스만 쌓여가고 있었다.

시르 공작이 직접 나갔으니 전쟁 상황을 전처럼 마음대로 조작할 수는 없었다. 하려고 마음만 먹으면 할 수 있기는 하지만 글쎄… 난 쓸데없는 데까지 위험을 무릅쓰고 싶지는 않다. 게다가 지금은 시에라 쪽에서 이미 히든카드들을 전부 내보인 상태. 이 상태에서 시에라가 뭔가 더 할 수 있을 리가 없으니 더 더욱 도와줄 생각이 없다. 난 좋아하지도 않는 녀석과 같이 망하는 취미는 없다.

스라트 쪽도 복잡하기는 마찬가지였다. 융통성이 없어도 너무 없는 켈벤 백작은 스라트의 전쟁을 최대한 끌어달라는 내 부탁을 완전히 잊어버린 것 같았다. 갈 때야 '폐하의 명령이시니 따르겠습니다' 라는 태도였지만, 가서 보니 전쟁의 참상 때문에 내 부탁은 한구석으로 사라져 버린 거다.

틀림없이 말이다.

전쟁 때문에 죽지도 못하고 뒹굴고 있는 난민들이 눈에 밟혀서 빨리 끝내야 한다는 사명감에 휩싸여 버렸을 거다. 무인치고는 성격이 꽤 여린 사람이니까.

그래, 그걸 예상했어야 되는 건데 어째서 켈벤 백작의 성격을 잊었던 건지… 나 자신이 조금 한심해지기도 한다.

시르 공작이 수도를 비우는 것까지는 내 생각대로 척척 풀렸는데 말야. 너무 일이 잘 풀린다고 마음을 놓는 게 아니었어. 내가 준비를 마칠 때까지 시간을 끌 수 있으려나 모르겠군 그래.

그렇게 생각하는 사이 집무실로 와버렸다.

별로 오고 싶지 않기는 하지만 시르 공작이 수도에 없는 덕분에 서류들의 절반이 다시 내 차지가 되어서 일을 해야만 한다. 무능한 대신들 덕분에 말이다.

사실 시르 공작이 자리를 좀 비웠다고 해서 내가 '일'을 하게 될 수 있을 리가 없는 일이다. 하지만 지금 있는 그 대신들은 시르 공작이 없는 사이 자신들이 '일'을 처리 못해 허둥거리다가 거의 모두 레비스에게 떠넘겼고 덩달아 나에게도 서류가 오게 된 거다.

서류를 보는 순간 얼마나 황당하던지.

시르 공작이 실권을 잡고 있으니 내가 '일'을 하게 될 리 없다고 생각하고 있었기 때문에 정말 황당했다. 하지만 그들은 어쩔 수 없다고 생각하는 모양이었다.

시르 공작이 없는 지금은 나에게 붙는 게 더 좋다고 생각한 거라 생각하지만… 알 수 없는 일이다.

내가 그들의 입장이라면 아무렇게나 처리하더라도 나에게 서류를 맡기지 않을 텐데. 어째서 그들은 이렇게 행동하는 건지…….

아무 생각 없이, 무능해서 이러는 거라면 시르 공작은 어지간히 주변에 인재가 없는 사람이라는 뜻이겠지. 자신이 조금 자리를 비웠다고 해서 아무것도 못하고 적이 누군지도 구분 못하는 녀석들을 쓸 정도라면.

그게 아니라면 내가 시르 공작의 뜻에 반(反)할 일을 하지 않을 거라고 굳게 믿고 있는 중인지도 모르겠군. 정말 그렇다면 너무 어리석은 자들이다. 어떻게 해석해도 시르 공작은 그 정도로 믿을 만한 사람이 없다는 말이 되는군. 참으로 안된 일이로군.

집무실 안에는 가득히 쌓인 서류와 루이스 자작이 날 기다리고 있었다.

"오셨습니까."

"그래."

대충 인사를 받아주고는 서류에 파묻혔다.

루이스 자작은 그저 날 보고 있을 뿐 아무것도 하지 않는다.

루이스 자작이 내 보좌로 와 있다고는 하나… '일'은 전혀 못한다. 내 '감시'가 일인 사람이라서인지 아니면 상업에 종사하던 사람이어서인지 이런 쪽의 일은 전혀 못했다.

처음에는 보좌로 왔으니 도울 수 있겠지라고 생각해서 시켰었다. 하지만 한두 번 지켜본 결과 차라리 나 혼자 고생하는 게 더 낫다는 판단을 내렸다.

아무리 '보좌'가 아니라 '감시'를 위해 왔다고는 하지만 이렇게 못할 수 있을가 싶은 정도였으니까.

하여간 루이스 자작은 도움이 안 돼. 그렇다고 날 제대로 감시할 능력이 있는 자도 아닌데 왜 시르 공작은 루이스 자작을 붙여준 건지 원.

한참을 끙끙거리고 나서야 대충 일이 끝났다.

그런데 일을 하다 보니 웃음이 나왔다. 아마도 지금 한참 전쟁터에서 땀을 흘리고 계실 시르 공작께.서.는. 내가 이러고 있다는 걸 전혀 모를 거라는 생각이 들었던 거다. 아니, 다시 내가 인장을 들고 모든 결정을 내리고 있다는 걸 알고는 있을 거다. 다만 알고 있다고 해도 손을 쓸 수가 없는 거겠지.

자신의 대리로 움직일 수 있는 카난 공작은 지금 같이 전쟁터에 있지, 여기 있는 녀석들은 전부 스스로 머리를 쓸 수가 없을 정도로 구제 불능인 녀석들이니까.

마치 병아리가 어미를 찾고 있는 것처럼 우왕좌왕하면서 '어떻게 해, 어떻게 해'라고 해대는 듯한 느낌이다. 누군가가 도와주기만을 바라면서 멍하니 손 놓고 있는 거다. 어리고 귀여운 놈들이 그러고 있으면 웃으면서 봐줄 수도 있겠지만 다 꽤 나이가 있는 녀석들이라서 '저 멍청이들!' 이상의 반응이 나오지 않을 상황이다.

그러니 명령이 제대로 전달되고 있지 않겠지.

하지만 만약… 그들이, 대신들이 나에게 서류를 맡긴 것 역시 시르 공작의 지시라면…….

순간 머리 속을 스친 생각에 한기가 들었다.

그렇다면 지금 내가 준비하고 있는 것 역시 예상하고 있을 터였다.

정말 모든 것이 시르 공작의 지시라면 공작은 무엇 때문에 이런 지시를 내렸을까?

거기까지 생각하던 난 억지로 웃음을 지었다.

"아니겠지. 이건 과민 반응이야."

고개를 흔들며 중얼거리자 루이스 자작이 고개를 갸웃했다.

"예?"

"혼잣말일세."

내 말에 루이스 자작은 이상하다는 듯한 표정을 짓더니 이내 고개를 돌렸다.

잊자. 시르 공작이 뭔가를 계획한다고 해도 지금 어쩔 수 있는 게 아니니까. 계속 거기에 신경을 쓰면 아무것도 못하게 된다.

난 자리에서 일어났다.

"……?"

루이스 자작은 의아한 표정을 짓더니 이내 따라 일어났다.

그 모습에 난 순간 아주 조금 불쾌해졌다.

루이스 자작은 시르 공작이 전쟁터로 가버린 이후 임무를 더 확실히 할 생각인지 내가 가는 곳마다 따라다니고 있었다. 덕분에 내 활동과 말에 제약이 생겨서 불편하기 그지없다.

"또 따라나설 생각인가?"

"그렇습니다. 설마 제가 들어서 안 좋은 일이 있으신 것은 아니겠지요."

게다가 최근에는 저런 식으로 은근히 압박을 넣는 기술까지 익히고 있어서 떼어놓고 가기가 힘들었다. 점점 능구렁이처럼 되어가고 있다고 할까. 아니면 본색을 드러내고 있다고 할까.

"상관은 없네만."

결국 탐탁지는 않지만 데리고 가게 된다.

뭔가를 하려면 이 루이스 자작부터 치워야 할지도 모르겠군 그래.

*   *   *

시에라는 손톱을 잘근잘근 깨물고 있었다.

뜻하지 않은 사태 때문에 머리가 아파온 것이다.

어째서 스라트의 내전에 군대가 가게 되었는지 알 수가 없었다. 아무리 속국이라지만 지나친 내정 간섭은 절대 없었었는데 말이다. 그리고 가면 가는 거지, 어째서 거의 모든 군대를 투입했는지 모를 일이었다. 이건 완전히 돕는 입장이 아니라 정복하러 간 거나 다름없는 모습이었다.

그렇게 국가 정규군이 모두 가버린 덕분에 이쪽에는 귀족들의 군대가 들이닥쳤다. 귀족들이 나름대로 키운 사병들이.

"후우……."

시에라의 입장으로는 한숨이 나올 수밖에 없는 상황이었다. 앨리언과의 계약이 틀어지기 시작한 것이다. 아니, 이미 완전히 틀어져 버렸다고 할 수 있는 상황이었다.

애초에 앨리언은 자신의 안전과 샤이나의 목숨을 대가로 대치 중인 군대의 정보를 주고 또 대규모의 병력이 시에라에게 가지 않게 손을 써주기로 했었다. 물론 서로를 완전히 믿고 한 계약은 아니었지만 서로 어느 정도 선까지는 그 계약을 지켰었다. 앨리언이 세실리아를 보낸 것, 그리고 시에라가 샤이나를 보내준 것이 그 증거였다.

그랬는데… 지금의 상황은 계약과 완전히 다르다.

현재 대치 중인 군대는 국가 정규군이 아닌 귀족들의 사병.

정상적으로는, 상식적으로는 절대 있을 수 없는 일이다.

군대가 아닌 사병이라니…….

시에라 자신은 지금 이 행위가 절대 ‘반역’이라고는 생각 안 하지만 일단은 수도에 의해 반역자라는 이름이 붙은 자신을 치는 일이다. 그런데 지금 저들은 군대가 아니라 몇몇 귀족들의 사병들이다. 귀족들의 영지나 지키면서 지내는 정규군이 아닌 이들.

절대 있을 수 없기에 생각도 해보지 않은 상황에 시에라는 한숨을 내쉬었다. 어째서 이런 사태에 직면하게 되었는지는 알 수 없지만 좋지 않은 상황이라는 것만은 아주 잘 알고 있었다.

국가 소속의 군대가 아닌 만큼 앨리언의 명령이 제대로 받아들여지지 않을 것이다. 은밀한 지시도 내리기 힘들 테고.

‘만약, 아주 만약에 아직도 앨리언이 계약을 준수할 생각이 있다면 말이겠지만.’

절망적인 생각이 들자 시에라는 머리를 흔들었다.

대체 어째서, 앨리언이 대체 무슨 생각으로 군대를 모두 스라트로 보낸 건지 이해할 수가 없었다. 자신과의 계약을 어기는 것만이라면 다른 방법도 많았을 거다. 그런데 왜 하필 군대 자체를 다른 곳에 보내 버리는 방법을 쓴 건지 그 이유를 알 수가 없었다.

혹여 군대가 모두 스라트로 가버린 사이 시르 공작이 자기 자신을 칠 수 있다는 생각은 전혀 하지 않았던 걸까. 그게 아니라도 군대가 교체되는 사이, 그 아주 잠깐 사이에 내가 치고 올라갈 수도 있다는 생각을 안 한 걸까. 왜 굳이 이런 모험을 선택했는지 알 수가 없었다. 더 알 수 없는 건 귀족들이 무슨 생각으로 순순히 자신의 사병들을 이끌고 왔느냐 하는 것이었다. 자신들에게 아무 이득 될 일이 없는 전쟁에 왜 끼어든 건지.

하지만 확실한 건 뭔가 단단히 틀어지고 있다는 거였다.

시에라는 머리가 복잡해지는 걸 느꼈다.

"알 수가 없군."

"쿡. 뭘 알 수가 없다는 거죠?"

자신의 혼잣말에 누군가가 대답하자 시에라는 놀라서 고개를 들었다.

언제 들어왔는지 세실리아가 비웃음이 담긴 눈으로 시에라를 보고 있었다.

요염하게 휘어진 눈이 시에라를 응시했다.

"쿡쿡."

세실리아가 웃자 기분이 나빠진 시에라는 퉁명스럽게 말했다.

"네가 알 바가 아니라고 생각되는데?"

"차가우시기는."

세실리아가 비웃듯이 입꼬리를 올리며 말했지만 시에라는 지금은 일단 참기로 했다.

아쉬운 쪽은 자신이니까.

"그래서… 적에 대한 정보라도 가져온 건가."

"그건 아니에요. 워낙 가드가 철저해서 쉽지가 않아요. 애초에 시르 공작은 자신의 가신 외에 다른 자들에게 이런저런 이야기를 하는 타입이 아니라서 더 힘들어요. 물론 이런 건 알고 계시겠지만."

결론은 아무 정보도 없다는 소리였다.

거의 매일 똑같은 상태.

"제국 최고의 정보력이라는 '그림자' 도 별거 아니로군."

"그게 아닙니다. 우리들의 수장이라면 폐하를 위해서 알아내 올 수도 있지만 전 능력이 조금 모자라서요."

아주 미묘한 말이었다.

시에라가 '황제'가 아니라서 못한다는 건지, 아니면 세실리아 자신의 능력이 모자라다는 건지 알 수 없는 애매한 말.

그 말을 전자로 해석한 시에라는 최대한의 인내심을 발휘해서 억지로 화를 눌러 참으며 으르렁거리듯이 한 자 한 자 내뱉었다.

"그대는 계약을 지킬 생각이 없나보군."

"어라? 이상하군요. 저 나름대로는 열심히 지키고 있는데 말이에요. 제가 여기 있다는 것 자체가 계약의 일부라는 걸 잊으신 모양이죠?"

세실리아가 유연하게 말을 뱉으면서 기분 나쁜 미소를 지었다.

순간 울컥한 시에라가 다시 입을 열려는 순간 작은 노크 소리가 들리고 곧 시에인 자작이 들어왔다.

시에인 자작은 세실리아를 못마땅하다는 듯이 한 번 슥 쳐다보고는 시에라에게 종이를 건넸다.

"어제 말씀하신 것에 대한 보고서입니다."

"음."

시에라는 진지한 표정으로 종이를 받아 들었다. 시에인 자작 역시 꽤나 심각한 표정이었다.

너무 진지해 보이는 둘이 우스운 듯 작게 미소 지은 세실리아는 나가지 않고 가만히 그들을 지켜보고 있었다.

"역시인가……."

"예."

알 수 없는 말에 세실리아는 일단 예.의.상. 궁금증을 표시하기로 했다.

"뭐가 말인가요?"

"알 거 없다고 생각하는데."

“섭섭하군요.”

그렇게 말하고는 몸을 한 바퀴 빙그르르 돌렸다. 그리고 말을 줄줄 늘어놓기 시작했다.

“어제 시에인 자작에게 조사하라고 시킨 거라면, 식량 문제인가요? 아니면 군사들의 사기에 관한 문제이던가요? 전 잘 모르겠군요.”

“너…….”

‘이미 다 알고 있다?’

시에라는 그런 생각이 들어 멍하니 세실리아를 응시했다. 하지만 순식간에 그 눈에는 불쾌함이 가득 담겼다.

“뭘 지껄이고 있는 거지.”

“지껄이다니. 말씀이 조금 심하시군요.”

세실리아는 여전히 장난스러운 목소리로, 재미있다는 듯이 가볍게 말했다. 시에라가 어떤 반응을 보이든 말이다.

“어떤 문제인지 호기심이 생겼던 것뿐이에요. 정보 수집을 위해 와 있는 저에게 시키지 않고 다른 이에게 알아오라고 한 문제가 뭔지 상당히 궁금했거든요.”

그렇게 말한 세실리아는 슬쩍 시에라를 보더니 더 이상은 놀리면 안되겠다고 판단했는지 살짝 목례를 하고는 나가 버렸다.

얄미울 정도로 태연하고 느긋한 태도였다.

탁.

가볍게 문이 닫히는 소리에 시에라는 더욱 화가 끓어오르는 것을 느꼈다.

“저……!”

“진정하십시오.”

적절한 타이밍에 시에인 자작이 말리지 않았더라면, 또 물건을 집어

던지며 소리를 질러댔을지도 모른다.

"흠… 이런 모습을 보여서 미안하군."

"아닙니다. 그나저나 저 여자를 언제까지 성안에 둘 생각이신지요."

노골적으로 세실리아를 향한 적의를 드러내는 시에인 자작의 모습에 시에라는 난처해졌다.

세실리아는 필요한 존재였다. 지금이야 아무것도 안 하고 있긴 하지만 그 정보 수집 능력이 필요했다. 그리고 세실리아는 앨리언과의 계약의 증거나 다름없었기 때문에 옆에 두어야 했다. 이미 그 효력이 없어진 것이나 다름없는 계약이기는 하지만.

"어쩔 수 없지 않은가. 저번에도 말했다시피 그녀의 정보 수집 능력은 꼭 필요해."

"그렇습니까."

저번에 세실리아와 함께 있는 모습을 모두에게 들켰을 때 했던 변명이었다.

정보 수집 능력이 뛰어나서 스카웃해 왔다는 것. 평민 출신이라 예의를 모르니 이해하라는 말과 함께.

앨리언과의 '계약'을 들키고 싶지 않아서 지어냈던 말이다.

누군가와 계약을 했다는 것은 그자의 힘을 빌렸다는 것이고, 남의 힘을 빌린다는 것은 자신이 그만큼 부족하다는 뜻이니… 다른 이들이라면 때에 따라 누군가의 힘을 빌려올 수도 있다고 생각하겠지만, 적어도 시에라는 그렇게 생각했다. 남에게 힘을 빌리는 것은 수치라고.

시에인 자작이 어쩔 수 없다는 듯이 고개를 끄덕이고 간단한 목례를 한 다음 방을 나가고 나자 시에라는 다시 고민하기 시작했다.

"어떻게 한다……."

머리가 아파오고 있었다.

앨리언과의 계약이 어긋나고 있다는 것 외에도 문제는 산처럼 쌓여 있었다. 그중에서도 특히 신경 쓰일 수밖에 없는 것은, 세실리아가 장난스럽게 언급한 식량과 병사들 사기 문제였다.

시에인 자작에게 따로 조사를 시키지 않아도 다 알고는 있었다.

다만 혹시나 다른 결과가 나왔으면 한다는, 그런 어리석은 생각으로 조사를 하라고 지시했던 것뿐이었다. 그리고 당연하게도 결과는 예상과 같았다.

아니, 어쩌면 예상보다 더 나쁠지도 모른다. 이렇게 감정이 쌓이게 되면 자칫 갑자기 터져 버리는 수가 있으니까.

병사들의 수가 수인만큼 성에 비축해 놓은 식량은 빠른 속도로 소모되고 있었다. 이대로 간다면 3개월 정도밖에 버티지 못할 것이다.

'3개월 이상이나 농성전을 하게 될 거라고 생각해 본 적이 없는데…….'

시에라는 씁쓸한 미소를 지었다.

앨리언이 도와주는 틈을 타서 군대를 일으키고 저 바깥에 있는 자들이 말하는 '반역'을 선언한 다음 바로 치고 올라갈 생각이었다.

앨리언이 도와준다고는 하나 어디까지나 자신의 목적을 위해서일 테니 어느 정도 이상은 돕지 않을 게 뻔하다는 건 아주 잘 알고 있었다. 그러니 앨리언이 계약한 것 이외에는 손을 쓰지 못하도록 되도록 빨리 진격해야만 했다.

그런데… 자신의 머리 속에 펼쳐지던 상상이나 작전과 현실은 꽤나 달랐다.

처음에는 완벽하게 수도 귀족들의 허점을 찌르는 데 성공했었다. 그런데 마치 미리 준비가 되어 있었던 것처럼 시에라의 군이 성을 나가기 전에 선발대가 먼저 도착했다. 분명 수도의 인물 중 유일하게 알고 있었던 앨리언이 따로 군대를 움직이는 것 같지는 않았었는데 말이다.

그래서 뭔가 수상하다는 생각에 밖으로 나가지 않았었다. 선발대 자체는 위협적이지 않았지만, 너무 빨리 군이 도착해서 잠시 조심한다는 것이 성을 나서는 타이밍을 늦추게 만들어 버렸다. 그렇게 시에라가 머뭇거리는 사이 본대가 도착했고…

그리고 시작된 농성전.

이렇게 한번 농성전이 시작되면 쉽게 끝날 수가 없는지라 지금까지 발이 묶여 있었다. 원래 계획대로라면 이미 많은 지역을 장악했어야 했다. 그럼 그 지역에서 식량을 가져올 수 있었을 텐데…….

"어째서 이렇게 된 건지……."

시에라는 고개를 저었다.

순간 시골 영지에서 황실의 군대에 포위되어 '안전히 모셔지고' 있을 두 딸이 생각났지만 시에라는 생각을 털어버렸다.

어차피 그들이 원한 결과일 테니까.

자식이니 조금 걱정이 되는 건 어쩔 수 없지만.

＊　　　　＊　　　　＊

그 무렵, 시르 공작의 진영은 작전 회의 중이었다.

"도대체 언제까지 이런 대치 상황을 이어갈 생각이지?"

회의는 시르 공작이 같이 온 귀족 중 한 사람을 질책하는 것으로 시작했다.

"죄송합니다."

그 외에는 할 말이 없는 듯 고개를 숙이고 있을 뿐이었다.

시르 공작은 신경질적으로 머리를 쓸어 올리며 서성이기 시작했다. 시르 공작의 초조함은 극에 달하고 있었다. 이렇게 시간을 보내고 있는 순간에도 수도에서 그 앨리언 황제는 자신의 일을, 그러니까 자신을 몰아낼 방법을 진행하고 있을 거라는 생각에 더욱 초조해지고 있었다.

게다가 수도에 있는 멍청한 대신들이 자신의 의지와는 약간 다르게 움직이고 있다는 것 역시 그 초조함을 더해주고 있었다.

"아무리 농성 중인 자들을 순식간에 제압하기 어렵다지만, 벌써 이렇게 대치한 지 한 달이 다 되어가고 있어. 언제까지 이런 상황에 있어야 하지? 하루라도 빨리 수도로 돌아가야 한단 말이다. 그렇게들 무능한가."

시르 공작의 억지와 같은 말에도 다들 아무 반응이 없었다.

상관이 조금 신경질 부린다고 해결할 수 있는 문제 같았으면 이미 해결했을 것이다.

하지만 이건 그럴 수 없는 문제. 그저 그들은 시간이 빨리 가기만을 기다리는 상황이었다. 무엇보다 그들은 자신의 피해가 더 이상 커지지 않기만을 바라고 있으니까 더 더욱 해결하기 힘들었다.

"하지만 저희보다는 시에라 측이 훨씬 힘들 것입니다."

"맞습니다. 이제 조금만 더 시간이 지나면⋯⋯."

"대체 언제까지!"

시르 공작이 뻑 소리를 질렀다. 그리고 머리가 아픈 듯 손으로 이마를 누르면서 자리에 앉았다.

시르 공작 자신도 소리를 지른다고 해결될 문제가 아니라는 건 잘 알고 있었다. 다만 이렇게라도 하지 않으면 화를 참을 수가 없을 뿐이었다.

화풀이로 소리를 지른 시르 공작은 화를 가라앉히기 위해 눈을 잠시 감았다 호흡을 고르고 천천히 눈을 떴다.

시르 공작이 진정하는 듯하자 보고만 있던 카난 공작이 생긋 웃으며 말했다.

"자, 그럼 회의를 시작합시다."

"카난 공작."

"왜 그러시죠, 시르 공작."

시르 공작은 문득 생각난 것이 있어서 불렀다가 카난 공작이 약간 비꼬는 어조로 대답하자 마음에 들지 않아 눈살을 찌푸렸다. 최근 들어 자신을 대하는 태도가 달라진 카난 공작의 태도가 불쾌했다. 오랫동안 알고 지내면서 한 번도 보지 못했던 모습이어서인지 마치 뭔가 꾸미는 것 같은 느낌을 풍기고 있었다. 시르 공작은 그저 낯선 모습이어서 그러려니 생각하며 쓰게 웃었다.

"회의 후에, 잠시 이야기를 했으면 하는데……."

"알겠습니다, 시르 공작."

갑자기 '시르 공작'이라고 정식 호칭을 붙이는 것도 이상했다. 예전이라면 '언니'라고 부르며 살갑게 굴었을 카난 공작이 이번 출전을 기점으로 태도가 싹 바뀐 것이다. 물론 예전의 그 호칭을 좋아했던 건 아니지만, 갑자기 바뀐 모습이 신경 쓰이는 건 사실이다.

시르 공작은 그런 카난 공작의 모습이 이상하게 불안하게 느껴져서 더욱 불쾌해졌다.

간신히 시작된 회의지만 별 내용은 없었다, 항상 그렇듯이.

"조금만 더 시간을 끌면 될 겁니다."

"시에라는 오래 농성전을 할 수 없을 테니."

"괜히 위험을 감수할 필요는 없을 겁니다."

"그렇습니다. 무엇보다도 피해가 최소화되게끔 노력해야 합니다."

괜히 위험하게 싸우지 말고 시에라가 스스로 나오기를 기다리자는 말들. 그걸로 회의는 끝이었다. 늘 똑같은 모습에 시르 공작은 이를 갈았다.

"무능한 것들."

으르렁거리는 듯한 말에도 카난 공작은 얼굴에 미소를 지우지 않았다.

하지만 아까의 수상한 미소와는 달리 뭔가 재미있어하는 기색이 가득한 미소였다.

"너무 화내지 마십시오. 저들의 말처럼 가만히 있어도 될 일에 괜한 위험을 감수할 필요는 없지 않습니까."

카난 공작의 태연한 태도 역시 시르 공작의 눈에 거슬렸다. 낮게 혀를 찬 시르 공작은 차가운 표정으로 상대를 응시했다.

"그럼, 이제 하실 이야기가 무엇인지 여쭈어도 될까요?"

묘하게 거슬리는 어조. 마치 비꼬는 듯한 느낌의 억양에 시르 공작은 미간을 모았다. 하지만 카난 공작은 전혀 신경 쓰지 않고 생글거리며 웃고 있을 뿐이었다. 마치 시르 공작 따위는 자신에게 아무런 영향도 주지 못한다는 듯이.

"최근 수도의 동향을 알고 있지?"

"수도의 동향이라니. 마치 저와 우리 제국의 수도가 적이라고 이야기하시는 것 같습니다만?"

"리레이너 프 카난!"

"이런이런, 왜 그리 노려보십니까? 틀린 말은 아니라고 생각합니다만."

물론 틀린 말은 아니었다. 어디까지나 겉으로는 말이다.

자신이 몸담고 있는 나라의 수도가, 중앙이 적일 이유가 없으니까. 반역자와 싸우면서 수도의 동향까지 신경 쓸 이유는 없다.

하지만 시르 공작은 달랐다.

시르 공작은 지금 황제와 대립 중이다. 이제는 예전과 달리 아주 노골적으로 서로를 적대하고 있다. 그런데 이럴 때 어처구니없게 자신의 사병과 그리 친하지 않은 자들의 사병들을 이끌고 원치 않은 전쟁을 하고 있는 중이었다. 하루라도 빨리 돌아가고 싶고, 또 그래야 하지만 다들 자신의 생각을 따라주지 않는 상태. 덕분에 기분은 계속 하향 곡선을 그리고 있었다.

그런데 카난 공작까지 비꼬는 듯한 말을 하며 자신을 불쾌하게 하고 있었다.

"몰라서 하는 말은 아닐 텐데."

"글쎄요."

살짝 미소 지으면서 대답한다.

그런 태도에 시르 공작은 짜증이 나는 걸 느꼈다.

그 황제는 자신에게 빼앗긴 것을 되찾으려 할 터였다. 앨리언은 당연히 자신의 손에 있어야 할 것을 다른 이에게 빼앗기고도 멍하니 바라보는 멍청이는 아니니까. 그러니 자신이 자리를 비운 사이 황제의 움직임을 경계하는 건 당연한 일이다. 그걸 다 알면서도 모른 척 대답하는 모습이 정말 마음에 들지 않았다.

그런 시르 공작의 기분이 얼굴에 조금 드러나자 카난 공작은 난처해하는 미소를 지었다. 계속 이 화제를 거론한다면 시르 공작이 정말로 화를 낼지도 모르겠다는 생각에 방긋이 웃으며 아까의 일을 입에 담았다.

"하지만 시르 공작님, 저들을 너무 다그치는 건 안 좋을 텐데요. 저들은 당신의 가신이 아니라 다들 나름대로의 작위와 지위를 가진 귀족들입니다. 화풀이는 안 좋습니다. 설마 그 점을 모르실 거라고 생각하지는 않습니다만?"

"아……."

시르 공작은 그제야 정신이 드는 것 같았다.

확실히 실수였다, 자신의 초조함을 모두에게 보인 것은.

그것도 요사이 매일같이 짜증을 부렸지 않은가. 이건 마이너스가 될 일이었다. 내심 '시르 공작은 별로 믿을 수 있는 사람이 아니다' 라고 평가할지도 모를 일이니까. 그런 식으로 평판이 떨어지면 상당히 곤란하다.

"후… 어쩔 수 없지."

하지만 지나간 일을 잡고 통탄할 정도로 아쉬운 일은 아닌지라 시르 공작은 이내 마음을 가라앉히고 똑바로 카난 공작을 응시했다.

"그보다… 카난 공작, 최근 이곳에 옴과 동시에 카난 공작의 태도가 변한 이유가 궁금한데, 말해 줄 수 있나?"

"음? 아아… 그게 신경 쓰이셨던 건가요?"

카난 공작은 내심 시르 공작을 어리석다고 비웃으면서도 어디까지나 겉으로는 부드러운 어조로 입을 열었다.

"신경 쓰이게 했다면 죄송해요. 하지만 저도 대공작가의 가주이고, 어머니이며, 저희 카난 일족의 책임자이니만큼 앞으로는 태도를 바르게 해야겠다고 생각했을 뿐입니다. 전 시르 공작님이라면 전혀 신경 쓰지 않으실 거라 생각했었는데, 그렇게 결심하고 행동으로 옮긴 시기가 좀 미묘해서 신경이 쓰이게 했나 보군요."

한 번의 망설임도 없는 말.

매끄럽게 말하고 있지만 뭔가 미묘하게 거슬렸다. 마치 잘 짜여진 극본의 한 부분을 읽고 있는 것 같은 매끄럽고 망설임없는 말이 신경을 자극했다.

"그런가."

"예."

그래도 상대가 카난 공작이니만큼 굳이 걸고넘어질 이유가 없다고 생각한 시르 공작은 고개를 끄덕였다. 게다가 카난 공작이 뭔가를 꾸민다면 수도에서 일이 벌어질 테니까 크게 신경 쓸 필요는 없다고 생각했다. 로레타와 루이스 자작이 수도에서 전해주는 소식은 조금도 달라지지 않았으니 괜찮으리라 판단했다.

그렇게 생각한 시르 공작은 의자에서 몸을 일으켰다.

"피곤하니 쉬겠다."

"그러시죠."

카난 공작은 가볍게 목례를 했다. 시르 공작이 몸을 돌리자 사근사근하던 미소는 간데없이 카난 공작은 상대가 나가는 뒷모습을 비웃는 듯한 표정으로 지켜보았다. 그리고 이내 자신의 막사로 걸음을 옮겼다.

카난 공작의 막사 안에는 그녀를 기다리던 작은 인영(人影)이 있었다.

그 인영은 조금 불쾌하다는 눈초리를 보냈다. 카난 공작이 약속한 시간보다 늦게 들어온 것을 탓하고 있는 것이다.

"제가 늦었지요."

"……."

"훗. 하여튼 과묵하시네요. 그럼 이것을."

그 인영은 카난 공작이 한구석에서 꺼내 건네는 종이를 받고는 내용을 확인한 다음 품에 넣었다. 그리고 살짝 인사를 건네더니 공기에 녹아들 듯이 스륵 사라졌다.

"흐음… 내가 잘하는 건가 모르겠군."

잘못해서 일족에게 피해가 가지 않아야 할 텐데라고 중얼거린 카난 공작은 자신의 기분이 꽤 저조해졌음을 느꼈다. 시르 공작처럼 계속 생각만 하다가 신경질적이 되고 싶지는 않아서 뭔가 기분 전환할 거리를 생각했다.

"자, 난 이제 산책이나 나갈까."

한창 적과 대치 중인 상황과는 어울리지 않는 상쾌한 목소리로 카난 공작은 막사를 나가서 자신의 말이 있는 곳으로 향했다.

오랜만에 꽤 멀리까지 가고 싶었다. 전쟁 시에 안 어울리는 일이기는 하지만 카난 공작은 어디에 시에라의 군이 매복해 있는지 아니까 할 수 있는 일이었다.

*　　　*　　　*

루이스 자작까지 따라붙은 산책을 즐기던 앨리언은 점점 짜증이 나는 걸 느꼈다.

"어디까지, 아니, 언제까지 정원에 계실 생각이십니까?"

한동안은 조용히 따라오던 루이스 자작은 이내 뭔가 중얼거리기 시작했다가 5분 간격으로 '그만 돌아가야 합니다' 라는 식의 말을 건네고 있는 것이다.

"루이스 자작, 입 좀 다물고 따라오든지, 아니면 먼저 돌아가든지 하는 것이 어떻겠는가."

결국 인내심이 바닥난 앨리언이 신경질적으로 말하자 루이스 자작은 아주 당당하게, 당연하다는 듯이 가슴을 펴고 대꾸한다.

"전 당신의 곁에 있을 의무가 있습니다."

'의무는 무슨…….'

이라고 생각은 하지만 결국 속으로만 중얼거리고 마는 앨리언이었다.

앨리언은 일단 루이스 자작이 무슨 이유로 있는 건지 아는 만큼 함부로 대하지는 않고 있었다. 겉으로는 말이다.

신경질적인 표정을 하고 있는 앨리언을 보고 있던 제노시아가 일순간 걸음을 멈추었다.

그걸 느낀 앨리언이 이상하다는 듯이 걸음을 멈추고 제노시아를 돌아봤다.

"무슨 일이지?"

"아닙니다, 아무것도."

“그래. 그럼 서재에서 책이나 읽을까.”

제노시아의 모습에 앨리언은 싱긋 웃고는 걸음을 돌렸다.

일단은 자신이 말한 대로 서재로 향한 앨리언은 잠시 고심했다. 분명 아까 제노시아의 반응으로 볼 때 누군가가 자신을 찾아왔을 것이다. 그리고 그 ‘누군가’는 아마도 자신과 이야기하는 것보다 보고가 목적일 테고. 그러니 어떻게든지 만나야 한다.

그러나 지금은 뭔가 하기 전에 루이스 자작의 시선을 떼어놓아야 한다. 물론 꼭 앨리언이 그자를 만나러 갈 필요는 없다. 제노시아만 가서 종이를 받아와도 될 일이기는 하지만 지금같이 불안한 시기에 앨리언을 혼자, 그것도 ‘적’이라고 분류되어 있는 루이스 자작과 둘 수는 없는 일이었다. 루이스 자작이 절대로 허튼짓을 하지 않는다 할 수 없으니.

‘하지만 이건 어쩔 수 없다고 생각해야 하나?

잠시 고민하던 앨리언은 아무 책이나 골라 책장을 넘기기 시작했다. 그러면서 슬쩍 제노시아에게 기대고는 그도 간신히 들을 수 있을 정도의 낮은 목소리로 입을 열었다.

“아까 연락 온 거지?”

제노시아가 작게 고개를 끄덕이는 것이 느껴지자 앨리언은 한숨을 쉬었다. 흘낏, 한곳에서 루이스 자작이 뭔가 불만이 가득한 표정으로 주변을 둘러보는 것을 확인한 앨리언은 여전히 낮은 소리로 명령했다.

“갔다 와.”

“네?”

뜻밖의 말에 제노시아가 꽤 놀랐는지 조금 큰 소리로 반문했다. 그러자 다른 곳을 보고 있던 루이스 자작이 시선을 돌렸다.

한쪽 눈의 눈꼬리가 살짝 올라간 모습이 꽤나 신경 쓰이는 것 같았다.

그 모습에 더 이상 앨리언과 이야기를 나누기 어려울 것 같다는 판단을 한 제노시아는 일단 자신의 판단보다 주인인 앨리언의 명령을 따르기로 하고 슬쩍 문 쪽으로 향했다.

"어머나? 어쩐 일인지 모르겠군요."

루이스 자작도 바보는 아니어서 뭔가 일이 있다는 걸 짐작한 듯했다. 평소 그림자처럼 앨리언의 옆을 지키던 제노시아가 혼자 어디론가 가려는 건 흔한 일이 아니었으니 눈치 못 채는 게 이상한 일이었다.

"뭐가?"

앨리언은 태연하게 대답했지만 루이스 자작은 뭔가 잡았다는 듯이 싱글거리는 표정을 없애지 않았다.

"아무것도 아닙니다. 늘 폐하의 곁에 있던 분께서 갑자기 자리를 피하려 하는 것이 그저 이상하다는 뜻으로 한 말일 뿐입니다."

"아무것도 아니라면 이제부터 조용히 해."

책을 읽으려는 듯한 포즈로 차갑게 말하자 루이스 자작은 일단은 입을 닫았다. 하지만 루이스 자작이 온몸으로 '의심스럽다' 라고 하고 있으니 제노시아가 나가기도 불편한 상황이었다.

'그간 꽤나 눈치가 늘었군. 예전 같았으면 멍하니 있다가 제노시아가 나가고 나서야 뭐라고 말했을 텐데.'

앨리언은 속으로 혀를 차며 잠시 고민했다. 하지만 달리 생각나는 방법이 없었다.

얼마 전과 달리 루이스 자작은 말 그대로 착 달라붙어서 제대로 된 감시를 하고 있으니까. 심지어 뮤리아와 티타임을 가질 때, 그녀가 루이스 자작이 귀찮다며 뭐라고 독설을 퍼부어도 물러나지 않았다. 그리고 눈치뿐만이 아니라 헛소리도 꽤 늘어서 지금 제노시아가 나간다면 이걸 몇 배는 불려서 시르 공작에게 보고할 것이 뻔했다.

'시르 공작에게 정보를 못 가져오네 어쩌네 하면서 질책받았던 모양

이지. 예전에는 쉽게 포기하더니 이젠 아주 귀찮게 따라다니네.'

거기까지 생각을 마친 앨리언은 속으로 한숨을 쉬었다. 밤중에 보고받는다고 해서 그렇게 불편한 건 아니다. 다만 번거로울 뿐.

루이스 자작의 감시가 무서운 건 아니다. 저런 멍청한 녀석의 감시를 무서워 해서야 이런 자리에 앉아 있지도 못하지. 다만 아직은 조용히 있어야 할 때일 뿐.

*　　　*　　　*

남은 식량 문제를 조사한 지 4일째 되던 날.

시에라는 모두를 불러놓고 회의를 시작했다.

"이대로 계속 있을 수는 없다는 걸 잘 알고 있을 거라고 생각하오."

단호하게 말을 꺼내기는 했지만 다음 말을 꺼내기가 망설여진 시에라는 잠시 머뭇거렸다. 하지만 머뭇거린다고 해서 넘어갈 수 있는 일도 아니어서 쓰게 웃으며 조용하게 말하기 시작했다.

"우리 계획이 처음부터 비틀어져 버린 건 잘 알고 있을 거요. 그래서 계속 성안에만 틀어박혀 있게 된 것도. 그리고 더는 이러고 있을 수 없다는 것도."

"……."

다들 아무 말이 없었다.

시에라의 말에 감동해서라거나 분위기에 동화돼서가 아니라 딱히 할 말들이 없을 뿐이었다.

성에 비축해 둔 식량과 화살들은 이미 거의 바닥이었다. 억지로 버틴다고 해도 3개월 이상은 버틸 수 없을 것이다. 그뿐만 아니라, 병사들의 불안감 역시 점점 커지고 있었다. 이 이상 시간을 끄는 것은 이제 무리였다.

가만히 자신을 보고 있는 시선에 시에라는 심호흡을 했다.

일부를 제외하고는 순전히 자신의 이익을 좇아온 이들이긴 했지만 동료들이었다. 그런 이들에게 '실패'라는 말을 하는 건 힘들었다.

"그래서 한 가지 생각을 했소. 따라주겠소?"

진지한 시에라의 말에 모두의 얼굴에 동요의 표정이 나타났다.

동요의 의미는 두 가지였다.

대체 또 상황이 얼마나 나빠졌는가에 대한 불안함과…

"어떤 생각인지 알아야 동조할 수 있는 거라고 생각합니다만?"

아루드 남작처럼 그 생각이 어떤 것인가에 따라 따르겠다는 것.

"아루드 남작, 무례하오!"

늘 그렇듯이 아루드 남작의 약간 빈정거리는 기색의 말에 시에인 자작이 발끈해서 소리쳤다.

하지만 아루드 남작은 뭘 그리 요란한 반응을 보이냐는 듯이 어깨를 으쓱일 뿐이었다.

예전과 같은 모습이기는 하지만 예전처럼 가벼운 장난 같은 느낌이 아닌, 신경질적인 모습이었다.

'역시 한계인 걸까.'

시에라는 지휘층인 아루드 남작이나 시에인 자작까지 눈에 띄게 초조해하는 모습에 불안함을 느꼈다. 지휘관이 이 정도인데 일반 병사들의 사기는 어느 정도일까 생각하니 아무런 가망도 남아 있지 않은 것 같아서 불안했다.

이 중에서 유일하게 전쟁을 즐기는 것 같던 아루드 남작까지 초조함을 내비치고 있으니…

시에라는 억지로 미소를 띠었다. 자신까지 초조해하면 바로 무너질 게 뻔히 보였다.

“둘 다 진정하시오.”

“쳇.”

“추태를 보여 죄송합니다.”

시에인 자작은 예의없는 반응을 보이는 아루드 남작을 노려보았지만 별다른 말을 하지는 않았다.

다시 말다툼을 할 수는 없는 노릇이기에 그렇기도 하지만, 아루드 남작이 초조해하고 있다는 걸 느끼고 있었기 때문이기도 했다.

“아루드 남작의 말도 맞소. 그러니 일단 내 생각을 말하도록 하지. 이대로 있을 수는 없기에 한 가지 도박을 하기로 결정했소.”

“도박이라면… 성공 확률이 낮다는 말씀이십니까.”

“그렇소. 하지만 이것 외에는 다른 방법이 없다고 생각하고 있소.”

시에라가 생각하고 있는 일은 간단한 거였다.

거의 ‘마지막 발악’ 수준이라고 할까.

“그러니까… 총공격이라는 겁니까? 병사들을 모두 동원해서 백병전을?”

“그건 자살이라고 봐도 무방할 정도입니다만.”

“하지만 지금처럼 이렇게 문을 걸고 있을 수는 없지 않겠소. 이 상태 그대로 버틸 수 있는 시간도 얼마 없소. 조금이라도 여유있는 지금 행동하지 않으면……..”

“그렇게 선발대가 왔을 때 몸을 사리기보다 나가자고 하지 않았습니까.”

“이제 와서 그런 말을 하면 뭐 합니까. 일단은 지금 상황이 중요하지요.”

“상대 쪽도 만만하지는 않을 텐데요. 괜찮을까요?”

“차라리 은밀하게 이곳을 빠져나가는 것이 더 나을 거라 생각됩니다.”

“그건 무리입니다. 그렇게 빠져나갈 수 있는 수는 정해져 있어요. 모두

빠져나가지는 못할 겁니다. 그렇다고 병사들을 버려둔 채 저희만 빠져나
갈 수도 없는 일 아닙니까. 그리하면 도망자가 될 뿐일 테니 말입니다.”

이런저런 말이 나오기는 하지만 결론은 하나였다.

“무리입니다.”

라는 것.

예상했던 말에 시에라는 작게 한숨을 내쉬었다.

“그럼 어떻게 했으면 좋겠는가.”

시에라의 그 말에 모두 입을 다물었다.

다른 방법이 있을 리가 없다. 현 상태를 그대로 유지해서 결국 항복을
하든지, 아니면 총공격을 감행할 수밖에 없다.

“차라리 기적을 기도하는 게 빠를지도 모르겠군.”

“난 신을 믿지 않는다, 아루드 남작.”

아루드 남작은 자신의 혼잣말에 시에라가 차갑게 잘라 말하자 약간 불
쾌한 표정을 지었다. 하지만 아린드 국이라는 나라의 특성상 황족인 시
에라가 신에 대한 언급을 좋아하지 않는 건 당연한 일인지라 별말 않고
속으로만 투덜거릴 뿐이었다.

시에라는 모두를 죽 훑어보았다.

자신, 아니, 리랜스 백작의 가신들로서 오랜 신하의 의무로 따라온 녀
석들과 자신의 이익을 위해 온 녀석들이 대부분이지만 일단은 자신을 믿
고 따른 이들도 있다.

이대로 끝낼 수는 없는 일.

“다들 아무것도 안 하고 이대로 끝내고 싶은 건 아닐 테지.”

“물론입니다, 시에라님.”

“예.”

어차피 물러날 곳은 없었다.

반역이라는 건 지금 와서 그만둔다고 해서 순순히 봐줄 정도로 가벼운 일이 아니니까.

승리 아니면 패배뿐.

이미 거의 패배로 확정이 난 상태이긴 하지만.

어차피 죽을 거라면 비참하게 수도로 끌려서가 참수를 당하거나 하는 것보다 전쟁터에서 죽는 것이 더 나을지도 모른다.

모두의 머리 속에 그런 생각이 떠올랐다.

죽을 정도로 싸워보자고.

"만약 이 포위망을 뚫으신다면, 원래 계획대로 수도 쪽으로 진격할 생각이십니까?"

시에라는 천천히 고개를 저었다.

모두 의외인 듯 웅성거리기 시작하자 시에라는 쓰게 웃었다.

"지금으로서는 수도로 진격한다 해서 이길 수 없다 생각하오. 지금 우리를 포위한 병사들과 수도의 방위 병력에 끼어 죽음을 맞이할 뿐일 테지. 그러니 곧바로 수도로 향하는 것보다 다른 방법을 쓰는 것이 좋지 않겠는가."

"그렇다면 어떻게?"

시에라는 탁자에 펼쳐져 있는 지도에서 현재 위치를 손가락으로 짚었다.

"여기서 남으로 가면 항구 도시가 있소. 거기라면 요새로 세워진 곳이 아니니 방어도 허술할 터. 쉽게 점령할 수 있을 것이라 생각하고 있소."

"과연… 항구라면 물자의 운송이나 교통이 편리하니까요. 지금처럼 궁지에 몰리지는 않겠지요."

다들 찬성하는 분위기가 되자 시에라는 만족스럽게 고개를 끄덕였다.

"그럼 자세한 결정을……."

"그런데… 그 세실리아인가 하는 사람은 지금 어디 있습니까?"

늘 회의실 한쪽 벽에 기대서서 참견해 대던 세실리아가 안 보이는 것에 누군가가 의문을 표시하자 시에라는 자신의 감정을 들키지 않기 위해 안간힘을 쓰며 미소 지었다. 냉정하게 회의를 이끌어야 할 이때 부리는 사람 하나가 말을 듣지 않는다 하여 화내는 모습을 보일 수는 없으니까.

"글쎄, 하지만 애초에 그녀는 회의에 참석할 필요가 없으니 신경 쓸 필요 없소."

그렇게 말하고 계속 회의를 이어 나갔다.

그리고 회의가 끝난 후 자신이 쓰는 방으로 날아가듯이 돌아간 시에라는 바로 책상에 주먹을 내려쳤다.

"제길! 세실리아 녀석!!"

화가 났다.

샤이나가 죽은 이후로 깨진 거나 다름없는 계약이었고, 그래서 세실리아가 제대로 일하지 않아도 전혀 신경 쓰지 않았다.

하지만 기분 나빴다.

모두에게 놀림당한 느낌.

마치 자신을 예쁘게 꾸미게 만들어놓고 자신이 기뻐하고 좋아하는 동안 모두 속으로 비웃고 있는 것 같은 느낌이었다. 자신이 필사적으로 숨기고 있는 걸 다 알고도 조롱하고 있는 듯한 느낌.

"크윽!"

순간 세실리아가 비꼬는 듯이 웃던 모습이 생각나 다시 책상을 내려쳤다.

쾅!

그리고 손톱을 씹으면서 어떻게 해야 할지 생각하기 시작했다.

세실리아는 거의 제대로 '일'을 하지 않고 자신을 놀리는 데만 부지런했지만, 확실히 세실리아가 있어서 편했던 부분이 많았었다. 지금처럼 농성 중에는 바깥의 정보를 거의 알 수 없으니까. 하지만 그것도 이제 끝이었다.

세실리아 역시 더 이상 자신에게 뭔가를 해줄 리도 없지만, 한다 하더라도 이 이상은 곤란했다. 분명히 세실리아는 자신에게 정보를 모아주면서 이쪽의 정보도 앨리언에게 전하고 있을 테니까.

이제부터는 정보를 줄 수 없다. 지금까지는 그나마 '밖'의 정보가 필요해서 옆에 두고 있었지만 이제 필요없다.

그런데…

'내가 필요없어진 건데 왜 이렇게 화가 나는 거지?

그 점이 분했다.

그래서 더 화가 났다.

어째서 이렇게 기분이 나쁜 건지 알 수도 없고 짐작 가는 것도 없었다.

일단 마음을 진정시키려고 심호흡을 하던 시에라는 밖에 지나가던 시녀를 불러 세워 세실리아를 찾아오게 했다.

이제 확실히 말을 해서 보내 버려야 한다는 생각에.

거부한다면 그대로 죽여줄 생각도 있었다.

하지만 세실리아가 사라진 이후의 여파를 생각하면 별로 놓고 싶진 않았다.

지금 밖의 정보를 가져올 수 있는 건 세실리아뿐이니 꼭 필요하긴 하다. 하지만 앨리언을 따르고 있는 '그림자'의 사람을 둘 수는 없다.

한참 시에라가 심각하게 고민하고 있을 때 문이 빼꼼이 열리더니 세실리아가 귀찮다는 표정을 하고 들어왔다.

"부르셨어요?"

귀찮아하는 표정치고는 꽤 명랑한 목소리였다.

"아아, 그래."

"흐음… 무슨 일인가요?"

전혀 흥미없다는 목소리.

마치 '일단은 상관이니까' 라는 의무감으로 묻고 있는 것 같았다.

"그대는 나를 위해 일할 생각이 있는가?"

약간은 오만한 목소리에 세실리아는 재미있다는 표정을 지었다. 그러더니 이내 눈을 가늘게 뜨고는 비웃는 듯한 목소리로 말을 했다.

"갑자기 무슨 말을 하는 건지 모르겠네요. 내가 어디 소속인지 잊으신 건 아닐 텐데요."

"그렇다는 건, 역시 앨리언을 따른다는 건가?"

"후훗. 이제 날 내보낼 때라고 판단하신 모양이죠?"

"길게 말할 필요가 없어서 좋군."

긴장했는지 한 손은 주먹을 꽉 쥐고, 다른 손은 슬쩍 자신의 허리에 차고 있는 검의 손잡이에 가 있었다. 만약의 경우를 위해서 검으로 손을 가져갔지만 그 손은 미세하게 떨리고 있었다.

시에라는 나름대로 필사적으로 당당한 척하며 말하고 있었다. 하지만 검에 손을 가져가는 거나 손이 떨리는 것을 모두 본 세실리아에게는 어른인 척하고 있는 꼬마 같은 느낌이 드는 모습이었다.

실제로는 세실리아 자신이 더 어리지만.

세실리아는 저절로 웃음이 나옴을 느꼈다.

"꽤나 긴장되시나 봐요?"

"무슨 말이지?"

"아무것도."

시에라는 상당히 긴장하고 있었다.

갑자기 세실리아가 공격해 올지도 모른다는 생각에 몸을 긴장시키고 언제든지 반격할 수 있게끔 상대를 잘 보고 있었다.

그 모습을 한동안 가만히 보고 있던 세실리아는 피식 웃었다.

"그럼 잘되었군요."

"뭐라고?"

"아니, 별거 아닙니다. 다만 폐하께서도 그렇게 말씀하셔서요."

그 말에 시에라가 사납게 노려보자 세실리아는 어깨를 으쓱였다, 마치 다 예상하고 있다는 듯이.

"이제 좀 다른 상황을 만들고 싶으신가 보죠? 기꺼이 빠져 드리죠. 저도 여기 있다가 개죽음하기는 싫으니까요."

시에라는 이를 갈았다. 지금 세실리아는 마치 자신이 죽으러 간다는 듯한 말을 하고 있었다. 천한 것 주제에 말이 상당히 무례하다!

"너……."

"그럼."

세실리아가 막 몸을 돌리려는 찰나 시에라가 검을 뽑아 팔을 겨냥해 덤볐다.

"이런."

예상했던 듯 여유있게 피하면서 세실리아는 장난스러운 표정을 지었다.

"뭐라… 했지?"

"개죽음당하기 싫다고."

태연히 말하는 세실리아의 태도에 시에라는 더욱 화가 치밀어 올랐다.

"세실리아, 네 녀석!!"

화가 난 시에라가 검을 휘두르기 시작하자 세실리아는 어쩔 수 없다는 듯한 제스처를 하더니 시에라의 검을 피해 움직이기 시작했다.

챙강!

시에라의 검이 여기저기에 부딪치고 이것저것 깨지는 소리가 들렸지만 둘은 전혀 신경 쓰지 않았다. 아니, 신경 쓸 여유가 없었다.

시에라는 상당히 화가 난 상태였다. 한 번도 맞지 않고 이리저리 잘도 피하는 세실리아 때문에 검을 휘두르면 휘두를수록 화가 났다. 자신을 조롱하듯이 무기조차 꺼내고 있지 않아서 더 감정적이 되어버렸다.

하지만 세실리아로서도 그리 여유있는 편은 아니었다. 늘 그랬듯이 장난 삼아 도발을 했지만 이렇게 화려한 반응을 보인 건 이번이 처음이었다. 아무리 검에 손이 가 있었다지만, 이런 식으로 반응해 올 줄은 전혀 예상하지 못했었다. 게다가 시에라의 검 실력은 꽤 괜찮았기 때문에, 만약 시에라가 지금처럼 냉정을 잃은 상태가 아니었더라면 크게 다쳤을 것이다.

"이런……."

시에라의 검이 아슬아슬하게 얼굴 옆을 스치자 세실리아 얼굴에도 당혹의 표정이 스쳤다.

이렇게 밀린다고 해서 자신이 무기를 꺼낼 수는 없는 일이었다. 무기를 꺼낸다면 그때는 더욱 수습할 수 없게 될 것이다. 그리고 세실리아는 지금 무기가 없었다. 암기로 쓸 만한 투척용 작은 단도라면 몇 개 있지만 그건 최후의 보루. 정말 위험할 때나 쓸 생각이었다.

무엇보다 시에라는 황족, 자신은 '그림자' 의 일원이었다.

아무리 현 황제는 앨리언이니 그를 따르면 된다고 하지만, 그리고 세실리아 자신도 시에라를 그다지 따르고 있지 않는 데다 무례하게 굴긴 했지만 자신들의 주인인 황족의 일원에게 검을 겨눈다는 건 망설여지는 일이었다.

탁!

검이 탁자의 모서리에 박히자 시에라는 움직임을 멈추고 세실리아를 노려보았다.

세실리아 역시 상당히 긴장하고 있었다. 어느 순간에 다시 검을 휘두를지 모를 일이니.

잠시 침묵과 긴장이 흐르고 시에라는 자세를 바로 하며 검을 거두었
다.

"추태를 보였군."

그 말에 긴장이 풀린 세실리아는 미소 지었다. 자신이 긴장했었다는
걸 드러내지 않기 위해 필사적으로 되도록이면 환한 표정을 띠었다.

"마지막 작별 인사인 셈으로 생각하지요. 화려한 인사라 좋군요."

"그러든지."

"그럼……."

방금 같은 사태는 이제 사양인지 이번에는 신경에 거슬리는 말 하나
하지 않고 살짝 목례한 후 나가는 세실리아였다.

밖으로 나온 세실리아는 어깨를 한 번 으쓱한 뒤 곧바로 어떤 방으로
갔다. 자신도 여기 오래 있고 싶지는 않았다. 잠시 뒤적거리더니 두루마
리를 하나 꺼내 들었다. 그리곤 살짝 펼쳐서 내용을 확인한 후 품에 잘
갈무리하고 나서 스크롤을 꺼내 들었다.

세실리아가 천천히 스크롤을 찢자 텔레포트 마법이 발동되어 그녀의
모습은 사라졌다.

시에라는 엉망이 된 방에서 잠시 눈을 감고 가만히 서 있었다. 어째서
그렇게 쉽게 말려들었는지 반성하며 마음을 가라앉히고 있었다.

이 정도까지는 아니었어도 세실리아의 버릇없는 말은 꽤 면역이 되어
있었다. 그런데 마치 '다 죽을 게 뻔하다'라는 식의 말에 그만 냉정을 잃
어버린 것이다.

"한심하군."

시에라는 자신의 검을 꺼내 살폈다. 아까 마구 휘둘러 댔으니 혹시 상
처라도 났을지 걱정되었다.

문득 아까 세실리아가 오기 전에 이유없이 화가 났던 이유를 알 수 있었다.

세실리아가 자신의 마음대로 되지 않는다는 게 불쾌했던 거다. 세실리아와의 관계가 돈으로 사는 용병들보다 더 계약의 끈이 얇다는 건 알고 있었다. 어차피 앨리언과의 단순한 계약이라는 걸 알고 있었어도, 세실리아가 중요한 인물이 아닌데도. 그냥 자기 마음대로 일이 풀리지 않아서 화가 났던 거다.

"나도 참… 어리군."

혼잣말을 중얼거린 시에라는 작게 자조 어린 미소를 지었다.

*   *   *

막사에서 약간 떨어진 한적한 곳에 카난 공작과 몇몇 귀족들이 서 있었다.

낮은 목소리로 무슨 이야기를 나누다가 문득 시에라의 요새가 눈에 들어온 카난 공작은 뭔가 이상하다는 느낌을 받았다.

"뭔가 좀 다른 것 같은데?"

카난 공작이 시에라의 요새를 빤히 보면서 한 말에 옆에 서 있던 귀족은 긴장했다.

"예? 무슨……."

"아니, 그저 해본 말입니다. 그것보다, 나보고 어쩌라는 겁니까? 내 눈에는 차라리 당신들이 나서는 게 더 나아 보이는데 말입니다."

아무 일도 아니려니 넘기면서 묻자 다들 뭔가 어색한 표정들이었다. 서로 눈짓을 주고받다가 한 사람이 결심한 듯이 나섰다.

"하지만 시르 공작께서는 절대 우리들의 말에 귀를 기울이지 않을 거라 생각합니다. 그나마 말을 들어주는 건 당신뿐이지 않습니까."

"그렇다고 하지만 이번 출전은 시르 공작의 생각도 아니었지 않습니까. 이제 와서 돌아가야 한다고 주장해도……."

카난 공작은 지끈거리는 머리를 한 손으로 누르며 말했다.

"황제의 명이셨지요. 하지만 저희는 바보가 아닙니다. 황제 뒤에 시르 공작이 있다는 걸 다들 알고 있습니다. 이건 황명을 가장한 시르 공작의 명령이 아닙니까!"

"시르 공작께서 무슨 생각을 하시고 있는지, 어째서 군대를 쓰지 않고 귀족들의 사병으로 반란을 진압한다는 해괴한 생각을 하셨는지는 모르겠지만 더 이상은 무리입니다."

"이대로 영지를 계속 내버려 둘 수 없습니다. 더 이상 방치해 둘 수는 없어요. 돌아가야 합니다."

다들 꽤 쌓인 것이 많았는지 점점 목소리가 커지고 있었다.

그도 그럴 것이, 반란에 군대가 아닌 '귀족들의 의무'라는 이름으로 그들의 사병을 동원하는 건 정말 전례가 없던 일이고 생각지도 못했던 일이었으니까. 그런 말로 억지로 출병을 해서 그렇지 않아도 귀찮은 판국에 시에라는 항복할 생각이 없어 보이고, 또 시르 공작은 나날이 히스테리를 부리고 있으니 질릴 만도 했다. 게다가 이제 내버려 뒀던 영지도 슬슬 걱정되기 시작할 테니까 돌아가고 싶은 게 당연했다.

카난 공작도 이해는 한다.

"그러니까 시르 공작에게 말하라 하지 않습니까, 저에게 하지 마시고."

다만 그 당사자인 시르 공작이 아니라 왜 자신에게 와서 이러는 건지 짜증이 날 뿐이다.

"하지만 저희들이 말씀드리면 분명……."

"그건 저도 마찬가지입니다."

카난 공작은 그렇게 대답하고 한숨을 내쉬었다.

예전 같았으면 저들은 시르 공작에게 직접 가서 말했을 것이다. 하지만 이제는 시르 공작을 피하고 있었다.

'아무래도 얼마 전까지 말도 안 되는 말을 하며 짜증을 부린 게 원인이겠지만… 꽤 인심을 잃었나 보네.'

초조함이 극에 달한 시르 공작의 히스테리를 생각하며 카난 공작은 고개를 저었다.

"저에게 이러기보다 저 요새를 무너뜨릴 방법을 생각하는 것이 어떨까요?"

"내 사병들을 이런 일에 잃고 싶지 않습니다."

"저도 하스라 백작과 같은 생각입니다. 그 정도의 피해를 감수하고 싶은 생각은 없습니다."

'이런 생각들 때문에 적극적으로 공격을 안 하는 건가' 하는 생각이 들었다. 확실히 수적으로 보면 이쪽이 유리하니 밀어붙이면 이길 수는 있을 것이다. 하지만 피해는 클 것이다.

게다가 이 병사들은 자신들의 '사병'이므로 국가에서 그 피해만큼의 보상을 해주는 게 아니다. 사병이니 자신들이 알아서 그 피해를 메워야 한다.

저 요새를 함락시키려면 죽는 이들도 많을 거고 부상자들도 많아질 테니… 엄청난 피해가 생길 것이다.

그러니 다들 피하고 있는 것이다.

"그러니까……."

카난 공작은 더 이상 이들의 말을 받아주는 데 한계를 느꼈다.

아까부터 같은 말의 반복.

서서히 화가 나기 시작했다. 얼굴은 늘 그렇듯 미소 짓고 있기는 했지만 더 이상 상대하다가는 '상냥함'을 가장하고 있는 가면이 벗겨질 것 같았다.

"전 이만 가봐야 할 것 같군요. 여러분도 오래 자리를 비울 수 없을 테니 이제 돌아가심이 좋겠군요."

한계를 느낀 카난 공작은 다시 뭐라고 하려는 상대의 말을 끊으며 곱게 말하고는 자리를 벗어났다. 어디까지나 예의 바른 태도를 잃지 않으면서. 그리고 자신의 막사로 가려다가 어쩐지 억울하다는 느낌이 들어서 시르 공작이 있는 막사로 걸음을 옮겼다.

얼마 전부터 이어진 이 반란 진압에 참여한 귀족들의 한탄을 들어주느라 꽤 피곤했다. 자신은 이렇게 시달리고 있는데 정작 총사령관이라고 할 수 있는 시르 공작만 편한 모습이 싫다는 생각이 들어서 푸념도 할 겸 시르 공작에게 그들의 의사를 약간 전해줄까 하는 생각이었다.

'하지만… 어찌 보면 당연한 일이지만 의외라고도 할 수 있겠는걸. 전혀 의심하지 않다니.'

다들 하는 말은 '시르 공작이 어째서 귀족들의 사병으로 반란을 진압하려 하는지 모르겠다. 왜 이런 일을 하는 거냐' 라는 것. 분명 얼마 전부터 권세가 시르 공작에게 있기는 했지만, 그러니 이런 결정을 내릴 수도 있는 위치이기는 했지만.

틀렸다. 그 생각은 완전 잘못된 거다. 이번 일은 앨리언 황제가 계획한 것이다. 시르 공작을 수도에서 잠시라도 쫓아내기 위해서.

그런데도 모두 시르 공작의 생각으로 단정하곤 불평하고 있었다. 아마 시르 공작 혼자 그걸 모르고 있을 거다. 다들 시르 공작 앞에서는 아무 불평도 말하지 않으니까.

'만약 이것도 앨리언 황제의 계획 중 하나라면 그는 꽤 무서운 사람

이야.'

카난 공작은 작게 미소 지었다. 시르 공작이 생각 이상으로 고전할 것 같다는 느낌이었다. 그 모습이 기대가 된다고 할까.

시르 공작은 자신의 막사에 없었다.

잠시 고개를 갸웃거린 카난 공작은 이내 회의용 막사로 향했다. 친한 이도 없는 사람이니까 분명 그곳에 있을 거라 생각하면서.

시르 공작은 혼자 회의용 막사에서 시에라의 요새가 그려진 지도를 노려보고 있었다.

그러다가 누군가가 막사로 들어서는 기척에 고개를 돌렸다.

"카난 공작, 무슨 일이지?"

"말씀드릴 것이 있어서 찾았어요."

시르 공작은 늘 그렇듯 약간 오만하게 들리는 목소리로 카난 공작을 맞았다.

같은 작위를 가진 상대에게 약간 기분 나쁘게 들릴 수도 있는 어투다. 하지만 시르 공작의 그런 투의 말씨는 카난 공작에게 거의 일상적인 일이어서 전혀 신경 쓰지 않고 시르 공작이 앉아 있는 곳 근처의 의자에 앉았다.

"무슨 말을 하고 싶은 건가?"

"음… 지금 이곳에 있는 귀족들의 생각… 일까요?"

그 말에 시르 공작은 미간을 찌푸렸다.

별로 마음에 들지 않는 녀석들이었다. 자신들의 사병을 아끼느라, 아니, 사병을 아낀다기보다 돈이 적게 들게 하기 위해서 적극적인 전투 한 번 없이 그저 시에라가 알아서 무너지기만을 기다리려 하는 이들.

그런 생각을 읽었는지 카난 공작은 작게 웃었다. 그리고 아까 들었던 말을 머리 속에서 간략하게 정리했다.

"모두들 더 이상 이곳에 있고 싶어하지 않더군요."

"무슨 뜻이지?"

"아시다시피 뻔한 일 아니겠어요? 영지가 있는 귀족으로서 오랫동안 영지를 비워두고 싶지 않은 게 당연하고, 또 자신들의 사병을 이런 반란 진압에 쓰기 싫어하고 있죠. 다들 이제 돌아갔으면 하더군요."

"나 역시 그러고 싶다. 하나 시에라를 내버려 둘 수도 없는 일이 아닌가."

형식적인 말.

시르 공작도 사실은 상당히 귀찮아하고 있다는 걸 알 수 있는 태도였다.

"그냥 군대를 보내는 게 좋았을지도 몰라요, 저희가 오는 것보다."

"나 역시 반란 진압에 내가 나서게 될 줄은 몰랐다."

"어머? 다른 이들은 모두 사병을 보내자고 한 것이 당신이라 믿고 있는 눈치던데요?"

그 말에 시르 공작이 날카롭게 노려보자 카난 공작은 움찔했다. 시르 공작답지 않은 반응에, 그리고 그 눈빛에 약간 겁을 먹었다고 할까.

그런 카난 공작의 반응에 놀란 건 시르 공작도 마찬가지였다. 늘 능글거리며 웃고 다니던 카난 공작이 딱딱하게 굳어버리는 모습이 의외였던 것이다.

하지만 공작으로서 은밀하게 계획을 세우거나 장난치듯이 혀를 놀리는 데에는 자신있지만, 어린 시절에 시르 공작과 함께 크면서 그녀의 여러 모습을 보아왔던 카난 공작으로서는 방금의 그 눈빛에 움찔하지 않을 수 없었던 것이다. 예전에 그런 모습을 보였을 때 가신의 자식 중 하나가 자신의 말을 듣지 않았다는 이유로 말 그대로 때려죽인 적이 있었으니까.

카난 공작은 그때의 일을 아주 선명하게 기억하고 있었다. 그래서 순간적으로 자신이 하는 일을 들켜 시르 공작이 이런 반응을 보이는 건가 하는 생각이 들어 움찔해 버렸던 것이다.

"후… 다들 그렇게 생각하는 건가?"

"아, 아무래도 그렇겠지요. 실권은 당신께 있다는 걸 모두 알고 있었을 테니까."

시르 공작은 혀를 찼다.

"최근에 시르 공작께서 상당히 흐트러지셨으니까요. 그 이유도 있겠지요."

다시 자신의 페이스를 찾은 카난 공작이 부드럽게 말하자 시르 공작은 맞는 말이라 생각하며 고개를 끄덕였다.

보기 좋게 앨리언의 수작에 걸려 여기에 출전하게 된 것만 해도 상당히 불쾌한 일이었고, 또 다들 몸을 사리느라 싸우지를 않는 것도 불쾌했다. 그리고 더욱이 자신이 여기 있는 사이 앨리언이 멋대로 행동하는 점이 제일 불쾌했다. 시간이 가면 갈수록 앨리언이 자신을 공격할 방책을 쌓고 있을 게 뻔한데 마음대로 돌아가지 않는 상황에 기분이 나빴다.

그 불쾌함들이 쌓여서 초조함으로 바뀌었고 초조함은 화로 바뀌었다. 때문에 지나치게 자신의 감정을 드러내며 몰아붙였다고 시르 공작은 생각했다.

"후… 나 자신부터 진정되어야 할 텐데."

"그것보다 그 초조함으로 시에라의 요새를 공격하는 건 어떨까 생각하는데요."

카난 공작의 제안에 시르 공작은 천천히 고개를 저었다.

“모두가 따를 생각이 없는 것 같아. 혼자 할 수는 없는 일이 아닌가.”

“그야 시르 공작께서 자신의 사병들만 뒤로 돌려놓으시니 그렇지요.”

“뭐라고!”

“다들 그렇게 말하던걸요.”

카난 공작은 자신의 생각을 다른 사람에게 들은 것마냥 태연하게 말하고 있었다.

“ ‘자신의 사병은 피해를 입지 않게 조심하면서 다른 자들의 사병만을 쓰고 있다’ 라 말하고 있던데요. 저도 우연히 들은 말이랍니다.”

그 말에 시르 공작의 표정은 더욱 일그러졌다.

몇 번의 충돌이 있었을 때 자신의 사병들을 후방에 배치했던 건 사실이었다. 하지만 자신의 뒤에서 저런 말을 나누고 있다고?

점점 불쾌해졌다.

“기분 나빠하시지만 말고 조금쯤은 그들의 의사를 반영해 주시는 건 어때요?”

“의사를 반영해 주라… 그들을 돌려보낼 수는 없으니 내 사병들을 앞세우라는 말인가?”

“어쩔 수 없지 않나요? 이 이상 우리끼리 감정이 쌓이면 이쪽이 시에라 쪽보다 먼저 무너질지도 모르잖아요?”

꽤 타당하게 들리는 말이었다.

틀린 말은 아니라는 생각에 시르 공작은 잠시 고심했다.

하지만 카난 공작은 속으로 식은땀을 흘리고 있었다. 평소 자신을 대할 때만은 조금 단순하기까지 한 시르 공작이니 자신의 마음대로 그녀를 움직이게 만들 수 있다 생각하고 있었는데, 아까 노려보던 눈빛 때문에 괜히 긴장해 버린 거다.

잠시 생각하던 시르 공작은 고개를 끄덕였다.

"내가 먼저 위험을 무릅쓴다면 다들 움직일 가능성도 있다 말하고 싶은 건가?"

"예, 맞아요."

시르 공작이 자신이 말하려는 바를 정확히 짚어내자 카난 공작은 미소 지었다. 그리고 잠시 더 배치에 관한 이야기를 나눈 후 시르 공작과 헤어져 자신의 막사로 돌아왔다.

막사에 도착하자 한숨을 내쉬며 침대에 걸터앉았다.

잠시 멍하니 있다가 이내 빗으로 자신의 머리를 빗어 내리던 카난 공작은 종이를 꺼내 열심히 편지를 쓰기 시작했다.

아무래도 '성공' 보고는 해두는 것이 좋을 것이라는 생각이 들었기에.

그렇게 카난 공작이 편지를 쓰고 있을 무렵, 시르 공작은 자신의 막사 침대에 앉아 있었다.

아까 카난 공작이 회의용 막사로 들어오기 전까지 하던 생각을 다시 하는 중이었다. 대체 앨리언이 무슨 생각을 하고 있는 건지에 관해.

자신을 수도 밖으로 보내려 한 점에 관해서는 이해하고도 남는다. 자신이 없어야만 여러 가지 '준비'를 해서 자신과 맞설 테니까. 하지만 방법이 너무 이상했다.

이런 식으로 국내에서 운용할 수 있는 군대 자체를 없게 만드는 방법은 너무 무모하다.

이건 시르 공작으로서는 절대 생각할 수 없는 방법이었다.

혹시나 시에라가 공격해 올지도 모른다는 걸, 정말 순식간에 점령당할 수 있다는 걸 무시한 건 아닐 텐데. 그리고 시에라가 아니더라도 자신이 앨리언을 죽이러 갈지도 모른다는 걸 모르는 건 아닐 텐데… 그런데 어떻게 이렇게 무모한 방법을 선택했을까?

이미 앨리언의 속셈에 넘어가 버렸으니, 그저 '앞으로는 유의해야겠군' 하고 쓴웃음과 함께 넘어갈 수도 있는 일이다. 하지만 그러기에는 뭔가 미심쩍었다. 자신이 모르는 무슨 함정이 하나 더 있는 것 같아서, 이렇게 계속 가면 앨리언이 준비한 또 하나의 함정에 굴러 들어가 버릴 것 같아서, 그렇게 파멸할 것 같은 느낌이 들어서 생각을 멈출 수가 없었다.

계속 생각을 하던 시르 공작은 뭔가 이상한 생각이 들었다.

뭔가가 자신의 생각을 가로막고 있는 듯한 느낌. 분명히 짐작할 수 있는 일인데도 지나치고 있는 듯한 느낌이었다.

'일이 시작되었던 처음부터 다시 생각해 보자.'

지금 군대가 스라트로 가버린 일에서부터 생각하기보다 시에라가 반란을 일으켰던 때부터 다시 생각해 보기로 한 시르 공작은 차근차근 그때의 일을 되짚어 나갔다.

'내 정보망도 결코 얕은 게 아니다. 아니, 얕다 하더라도 누군가가 반란을 준비하고 있다는 정보라면 안 들어오는 게 이상하다. 군대의 대규모 이동이니까. 그런데도 불구하고 시에라가 정식 선전 포고를 하기 전까지는 이 상태를 전혀 몰랐어. 그건 나만이 아니었다. 귀족들 대부분이 모르고 있었어. 그건 누군가가 가려주고 있었다는 말. 그 정도의 힘을 가진 사람이 몇이나 되지?'

답은 단 네 명이었다.

하나는 자신의 밑에 있는 집사 키에르. 그러면 자신에게 오는 정보를 골라 없애 버릴 수 있을 거다, 자신이 알지 못하게. 누가 날 만나려 한다 해도 적절히 잘라 버릴 수 있을 테니 나에게 소식이 들어오는 걸 막을 수 있겠지.

또 카난 공작. 카난 공작의 일족은 꽤 넓게 퍼져서 움직이고 있었다.

또 가주인 카난 공작의 말이라면 절대적으로 들을 터.

세 번째는 루벤트 공작. 머리는 영 아니지만 전쟁이나 군대에 관한 건 확실하게 알고 있다. 그러면 시에라의 움직임을 알고도 '알릴 필요는 없겠지' 라는 생각으로 넘어갈 수 있었을 터.

나머지는… 앨리언 황제. 그의 밑에 있는 '그림자' 는 최고의 정보 기관. 간단한 사실 하나쯤을 가려 버리는 건 일도 아니었을 것이다.

'키에르가 그럴 이유는 없어. 루벤트 공작 역시 알 수는 있겠지만 굳이 시에라를 감쌀 이유가 없다.'

그리고 카난 공작이 자신을 배신하는 건 상상도 되지 않았다. 어릴 때부터 자신의 뒤만 졸졸 따라다니는 아이였으니까.

그렇다고 해서…

"앨리언 황제가 시에라를 감싸줄 이유가… 없는데……."

오래전부터 누가 자신의 정보망을 가렸는지 생각했지만, 늘 여기서 멈추었다.

한 아비의 밑에서 태어났지만, 절대 사이가 좋은 건 아니었다. 그런 사이인데 상대를 도울 이유가 없는 것이다. 게다가 시에라의 목적이 뻔한데야 어떻게 도와줄 생각을 할까. 시에라가 황제가 되고자 함을 앨리언이 모르지 않을 텐데. 그리고 시에라가 황제가 되면 자신이 어찌 될지 모르지 않을 텐데. 앨리언 자신이 죽을지도 모른다는 위험을 감수하고? 말도 안 되는 일이다.

그건 자신이 이기든, 시에라가 이기든 앨리언에게는 똑같은 결과가 기다릴 뿐이다. 명목상의 황제로 몇 년을 집권하다가 유폐되는 것. 그것뿐이다. 그러니 시에라를 감쌀 이유가 없다.

무엇보다 시에라의 어머니인 샤이나와 앨리언의 사이는 최악이었고, 시에라 역시 앨리언은 경계하고 어떻게든지 싸울 구실을 만들어뒀으니까.

하지만…

‘이 정도의 정보를 가릴 수 있을 만한 다른 녀석들은 생각이 안 나는 군.’

여기까지는 시에라의 반란 소식을 막 접했을 때도 생각했던 부분이 었다. 그래서 자신이 다시 정보를 모으기보다 이미 알고 있을 거라 판단되는 황제에게 가서 정보를 요구했던 거다.

하지만 처음부터 결코 시에라와 앨리언 황제가 손을 잡았다는 생각은 하지 않았다. 어쩌면 앨리언 황제가 일방적으로 자신의 목적을 위해—시르 공작을 수도에서 내보내기 위해—이 상황을 이용하려고 숨겨주었을 수도 있다고는 생각했었다. 하지만 절대 서로 돕고 있을 리가 없다 생각했다. 그는 자신의 목숨을 가지고 도박할 사람이 아니니까.

혹시라도 지금 시에라가 반란을 성공하게 된다면 자신보다 더 큰 위험이 된다. 그 정도는 알고 있을 앨리언이 적을 없애기 위해 더 위험할지도 모르는 다른 적을 끌어들인다? 그럴 리가 없었다.

일단 그렇게 결론을 내린 시르 공작은 다른 쪽으로 다시 한 번 생각해 보려고 했다.

그런데 그 순간,

이상한 생각이 머리를 스쳤다.

‘황태후 샤이나가… 전쟁 시작 후에 죽었지, 아마?’

소문이야 시에라가 했다고 하지만 믿을 수 있는 게 아니었다. 병사들에게 괜한 불신감을 심어줄 생각이 아니라면 절대 그럴 리가 없으니까. 그렇다면 또 누가 그렇게 소리 소문 없이 죽일 수 있을까.

그럴 수 있는 사람은 역시 앨리언 황제뿐이다.

원한을 가진 것도, 능력이 되는 이도 그뿐이니까.

그렇다면 그것 때문에?

그것 때문에 앨리언 황제가 적이나 다름없는, 아니, 자신의 적인 시에라를 도왔다?

순간 자신이 생각해도 너무 황당하다는 생각이 들었다.

'겨우 그것 때문에 도울 리가 없지.'

한낱 망상으로 치부하고 넘어가려 했다. 하지만 아무리 억지로 다른 생각을 떠올려도 한 번 의심이 들자 계속 그쪽으로 마음이 가는 건 어쩔 수 없었다.

앨리언이 시에라를 도와주는 것이 아닐까 하고.

대가로 꼭 샤이나가 아니더라도 다른 것이 필요했을 수도 있다. 자신이 모르는 무언가를 원한 것일지도 모른다.

그렇다면 모든 것이 성립된다.

'그림자'를 이용하면 시에라가 모든 준비를 끝낼 때까지 숨겨줄 수 있었을 것이다.

선봉에 말도 안 되는 녀석을 보내 버린 것도 이길 생각이 없었다면 가능한 것.

무모하게 군대를 스라트 쪽으로 보내 버린 것도 시에라가 공격해 오지 않는다고 알고 있었다면 쉽게 할 수 있는 일.

"그렇지만 왜?"

그렇게 혼잣말을 중얼거린 순간, 머리 속에 스친 것은 아까 그 '원인'으로 생각한 샤이나, 그리고 자신이었다.

"나에 대한 견제의 시간을 버는 동시에 샤이나를 죽이기 위함이었던가?"

물론 앨리언 황제라면 이렇게 큰일을 벌이지 않아도 샤이나를 죽일 수는 있었을 것이다. 하지만 전쟁 중에 죽인다면 나중에 앨리언 황제가 죽였음을 다들 알게 되더라도 아무도 탓하지 않는다. 그것도 반역의 무리에 들어 있는 자를 죽이면.

샤이나만이라면 좀 황당한 일이다. 하지만 확실히 앨리언 황제는 자신을 수도 밖으로 나가게 만들고 싶어했다.

"그럼 이곳에 오기 전에 생각했던 것이 맞은 건가."

허탈하기도 하지만 황당하기도 하다.

아무리 그렇다지만 이렇게 무모한 방법이라니…….

이런 방법은 자신이 알던 앨리언 황제 같지가 않았다.

'아니겠지. 앨리언 황제는 너무 신중해서 기회를 놓치는 경우는 있어도 이런 무모함을 보인 적은 없어.'

시르 공작은 허탈하게 웃고는 다시 생각에 잠겼다.

"처음부터 다시 되짚어볼까……."

그렇게 중얼거리면서도 아까의 생각이 머리를 떠나지 않았다.

'만약 앨리언 황제가 정말로 그런 생각으로 이번 일을 계획한 거라면 최소한 뭔가가 하나 더 있을 거다. 내가 놓치고 있는 무언가가.'

앨리언 황제는 대체 지금 무슨 생각을 하고 있는 걸까.

정말 시에라를 도와준 게 사실이라면… 자신을 수도 밖으로 보내는 것과 샤이나의 죽음, 그리고 시에라의 파멸과… 또 무얼 노리고 있는 걸까?

더 큰 적이 될지도 모르는 자를 도와야 했을 이유가 뭘까. 설마 정규군의 절반 이상이 국외에 있는 상태에서 시에라의 반란군을 막을 수 있다는 터무니없는 생각을 하고 있을 리는 없는데.

＊　　　＊　　　＊

늦은 밤, 앨리언은 키나이가 가져온 보고서 두 개를 읽어 내려가고 있었다.

최근에는 키나이에게 정보를 듣는 것 역시 꽤 힘들어졌다. 이곳저곳에 심어져 있는 시르 공작의 부하들 때문에 지금처럼 한밤중에나 만날 수 있었다.

"흐음……."

시에라가 세실리아를 쫓아냈다는 보고에 앨리언은 미간에 주름을 만들며 생각에 잠겼다.

또 하나는 시르 공작의 진영에서 온 것.

그곳 역시 시에라의 진영 이상으로 초조함과 불안에 싸여 있는 모양이었다.

"그런데 시에라는 이제 어쩔 생각일까?"

"잘 모릅니다. 세실리아가 따로 가져온 정보도 없고, 양쪽 상황을 볼 때 예상되는 경우가 너무 많아 미리 짐작하기 힘듭니다."

그 말에 앨리언은 더 피로가 쌓이는 것 같았다.

"그 '예상되는 경우' 중 가장 확률이 높은 두 개는?"

"둘 다 총공격을 할 거라는 겁니다. 그리고 수도로 진격을 하든지, 아니면 달리 다른 요새로 방향을 바꿀 거라고 생각합니다."

그 말에 앨리언은 슬쩍 지도로 시선을 돌렸다.

현재 시에라의 요새에서 가까운, 도움이 되는 곳은 세 군데.

하나는 항구 도시. 하나는 천연 요새나 다름없는 호수 근처의 성채, 그리고 물자가 꽤 풍부한 편인 보통의 성.

하지만 앨리언이 알 수 있는 건 대충 그 정도였다. 군사나 군대에 관한 건 하나도 모르니까 생각하기 어려웠다.

"음… 알 수가 없군. 다른 이들에게 조언을 구하고 싶기는 하지만……."

낮에는 루이스 자작의 눈을 피하긴 어려웠다.

그렇다고 이런 시간에 누군가를 부를 수도 없는 일이다. 내가 깨어 있다면, 거기다가 누군가를 부른다면 당연히 한두 사람의 감시가 붙게 되니까.

앨리언은 '불가능하다' 고 여겨지는 쪽으로는 포기가 빨랐다.

더 이상 시에라가 어느 쪽으로 가려 하는지는 신경 쓰지 않기로 하고 지도를 덮었다.

"뭐, 다들 그다지 신경 쓰일 정도는 아닌 것 같군."

"예. 시에라의 움직임이 예상보다 빨랐다는 걸 제외하면 말입니다."

키나이가 아픈 곳을 찌르자 앨리언은 피곤함을 얼굴에 드러냈다.

"그러게."

예상보다 빨랐다.

시에라의 결단력이 좋아서 그런 건지, 아니면 예상하고 있는 것보다 힘들어서 그런 건지는 모르지만 결단이 빨랐다.

하여간 그 덕분에 앨리언도 이제 여유가 없었다. 시르 공작이 돌아오기 전에 해둘 일이 산적해 있으니까.

"어떻게 더 시간을 끌 수는 없을까? 이제 불가능하겠지?"

"이미 시간을 끌 만큼 끌었습니다. 이 이상은 의심받습니다."

"이미 의심받고 있을 거라고 생각하는데."

앨리언이 쓴웃음을 지으며 말하자 키나이는 표정을 고치지도 않고 당당하게 대답했다.

"확신만 아니면 되는 거라고 생각합니다."

그 말에 앨리언은 씩 웃었다.

맞는 말이었다. 이러니저러니 해도 일단은 '황제' 라는 이름표를 달고 있는 만큼 시르 공작도 확신이 없이는, 제대로 된 명분 없이는 자신에게 검을 겨눌 수 없다.

지금도 존재 자체를 곤란해하면서도 잘 살려두고 있으니까.

"뭐."

앨리언은 받은 보고서를 다시 키나이에게 건넸다.

"이제부터 시에라에 대한 건 알아서 처리해."

"예."

키나이가 가버린 뒤 앨리언은 창가로 다가갔다.

"아아, 나날이 더 피곤한 것 같군."

푸념 어린 말에 제노시아는 쓴웃음을 지었다.

"참, 내일 아리아에게 연락해 줘. 그 라일라라는 아이에 대해 보고하라고 해뒀거든."

"예."

감정이 연관된 거라면 키나이의 딱딱하기 그지없는 보고보다 옆에서 지켜보며 이야기를 나눠본 사람의 말이 나을 거라는 생각에 아리아에게 부탁했었다. 정말로 라일라가 루이스 자작에게 좋지 않은 감정을 지니고 있다면 이용하지 않을 수 없는 노릇이니까.

*　　　*　　　*

상황이 갑작스럽게 변했다…….

라는 건 시르 공작의 입장에서일 뿐이었다.

적어도 시에라 측은 일주일간 계획하고 결의한 것이니까.

경계가 조금은 약해지는 한밤중에 요새의 성문이 조용히 열리고 곧이어 병사들이 모두 돌진하기 시작했다.

"으아악!"

“우, 우와앗!”

한동안 충돌이 없어서 꽤 나태한 생각으로 경비를 서고 있던 자들은 비명 소리와 함께 생명이 끊어졌다.

그리고…

“무, 무슨 일이냐!”

“적이다!”

“요새의 문이 열렸다!”

한순간에 혼란으로 빠져들었다.

시에라의 군대는 작전대로 곳곳에 밝혀져 있던 횃불을 모두 넘어뜨려 꺼버렸다.

빛 하나 없는 어둠 속.

그게 수가 적은 자신들에게 유리하기 때문에.

적과 아군을 구분할 수 없는 상황에서 당황하는 건 당연한 일이었다.

그리고 공포가 커지는 것 역시 당연했다.

병사들은 자신이 죽지 않기 위해 상대가 누군지도 모르면서 검을 휘두르고 죽였다.

“크악!”

옆에서 비명 소리가 들릴 때마다 자신이 죽지 않기 위해 검을 휘두를 뿐, 누군갈 돕는다거나 상황을 파악하려는 생각은 없었다.

무조건 살기 위해 움직일 뿐.

상황은 눈이 어둠에 익숙해져도 마찬가지였다. 지휘 체계 없이 움직이는 탓도 있긴 했지만 군복 때문이기도 했다.

다들 입고 있는 군복이나 갑옷이 미묘하게 달랐고, 게다가 시에라의 군 역시 군복이 통일되어 있지 않았다. 덕분에 같은 곳 소속이 아닌 경우에는 상대가 갑자기 덤벼오면 순간적으로 상대가 적인지 아군인지 구분하기 어려웠다.

주변이 밝고 또 침착한 상태라면 얼마든지 구분이 가능하겠지만, 지금은 혼란 상태인데다 주변이 어두워서 더했다.

그렇게 되자 일단 자신이 살기 위해 무작정 자신의 주변에 있는 자들을 공격하고 있는 것이다.

하지만 그것도 카난 공작과 시르 공작이 각자의 막사에서 무장을 하고 밖으로 나오자 끝이었다.

"불을 밝혀라!"

"먼저 주변을 밝혀!"

시르 공작은 막사에서 나오자마자 가신들에게 명령을 내렸다. 카난 공작 역시 먼저 주변에 불을 밝힐 것을 명령했다. 그 목소리에 몇몇 사람들이 정신이 든 듯했다.

"라이팅."

시르 공작은 얼마 전까지의 초조한 모습을 보였던 사람 같지 않게 침착하게 지휘를 했고, 좀 떨어진 곳에 있던 카난 공작 역시 따라온 마법사들에게 명령해서 여러 개의 빛의 구슬을 풀어놓았다.

"다들 침착해라! 아군끼리 싸우지 말고 적을 상대해!"

카난 공작이 목이 터져라 외치면서 눈앞에서 대충 싸우는 척하며 도망가려 하는 적들을 내버려 두고 아군끼리 싸우고 있던 기사들을 야단쳤다. 그리고 어떻게든지 수습하기 위해 고개를 돌리는 순간, 상황에 어울리지 않게 말에 올라 있는 자의 모습이 보였다.

다른 기병들도 있기는 하지만 꽤 눈에 띄는 모습.

카난 공작은 직감적으로 저자가 '적'의 지휘 계열의 인물이라는 걸 파악했다.

"저자를 공격해라!"

카난 공작의 명령에 병사들 몇이 움직이자 그자는 당황한 듯이 보였다. 그리고 주변에 있던 몇 명이 그자를 보호하기 위해 움직이기 시작하면서 이제 누가 적이고 아군인지 확실히 구분할 수 있게 되었다.

그렇게 주변이 진정되자 카난 공작은 이내 시에라의 이번 전투 목적이 '도망'이라는 걸 눈치 챌 수 있었다. 진심으로 싸우려는 모습이 아니라 대충 공격을 막아내기만 하면서 이동하고 있었기 때문이다.

'도망치면 곤란한데.'

최소한 시에라만은 잡아야 했다.

"시르 공작은 어디 있지?"

"모르겠습니다."

일단 대충이나마 상황을 정리한 카난 공작은 근처에 있는 병사 하나를 잡고 시르 공작의 행방을 물었지만 너무나 뻔한 대답이 나왔다.

이런 혼란 상황에 누가 어디 있는지 알 수 있을 리가 없을 테니까.

카난 공작은 낮게 혀를 차고는 자신에게 덤벼드는 적들을 베어 나가기 시작했다. 이런 혼전은 자신들에게 불리하다는 생각을 하면서.

'으윽! 시르 공작은 대체 어디 있는 거지? 빨리 시에라를 추적해야 하는데.'

시르 공작의 행방을 알지 못하는 이때에 자신마저 자리를 비울 순 없다는 걸 잘 아는 카난 공작은 한숨을 내쉬었다.

'이렇게 되면 시르 공작이 시에라를 추적하고 있기를 바래야 하는 건가? 하지만 과연 시르 공작이 지금 시에라 군의 기습 목적을 눈치 챌 수 있을까?'

카난 공작은 그렇게 생각하며 군을 지휘했다. 그리고 카난 공작과 조금 떨어진 곳에 있는 시르 공작 역시 주변을 정리하면서 적 중에 눈

에 익은 자, 한마디로 시에라나 아루드 남작, 그리고 시에인 자작을 찾
고 있었다.

어쨌거나 지휘관만 잡는다면 이런 혼전은 순식간에 끝나기 마련이
니까.

'시에라가 나와서 지휘할 것 같지는 않지만.'

시르 공작은 전략적인 면에는 취약해서 카난 공작처럼 지금 왜 시에
라 군이 갑자기 기습한 건지는 알지 못했다.

'시에라가 아니더라도 최소한 지휘관이 한 명은 나와 있을 테니까.'

다만 지휘층을 한 명만이라도 잡으면 유리하다는 것만은 잘 알고 있
었기 때문에 찾고 있을 뿐이었다.

"크악!"

막 자신에게 덤벼드는 녀석의 팔을 베었을 때, 그 피 사이로 말을 타
고 도망가려는 시에라가 보였다.

그 모습에 승리를 느낀 시르 공작은 미소 지었다.

예상외의 상황. 하지만 자신들에게 승리를 안겨다 줄 수 있는 상황
이었다.

한편 시에라는 난처한 상황이었다.

작전대로 혼란을 일으키고 싸우는 것까지는 좋았지만, 생각 이상으
로 적들이 빨리 재정비를 했던 것이다. 게다가 자신은 말을 타고 있어
서 이런 혼란 속에 마음대로 움직일 수가 없었다.

말에 익숙한 아루드 남작은 거리낌없이 싸우고 있지만, 기마전에 익
숙하지 못한 시에라로서는 어떻게 해야 할지 난감한 노릇이었다. 전투
를 위해서라면 내려서 싸우는 게 더 낫기는 하겠지만, 그렇게 하면 도

주에는 어려울 것이다. 아니면 적을 무시하고 그대로 말을 달리게 하는 방법도 있었다. 그렇게 하면 병사들이야 많이 사로잡히거나 죽겠지만 자신은 무사히 빠져나갈 수 있으리라.

잠시 고민한 시에라는 그냥 기마전을 하기로 결심했다. 쉽게 등을 보일 수는 없다는 생각으로 싸움을 결심했지만 이 선택은 도주를 염두에 둔 선택이었다.

어차피 익숙하지 못하다고는 하나 아주 못하는 건 아니니까.

그렇게 계속 적들을 베어 나가고 있을 때 시르 공작이 시에라를 발견한 것이다.

그리고 이내 시에라를 잡기 위한 명령을 내렸다.

한참 적을 베어내던 시에라는 순간 뭔가가 날아오는 소리를 듣고 반사적으로 그쪽으로 검을 휘둘렀다.

날아온 추가 달린 끈이 검에 맞아 공중에서 떨어졌다.

"이런……."

주로 상대를 사로잡기 위해 사용하는 무기였다. 저런 게 날아왔다는 건 누군가가 자신을 보았다는 뜻이었다.

'역시 조용히 달아난다는 것은 무리였던 듯하군.'

시에라는 신음 소리를 냈다. 이번 공격은 일반적인 공격이 아니라 자신을 붙잡으려는 것이었다. 한마디로 자신이 여기 있음이 들통난 것이다.

작전대로 도망가기는 어려운 상황이었다.

슬쩍 아까까지 아루드 남작이 있었던 곳으로 눈을 돌렸다. 여차하면 그를 미끼 삼아 도망가기 위해. 하지만 그자는 벌써 포위를 빠져나갔는지 보이지 않았다. 그렇지 않으면 이미 잡혔으리라.

시에라는 익숙치 않던 기마전 탓인지 생각보다 훨씬 오랫동안 시간을 보낸 것이다.

"쳇."

낮게 혀를 찬 시에라는 우선적으로 이곳에서 빠져나가야 한다는 생각에 말의 고삐를 잡았다. 하지만 말을 움직이기도 전에 날아오는 화살.

탁!

아슬아슬하게 검으로 쳐내기는 했지만 곧 이어 날아드는 무수한 화살들을 모두 피할 수는 없었다.

"크악!"

"악!"

자신의 곁을 지키던 병사들도 화살에 맞고 쓰러졌다.

"웃!"

당연히 표적이 된 시에라 역시 무사할 수는 없었다.

화살이 어깨에 꽂힘과 동시에 말이 쓰러졌다. 아마도 말 역시 화살에 맞은 것이리라.

그렇게 시에라가 잡히자 전투는 금방 종결되었다.

항복하기도 하고 도망가기도 했지만 도망가는 녀석들까지 쫓아갈 정도로 열성적인 병사들은 없었다. 다들 자신이 다친 곳만 살필 뿐이었다. 그들의 상관들은 모두 반쯤 무너진 회의용 막사로 모였다.

"오랫동안 끌다가 순식간에 끝난 느낌이로군요."

헝클어진 머리에, 옷에 핏자국이 가득한 카난 공작의 말에 모두 고개를 끄덕였다.

다들 꽤 즐거워하는 분위기였다. 하지만 시르 공작은 차가운 태도로 입을 열었다.

“다 끝난 건 아니다. 지휘 계층에 있던 몇몇이 달아났다 들었다.”

“주동자를 잡았으니 끝났다고 봐도 무방하겠지요. 나머지야 수배령을 내리면 될 일일 테고.”

카난 공작의 말도 맞다. 그리고 말은 끝나지 않았네 해도 시르 공작 역시 더 이상 이 일에 매달리고 싶지 않았다.

“그런데… 어떻게 할 생각이십니까?”

한 팔에 붕대를 감은 사람이 꽤 조심스럽게 입을 열었다.

“뭘 말이오?”

“그러니까… 시에라… 말입니다.”

아무리 반역을 했다지만 지금까지 ‘님’ 자를 붙여왔던 상대를 함부로 부르기 어려운지 말꼬리를 늘였다.

“수도로 압송해야겠지요.”

“그러니까, 그 방법이… 거칠 수가 없으니…….”

꾸물꾸물 말하는 모습을 보니 시에라를 어떻게 호송해야 할지 난감한 모양이었다.

하지만 시르 공작은 그런 데 신경 쓸 인물이 아니었다.

“죄인을 호송하는데 화려한 마차에라도 태우자는 건가?”

“그렇긴 하지만 말입니다. 그래도 황족이십니다.”

“그렇군요. 아무리 반역이라 해도 사형을 받을 자도 아닌데, 함부로 대하기 힘들겠네요.”

카난 공작도 고개를 끄덕이면서 말하자 시르 공작은 미간을 찌푸렸다.

*　　　*　　　*

시에라를 사로잡았다는 연락이 왔다.

하지만 아루드 남작이나 시에인 자작은 놓쳐 주동자 중에 시에라 외에 잡은 자는 도리안 남작뿐이라고 한다. 그것도 잡을 때 깊은 상처를 입어서 하루 만에 죽어버렸다던가.

이래서야 뒤처리도 금방 끝날 것 같았다.

"꽤나 허무하게 끝난 모양이로군."

"시르 공작님께서 계시니까요."

당연하다는 듯이 대답하는 루이스 자작이 거슬리기는 하지만 지금은 그게 문제가 아니다.

"생각보다 이르군."

"예? 다른 이들은 모두 너무 시간이 걸렸다고 하던데요?"

"글쎄."

너무 이르다. 아직 준비를 다 끝내지 못했다.

이래서야 시르 공작과 싸우는 건 시간이 더 있어야 될 것 같은걸. 그리고 이제 스라트의 전쟁 역시 끝내주어야겠군. 나라 안에 군대가 없다면 말도 안 되니까 빨리 불러와야 한다. 그럼 뮤리아에게 가볼까?

내가 자리에서 일어나자 루이스 자작 역시 당연하다는 듯이 일어나서 따라온다.

'여전히 불쾌하군. 조만간 어떻게든 해야 될 텐데 말야. 루이스 자작 때문에 행동을 마음대로 할 수가 없잖아.'

속으로 루이스 자작에 대한 불평을 하면서 뮤리아가 있는 곳으로 향했다. 뮤리아에게 간다는 걸 눈치 챈 루이스 자작의 표정이 기묘하게 일그러지는 걸 은근히 즐거워하면서. 루이스 자작은 불만스러워 보이긴 했지만 임무를 게을리 할 수 없다 생각했는지 날 따라나섰다.

뮤리아는 정원에서 책을 읽고 있었다, 얼굴 한가득 따분하다는 표정을 하고.

나른하게 책장을 넘기다가 내가 오는 걸 눈치 채고 일어나서 인사를 해왔다.

"오셨습니까."

"지루한가 보군."

"할 일이 없으니까요."

그러면서 내가 뭔가 재미있는 일을 가지고 오길 기대하는 듯한 눈빛으로 날 보고 있었다. 그리고 내 뒤에 따라온 루이스 자작에게 시선을 돌려 인사를 건넸다.

"루이스 자작께서도 그간 안녕하셨습니까."

일단은 예의를 갖추어주는 모습에 어쩐지 웃음이 나온다.

"예, 예, 황후께서도 평안하셨습니까."

루이스 자작은 잔뜩 긴장해서 인사를 건넸다.

늘 뮤리아의 독설을 받고 있으니 또 무슨 소리를 할까 해서 긴장되는 모양이다.

"무슨 일로 찾아오셨습니까?"

"별로. 나 역시 무료해서 온 것뿐이야."

"그렇습니까."

뮤리아는 조금 실망한 듯한 반응을 보였다.

대체 어디에 실망했는지는 모르겠지만.

"혼자 있는 것보다 이야기나 하는 게 좋겠다 싶어서 말이지."

내가 한마디 더 덧붙이자 뮤리아도 고개를 끄덕였다. 그리고 자신의 전용 장난감이 되어버린 루이스 자작 쪽으로 시선을 돌렸다.

"혼자 계셨다라… 저 루이스 자작은 없는 존재였던가 보군요. 하긴 사실 정말 아무 데도 필요가 없으니까 당연한가요?"

둔한 루이스 자작이 알아들을 수 있게 노골적으로 말한다.

그 노골적인 말에 루이스 자작의 얼굴이 붉어졌다.

그래도 황후에게 함부로 말할 수가 없어서인지, 아니면 받아쳤다가 몇 배로 돌아오는 게 두려워서인지 입을 다물고 있었다.

"흐음……."

루이스 자작이 반응이 없자 뮤리아는 재미없다는 표정이었다.

중재를 해줄까, 아니면 나도 심심하던 차니 구경이나 할까.

내가 잠시 생각하는 사이 뮤리아는 다시 루이스 자작을 건드려 보고 있었다.

"평소에도 지금처럼 조용히만 있다면 조금쯤은 쓸모가 있을지도 모르겠는데 말이에요. 그렇게 생각하시죠?"

그것도 은근히 내 동의까지 구해가면서.

대답을 안 하기도 뭣하지만 뭐라고 대답할 수 있는 것도 아닌지라 애매하게 웃었다. 하지만 당사자인 루이스 자작은 손이 살짝 떨리고 있었다. 그 모습을 확인한 뮤리아는 재미가 들린 듯했다.

아마도 뮤리아는 언젠가 저 성격 때문에 큰 사고를 한 번 칠지도 모르겠다는 생각이 드는군.

"뮤리아, 친척들과 연락하고 있나?"

"아니오."

아주 확실하게 대답하는군.

단호하게 대답한 뮤리아는 스라트에 관해 할 말이 있다는 걸 눈치 챘는지 묘한 웃음을 보였다. 그리고 잠시 생각하더니 조심스럽게 입을 열었다.

"혹시… 시에라가 잡혔습니까?"

“아아.”

“당연한 일입니다.”

쓴웃음과 함께 나른하게 대답하는 나와 달리 루이스 자작은 자신의 일도 아닌데도 자랑스럽다는 듯이 대답한다.

특이하군.

“어머나! 루이스 자작은 출전하지 않았다고 알고 있는데. 묘하게 자랑스러워하네요. 본인이 해낸 일처럼.”

뮤리아 역시 그렇게 생각했는지 비꼬아 대답했다.

이번에는 틀린 말도, 괜한 시비도 아니기에 루이스 자작은 고개를 떨굴 뿐이었다.

루이스 자작이 조용해지자 뮤리아는 화사한 미소를 지었다. 어지간히 재미있는 모양이다.

“그럼… 스라트 쪽도 정리는 다 되었다고 들었는데, 언제쯤 모두 돌아올까요?”

“되도록 빨리 와야겠지.”

아무래도 내가 그들에게 연락하기는 힘드니까 뮤리아가 해줄 수밖에. 지금 난 공식적인 문서 이외에 뭔가를 보낸다면 눈에 띄니까 말이지. 뭐, 보고할 거리 없나 감시하고 있는 루이스 자작이 있어서 말이야.

내 말에 뮤리아는 알겠다는 듯이 고개를 끄덕였다.

어차피 시에라가 질 것은 예상하고 있었다. 다만 아까 그런 말을 한 이유는 켈벤 백작에게 뮤리아가 돌아오라는 연락을 하라는 의미.

일단 켈벤 백작에게 연락이 가면 일차적인 문제는 해결이다. 다만 위치상 시르 공작보다 늦게 도착할 거라는 게 조금 걸릴 뿐이다.

별문제가 없어야 할 텐데.

"아, 그러고 보니… 루이스 자작."

"예?"

뮤리아가 자신의 이름을 부르자 화들짝 놀라는 게 내가 뮤리아라도 정말 놀릴 맛이 날 것 같다. 난 별로 할 생각 없지만.

"언젠가 15세쯤 된 자식이 하나 있다고 들었는데. 정말인가요?"

"…없습니다."

단호한 대답치고는 꽤 많이 망설였다. 대답하기 싫은 듯이.

그리고 저 표정은…

…그리운 건가? 자신을 버린 아이가?

"흐음… 그런가요?"

뮤리아의 표정을 보아하니 뭔가 건드려 보고 싶은 모양이다.

"뮤리아, 적당히."

"그러지요."

아무래도 라일라에 관한 이야기가 나올 것 같은 느낌에 뮤리아를 말렸다.

루이스 자작을 위해서가 아니라 나중을 위해서. 지금 알아버리면 쓸 수 없는 패가 될지도 모르니까. 나도 참 성격 좋다니까.

일단 할 이야기는 다 했다. 처음부터 스라트 쪽의 연락을 부탁하려고 온 거였으니까. 하지만 기껏 이야기하러 와서 금방 일어나면 아무래도 이상하겠지?

"최근에는 무얼 하며 시간을 보내고 있지?"

"별거없어요. 가끔씩 아리아 씨가 찾아오는 것 말고는 만날 사람도 없고. 여기에 와주는 이들도 별로 없으니까요."

"그래?"

"가끔 편지나 주고받는 친구는 있지만 그 외에는 따분한 시간이죠.

대부분 책이나 읽으며 시간을 보내고 있어요."

아직 리아나 이모님과는 연락을 주고받고 있는 모양이로군.

"편지… 입니까?"

루이스 자작이 뭔가 수상하다는 듯이 눈을 빛낸다.

그 기색을 눈치 챈 뮤리아는 눈을 가늘게 뜨고 루이스 자작을 응시하긴 했지만 과민 반응을 하는 게 더 이상할 거라고 생각했는지 다시 내 쪽으로 시선을 주었다.

"그나저나, 시에라는 어떻게 된 거죠? 생포인가요?"

"뭐… 아마도."

아직 시르 공작에게서 정식 보고가 없으니 알 수 없지만, 일단은 살아 있는 것 같았다.

"빠르면 일주일 내에 돌아오겠지."

"그럼 큰 연회도 열리겠네요."

의외의 말에 놀라서 뮤리아를 보니 눈이 반짝거린다.

"어지간히 심심했던가 보군."

"예, 할 일도 없으니까요."

그다지 할 일이 없었던 것 같지는 않은데… 스라트에 연락하고, 아리아에게 내 말을 전하고, 이것저것 많이 시켰던 것 같은데 말이지.

"아, 시에라 말이에요. 반란이니 사형이겠지요?"

"아닐걸."

"네? 하지만……."

정말 쓸데없는 규율이라고 할까.

이 제국에서 황족에게 '사형'이라는 건 없다. 다만 반란을 일으켰으니 '황족으로서 권리는 포기'가 될 뿐. 하지만 권리를 포기했다고 해서 황족이 아닌 게 아니니까.

타국에서는 경우에 따라 사형시키는 경우도 있는 모양이지만.

차라리 전쟁 때 죽었더라면 더 편했을 것을. 괜히 살아가지고 이렇게 날 고생시키는군. 쓸데없는 이야기를 하면 곤란한데 말야.

"어째서?"

"황족이니까."

간단한 내 대답에 뮤리아는 이해가 안 된다는 표정이었다.

그렇겠지. 스라트나 다른 타국에서는 황족이니 왕족이니 하며 살려 주지는 않으니까.

"아마 유폐되는 게 최고겠지."

운 좋으면 리스튼 황제처럼 저 멀리로 가버릴 수도 있겠지만.

아마도 내가 어린 시절을 보낸 유폐의 탑에 가게 될 것 같다. 선례로 볼 때도 그렇게 했고. 이번에만 선례를 따르지 않는다는 건 안 될 말이니까.

"타국에서는 이런 경우에 그저 '죄인' 이라 칭해서 똑같이 다루는데… 좀 다르군요."

"나도 그렇게 생각해. 그 편이 더 편할 텐데 말야."

어쩌자고 리디아 황제는 이런 선례를 만들어서 사람을 피곤하게 할까? 아무리 동생이 가여웠어도 후세 사람들을 생각해서 확실하게 처리해 주었더라면 좋았을 텐데. 아. 그랬다면 나도 어릴 때 죽었을까.

곧 시르 공작에게서 정식 보고가 올라왔다.

시에라를 사로잡았다는 것과 철수하겠다는 것. 주동자의 대부분은 놓쳐 버렸다는 것. 그리고 어느 정도의 피해가 있었는지에 대한 보고.

어차피 그 피해들은 전부 같이 간 귀족들이 알아서 할 거다. 자신들의 사병들이니까.

그럴 생각으로 사병들을 쓰자고 했는데, 괜히 국가의 재산을 써가며 도와줄 마음은 없다. 그렇게 해야 된다는 규율도 선례도 없고.

그건 그렇고, 생각 외로 시르 공작의 사병도 피해를 입었군. 아껴둘 거라 생각했었는데. 내가 부추기라고 시키긴 했지만 기대 이상인걸. 이걸로 시르 공작은 한동안 좀 힘들겠군. 그렇지 않아도 재정적인 문제가 조금 있는 것 같았으니까 말야. 목적 중 하나는 그럭저럭 달성한 셈인가?

내가 통쾌한 기분을 느끼면서 보고서를 읽어 내려가고 있을 때 오랜만에 레비스가 집무실로 찾아왔다.

"오랜만이군."

"아침에도 뵈었습니다만."

"여기 온 게 오랜만이라는 뜻이네만."

내 말이 비꼬는 것으로 들렸는지 레비스는 살짝 고개를 숙였다.

"무슨 일인가."

"시르 공작에 대한 것입니다."

그렇게 말하면서 슬쩍 루이스 자작에게 시선을 준다.

내보내라는 것이겠지만…

"아, 루이스 자작은 시르 공작의 추천으로 여기 있는 거네."

한마디로 내 마음대로 할 수 없다는 말을 하자 레비스는 좀 난처한 표정이었다.

"그렇습니까."

아마도 이런 일은 예상하지 못했었던 모양이다.

"그러고 보니 그대는 사병을 보내지 않았었지?"

"예, 시르 공작과 카난 공작이 주축이 되었으니까요."

"여전히 사이가 안 좋군."

"추구하는 바가 다르니까 당연한 일입니다."

추구하는 바라… 뭔가 꽤 진지한걸?

루이스 자작은 분위기 자체에서 뭔가 잡아낸 듯 약간 야비해 보이는 미소를 짓고 있었지만 난 아무 말도 하지 않았다.

저절로 웃음이 나올 것 같은 상황이라고 할까.

어릴 때는 몰랐지만, 레비스는 혼자 냉정한 척하고 있지만 실은 아주 바보 같은 자다. 비겁한 방법은 전혀 생각하지도 못하고 정정당당한 것만 고집하는. 그리고 가끔은 혼자서 뭔가를 결정할 수가 없어서 주변의 생각을 보는.

그런데 지금은 뭔가 달라 보인다고 할까.

무엇보다도 리아나 이모님께서 뮤리아에게 아무것도 말씀 안 하신 걸로 보아 그분은 아무것도 모르고 있다는 말일 테니, 그리 사랑하고 있는 아내에게도 의논하지 않았다는 의미가 되겠지?

국가 중대사조차 리아나 이모님께만은 하나하나 다 말한다고 알고 있는데, 갑자기 태도가 바뀐 이유가 뭔지 궁금하군. 어쩐지 재미있는 걸.

"뭐랄까… 생각이 많은 모양이군, 그대도."

"예? 그게 무슨 말씀이신지……."

"아무것도. 그저 갑자기 날 찾아온 이유에 대해 알고 싶을 뿐이야."

내가 웃으며 말하자 레비스는 당황하는 눈치였다. 그동안의 경험 덕에 드러내고 허둥거리지는 않지만 확실히 당황하고 있었다.

너무 곤란하게 하면 안 될 것 같아서 구원해 주기로 했다.

"아아… 그래, 시르 공작이 얼마 후면 도착한다는 걸 알고 있나?"

내가 화제를 바꾸자 레비스는 조금은 안심한 모양이다.

이럴 때 보면 정말 '어리다' 는 느낌이 든다니까. 나보다 훨씬 나이가 많은 사람인데 말이야.

"예, 준비하고 있습니다."

"뮤리아가 참여하고 싶은 모양이니 뭔가 맡기도록 해."

그러면서 나에게 은밀히 해야 할 이야기는 뮤리아에게 하라고. 그럼 뮤리아가 적당히 나에게 언질해 주니까.

"예? 그분께서?"

"그래, 조금 무료한가 보더군."

어깨를 으쓱이며 가볍게 말하자 레비스는 뭔가 수상하다는 듯이 눈을 가늘게 떴지만 난 그 모습을 살포시 무시해 주었다.

"그리고 그 김에 뮤리아의 말 상대도 좀 해주면 좋고."

할 말을 뮤리아에게 하라는 의미에서 그렇게 말했더니만, 눈치없는 레비스는 그저 눈을 껌뻑일 뿐이었다.

답답하군 그래.

레비스도 루이스 자작 못지않게 눈치가 둔해. 루이스 자작이 있으니 노골적으로 말할 수도 없는데 말야. 뭐, 나중에 뮤리아가 알아서 하려니 하고 넘어갈 수밖에 없나?

그렇게 생각하고 레비스를 내보내려는 찰나, 루이스 자작이 이상한 말을 던졌다.

"사이가 좋으신 모양이로군요."

"무슨 말이지, 루이스 자작?"

루이스 자작의 말을 이해할 수가 없어서 되묻자 그녀는 아무것도 아니라는 듯한 태도를 보였다.

"서로 말씀 나누시는 모습이 편해 보여서 한 말일 뿐입니다. 제가 들은 바와 달리 친밀해 보여서 말입니다."

기분 탓인지도 모르겠지만 어쩐지 비꼬는 듯한 느낌이 들었다.

나도 성격이 고운 편은 아닌지라 그런 말을 그냥 넘어가고 싶은 마음은 없었다.

"그대와 시르 공작처럼 '주인과 인형'이나 '개'와 같은 관계만 있는 게 아니라는 걸 알아주었으면 좋겠군."

눈꼬리가 올라가는 걸로 봐서 화를 참는 모양이다.

루이스 자작은 말을 너무 생각없이 한다니까. 함부로 남에게 욕된 말을 하는 주제에 자신이 모욕받는 것에 관해서는 민감하지. 재수없을 정도로.

"그럼… 레비스, 이만 가보게나."

갑자기 살벌해진 분위기에 어떻게 반응해야 할지 몰라 당황하는 레비스에게 부드럽게 말을 건넸다. 레비스 역시 이런 루이스 자작과 나의 사이에 끼어 있고 싶지 않은지 황급히 목례를 한 후 나가 버렸다.

"루이스 자작은 이상하게 어떤 말을 해도 거슬리게 들리도록 만드는 능력을 가지고 있군. 희귀한 능력이니 축하해 줘야 하나?"

레비스가 나가고 나서 내가 루이스 자작을 지그시 보며 한 말에 그녀는 입술을 깨물었다.

"아까 제 말의 어디가 그리 거슬렸는지 모르겠군요. 어리석은 저에게 좀 가르쳐 주시겠습니까."

"아하! 그 말에 악의는 없었나 보지?"

"크윽… 그러니까……."

"이쯤 하지, 루이스 자작. 서로 필요없는 대화를 해봤자 근본적인 부분이 해결될 리가 없으니까."

시르 공작이 도로 루이스 자작을 데려간다면 모를까 지금 여기서 저 사람과 티격태격하고 있어봤자 아무것도 변하지 않는다. 다만 내 성격상 그냥 가만히 있기 싫어서 맞받아치는 거지.

내가 먼저 그만두자는 말을 꺼내자 다시 말을 꺼낼 수 없는 루이스 자작은 계속 입술을 씹어대고 있었다. 피가 나올 정도로.

나야 그래서 피가 나온다면 재미있겠지만. 그러고 보니 아까 그 일로 인해 시르 공작에게 이상한 보고가 하나 가겠구만. 괜히 과민 반응을 했나.

승리 축하 연회라지만 그다지 별다른 건 없다.

어차피 귀족들에게 한 번 놀 수 있는 핑계가 필요했을 뿐이니까.

연회가 시작하기 전에 공을 치하하는 말을 한 것 외에는 다 똑같은 연회일 뿐이다.

음악이 있고 유행하는 옷을 입고 깔깔거리며 놀기 위한.

어차피 그 승리라는 것도 다 짜여진 것인데.

"따분하신 모양이로군요."

내 옆에 있던 뮤리아가 작게 웃으며 말을 걸어왔다.

난 나른한 표정을 지우지 않고 와인잔을 들었다.

"내가 유쾌할 이유가 뭐가 있겠는가."

"그렇긴 합니다만……."

시르 공작이 다시 수도로 돌아온 지 삼 일째다.

첫째 날은 꽤 바쁘게 지나갔다, 이런저런 행정적인 문제들 때문에.

아무리 국가 소속이 아니라 귀족들의 사병이지만 일단 반역자들과 싸웠으니 아무런 보상을 안 해줄 수 없다며 레비스가 나섰기 때문에 바빴다. 레비스가 아무 말이 없었다면 다들 그냥 넘어갔을 텐데 말이다. 선례가 없는 일이라 핑계대며 무시할 수도 있는 일이었으니까.

시르 공작과 사이가 나쁘면서도 할 건 확실하게 한다니까.

그리고 나는… 오랜만에 수도에 온 시르 공작과 마주했다.

"오랜만에 뵙습니다, 폐하."

그나마 순종적인, 연기일 게 뻔한 눈빛을 한 시르 공작이 예의를 갖추어 인사를 해왔다.

공식적으로 맞이할 때는 날 죽일 듯이 노려보더니 여기로 오면서 기분을 많이 가라앉힌 모양이다.

"그렇군."

"루이스 자작을 내보내도 될까요."

"좋을 대로 해."

찾아온 이유는 쉽게 짐작이 간다.

시르 공작이 손짓하자 그 찰거머리 같던 루이스 자작이 쉽게 집무실을 나갔다.

루이스 자작이 나가자마자 바로 눈빛이 바뀌었다.

날 죽일 듯한 그런 눈빛은 아니지만 충분히 살의와 분노를 느낄 수 있는 눈빛.

"눈빛이 멋지군."

정말로 검을 빼어 든다면 난 죽을 게 뻔하지만, 제노시아도 있는 데다 시르 공작이 그렇게 자제심이 없지는 않은지라 그만 살짝 도발을 해버렸다.

내 말에 흠칫한 시르 공작은 천천히 눈을 감았다. 그리고 이내 드러난 눈동자에는 별다른 감정이 담겨 있지 않았다.

정말 자제심이 굉장하군. 칭찬해 줘야 하는 건가?

긴장해야 할 상황임에도 불구하고 난 이상하게 즐거웠다.

"저를 멋지게 속여 시에라와 상대하게 해주신 데 대해 감사드리고 싶군요."

"그렇게 기뻐해 줄 줄은 몰랐는걸."

"그렇습니까?"

"이럴 줄 알았더라면 더 화려하게 해줄 걸 그랬나?"

장난 같은 대화였다.

나로서는 어차피 당할 거, 도발이나마 해보고 당하자는 심정이었다.

그 상대인 시르 공작이 무슨 생각을 하고 있는지는 모르겠지만, 적어도 나에게 이로울 생각은 아닌 게 확실하고.

"하여간… 그곳에 있으면서 생각했습니다. 저도 보답을 해드려야겠다고 말입니다. 이번 일에 대한 보답을."

"흐음?"

보답이라는 말이 거슬린다. 아니, 거슬린다기보다 불안하다고 표현하는 게 맞으려나. 내 예상 내에서의 일이라면 좋으련만.

대체 뭘 할 생각일까?

약간의 호기심도 있다, 불안감이 더 크기는 하지만.

"그렇게 호기심 어린 눈을 하실 것 없습니다. 말 그대로 순수한 '보답' 이니까 말입니다."

"호오."

이건 정말 의외였다.

"이렇게 허점을 찔릴 수도 있음에 관해 배웠다고 생각하고 넘어가도록 하겠습니다."

"꽤 넓은 아량이로군."

내가 비꼬자 시르 공작은 차갑게 미소 지었다.

"이번뿐입니다."

꽤 배려를 해주는 것처럼 말하고 있군. 그래 봤자 육식 동물이 자신의 먹이에게 하는 충동적인 배려에 지나지 않으면서 잘도 이런 식으로 말하는군.

"앞으로는 더 봐드리지 않겠습니다."

"그런가."

대답할 말도 없다.

시르 공작의 목소리 속에 숨겨진 잔인함이 나를 짓누른다.

'내가 자비를 베풀어서 살려주는 거다' 라고 말하는 그 말에 대답할 말이 없다는 게 더 싫다.

"당신이 선택할 수 있는 일과 받아들여야만 하는 것도 잘 알고 계실 거라 믿습니다. 저 밖에 있는 루이스 자작처럼 어리석지는 않으실 테니까요."

"자신의 심복으로 심어놓은 사람에게 말이 심한 것 같은데?"

어디까지나 내 감정을 들키지 않기 위해 태연자약하게 말을 건넸다.

죽어도, 죽어도 절대 시르 공작에게 이런 기분을 들키고 싶지는 않다.

"그리고 외로우신 듯하니 제 딸인 헤레니안의 입양도 당기도록 하겠습니다."

"흐음… 언제쯤으로?"

"글쎄요, 정확히는 정하지 않았습니다."

처음에 말할 때는 10살이 넘어서 보내기로 했었다. 그래야 시르 공작 자신의 생각에 맞게 키울 수 있을 테니까. 그 이전에 보내면 아무래도 각인이 잘 되지 않을 거라는 생각으로 그러겠다고 했었는데.

"갑자기 생각이 바뀐 이유를 알고 싶군."

"폐하께서 더 잘 아시리라 생각합니다."

그리고 잠시 침묵이 흘렀다.

차분히 날 보고 있던 시르 공작은 우아한 동작으로 자리에서 일어났다.

"그럼 이만 가보도록 하겠습니다."

"좋을 대로."

"아, 그리고 제가 자리를 비운 동안 피곤하실 테니 이제 지금까지처럼 업무에 매달리지 않으셔도 되게끔 해두겠습니다."

빙 돌려 말하는군, 더 이상 정치에 끼어들 생각은 말라고.

"아아."

난 긍정도 부정도 하지 않은 애매한 대답을 했다.

시르 공작은 묘한 눈초리로 날 보더니 그래도 황제라는 이름을 달고 있다고 살짝 목례를 하고 집무실을 나갔다.

가증스럽다는 느낌.

나가서는 밖에서 기다리고 있던 루이스 자작에게 뭔가를 지시했는지, 루이스 자작이 들어온 건 조금의 시간이 지나고 나서였다.

그렇게 시르 공작과 이야기를 하느라 정신적으로 지쳐 버렸다.

둘째 날은 시에라에 관한 일 때문에 공식 석상에 불려 나갔었다.

시에라가 부상이 심해서 직접 대면하지는 않았던 게 다행이긴 했지만, 내심 긴장했었다.

그 이유는 시에라가 혹시나 나와 결탁했었던 걸 말했을까 봐 걱정이 되어서였다.

내전을 일으키는 걸 도왔다면 폐위 정도로 그치지 않을 거다. 특히나 지금은 시르 공작이 나를 노리고 있으니까 말이다.

조마조마한 시간이었다.

"…하지만 시에라는 황족입니다. 함부로 대할 수는 없습니다."

갑자기 귀에 들린 그 말에 난 실소했다.

함부로 대할 수 없다라……

나 역시 황족이 아니던가. 그것도 황제라는 이름을 달고 있는데. 그런데도 다들 작당해서 날 이리 비참하게 만들고 있으면서. 그러면서 그런 말을 잘도 하는군.

난 생각을 털어버렸다.

자학한다고 해서 해결될 일이라면 예전에 해결되어 이렇게 고민할 일은 없었을 것이다.

"그렇다면 역시 유폐입니까?"

"아니, 그렇다기보다 유배를……."

"하지만……."

뭐라고 잘도 떠들어대고 있다.

어차피 시르 공작의 뜻대로 결정될 거면서 어째서 저렇게 떠들고 있는 건지.

난 시르 공작에게 시선을 돌렸다.

시르 공작은 신중한 표정을 하고는 뭔가를 곰곰이 생각하고 있는 모양이었다.

무슨 생각을 하고 있는지는 모르겠다. 적어도 나처럼 지금 저 녀석들이 떠드는 모습이 마음에 안 든다는 것 정도나 짐작이 갈 뿐.

"하나 유배는… 이미 리스튼님께서 그곳에 계신데 좀 곤란하지 않소."

"그곳만 유배지로 쓸 수 있는 건 아니지 않습니까."

"하지만 이미 황족의 일원이 한 명 유배되어 있는데 또 한 명을 유배시킨다는 것은……."

솔직한 내 심정을 이야기하자면.

'별 쓸데없는 소리 하네.'

정도라고 할까.

누가 어디에 유배되면 어떻고 그 인원이 100명이면 또 어떠냐, 그냥 보내면 될 것을.

"유배는 아니 되겠지요."

말없이 앉아만 있던 시르 공작의 한마디에 다들 조용해졌다.

저 말 한마디에 자신들이 한참을 토론하던 게 무산되어 버린 거다.

"흠, 흠, 그럼 유폐의 탑으로 모셔야겠습니다."

좀 나이 많은 대신이 헛기침을 하며 말하자 다들 다시 웅성거리기 시작했다.

"그럼 언제쯤……."

"당연히 오늘 당장 실행하는 것이 좋겠지요."

"안 됩니다. 최소한의 절차라는 것이 있어요."

자기들 멋대로 이야기 하더니 결국 내일 오전 중에 그 절차라는 걸 거친 뒤에 유폐의 탑으로 보내 버리기로 결정이 났다.

쓸데없는 회의로만 하루가 지났다는 생각에 불쾌해졌다.

그리고 오늘.

오전 중에 그 '유폐의 절차'를 지키기 위해 시에라를 광명(光明)의 홀로 불러들였다.

절차라고 할 것도 없는 과정이지만.

하여간 불려왔다기보다 끌려온 시에라는 독한 눈빛으로 날 보고 있었다.

왜 나에게 그 시선이 와야 되는지는 잘 모르겠군 그래. 설마 날 믿었다는 건가? 그런 헛소리를 할 정도로 시에라가 어리석지는 않을 텐데 말이야. 어차피 우리 둘 다 다른 생각으로 거래했던 것을.

뭐. 일단 사정은 그렇다지만 배신인 셈이니 저런 눈빛이 당연하다고 할 수 있겠지만. 이해는 되지만 저런 시선은 썩 기분 좋은 시선이 아니다.

옆에서 레비스가 뭐라고 하면서 진행하는 동안 난 입을 다물고 시에라의 그 독기 어린 시선을 태연히 받아주고 있었다.

비슷하게 노려보기라도 하면 아마 시에라는 기분 좋아할 거다. 차라리 그냥 받아주는 게 낫지. 시에라에게는 '너 따위의 눈빛은 아무렇지 않다' 라는 의미로 받아들여지니까.

담담하게 받아주는 게 더 좋은 방법인 셈이다. 지금까지 조용히 있은 걸로 봐서 이 자리에서 나와의 거래를 말할 리도 없고. 말할 기회가 없어 조용히 있었던 건지도 모르지만 말이야. 나와의 일을 말한다면, 아마도 유폐된 곳에서 하겠지.

"그럼……."

대충 절차를 끝낸 레비스가 손짓을 하자 시에라의 뒤에서 두 사람이 다가와 시에라를 강제로 무릎 꿇렸다.

"큭!"

시에라가 그 억센 손길에 작은 신음 소리를 냈다. 그러면서도 날 노려보는 것이 꽤 독하다는 생각이 들었다.

"시작해."

한쪽에 서 있던 시르 공작의 말이 떨어지자 어떤 사람이 어디서 가져왔는지는 모르겠지만 붉게 달아오른 낙인을 가져왔다.

소나 말 같은 가축이나 노예들에게나 찍는 낙인을.

그리고 그 쇳덩이를 시에라의 등에 가져갔다.

"크으으으윽!"

시에라는 안간힘을 쓰며 비명을 들려주지 않기 위해 노력했다.

죽어도 비명을 지르기는 싫었으리라. 자신을 이렇게 만든 나와 시르 공작의 앞에서는 말이다.

시에라와 나의 거리는 꽤 멀어서 살이 타는 냄새는 나지 않았다.

찍히는 문장은 제국의 상징 같은 게 아니다. 시에라에게 찍히는 건 노예 계층을 의미하는 수레바퀴 모양의 낙인이다.

그러니 더욱 굴욕적이리라.

"데려가."

짧은 말이 들리자 그 두 사람이 반쯤 기절한 시에라를 끌고 갔다. 비명을 눌러 참느라 지쳐 버린 시에라는 아무 힘 없이 끌려갔다. 그리고 홀에 남아 있던 사람은 금방 저녁에 있을 연회의 준비를 위해 모두 흩어졌다.

어쩐지 역겹다는 생각이 들었다. 그리고 허무한 느낌.

돌이켜 보니 역시나 이 3일간은 내가 기분 좋을 일이 하나도 없었군.

"폐하, 아직 연회 중입니다. 그런 표정은 좋지 않다고 생각합니다."

아마 내 기분이 얼굴에 드러나 버렸나 보다.

뮤리아의 지적에 난 다시 살짝 웃으면서 와인을 마셨다.

"피곤하세요?"

"그다지."

한 일이 있어야 피곤할 게 아닌가. 2일 전부터는 그냥 앉아 있는 게 내 일인데.

"폐하?"

"괜찮아, 뮤리아. 그저 따분할 뿐이야."

걱정스러워하는 말이 묘하게 거슬러서 차갑게 말을 내뱉었다.

뮤리아는 그저 웃을 뿐이었다, 연회가 시작되면서 점점 가라앉는 내 기분을 잘 알고 있었기에.

“난 이만 처소로 돌아가지.”

“저도 일어나겠습니다.”

원칙대로 하자면 아직 음악이 연주되기 전인, 제대로 연회가 시작도 되지 않은 지금 황제와 그의 반려 둘 다 연회 도중에 자리를 뜰 수는 없지만… 상관없는 일이다. 어차피 저기서 먹고 마시는 귀족들에게 황제는 내가 아니니까.

“좋을 대로.”

“그럼 저와 잠시 정원에서 산책이나 하시지요.”

부드러운 어조로 말하며 나보다 조금 앞서서 걸어간다.

그렇게 줄곧 내 얼굴을 보지 않고 걷더니 정원에 도착해서야 나를 돌아보았다.

“지금은 루이스 자작도 없군요.”

“아까 보니 시르 공작의 옆에서 술을 마시고 있더군. 덕분에 편해.”

루이스 자작 운운하는 걸 보니 할 말이 있는 모양이었다.

난 정원으로 걸음을 옮겼다.

“할 말이 있는가?”

“예.”

한동안은 그저 걸을 뿐 아무 말이 없었다. 한참 만에야 뮤리아는 힘겹게 입을 열었다.

“스라트에 연락은 했습니다만… 아무래도 일주일은 넘게 걸릴 것 같습니다.”

“꽤 걸리는군.”

생각보다 더 오래 걸린다.

이거 곤란한걸. 이럴 때 시르 공작이 움직이기라도 하면……. 뭐, 일단은 이번 일에 대한 보복은 하지 않는다고 했으니 괜찮을지도 모르지만. 그래도 급하게 동원할 수 있는 정규군이 나라 안에 없다는 건 좋지 않은 상황이다.

"예, 아직 스라트의 일이 마무리된 것이 아니라 알고 있습니다. 아마 그래서이겠지요."

나로서는 스라트가 망해도 상관은 없는데. 일단 스라트를 구한다는 명분 아래 사람들이 간 것이니 철저히 하고 있는 모양이로군.

"괜찮다. 시르 공작도 한동안은 조용할 듯하고."

이건 본인이 직접 말한 거다. 이번 일은 모른 척한다고. 교훈을 얻은 셈치겠다고.

자신이 말한 것이니 뒤집지는 않을 거다. 아마도…….

"그렇다면 다행이지만… 제가 늦게 알아서 군의 귀환 시기를 맞추지 못해 죄송합니다."

"별로. 그건 어쩔 수 없지 않나."

나도 이렇게 순식간에 끝날 줄은 몰랐었다.

시에라가 그런 방법으로 도망을 갈 생각을 하다니. 도망갈 생각을 한 건 좋았지만 저 혼자 말을 제대로 다루지 못해 허둥거리다가 잡히다니. 덕분에 다른 녀석들은 다 잘 도망친 모양이지만.

"할 이야기는 그것뿐인가?"

"아니오. 얼마 전에 리튼 공작이 절 찾아왔더라는 말을 하려고 했습니다."

"아아."

내가 말한 걸 어느 정도 눈치 챘던 걸까? 영 모르겠다는 눈치더니만.

"뭐라 하던가?"

"폐하께서 제 대화 상대가 되어달라 하셨다고 하더군요. 꽤 순진하신 분 같았습니다."

"워낙 좋은 집안에 태어나서 별 풍파 없이 큰 사람이니까. 예전에 나를 옹립해서 혁명을 일으켰던 것 외에는 조용한 사람이거든."

그래, 처음에 날 데리러 올 정도여서 꽤나 정치판에 잘 적응한 사람인 줄 알았는데 그게 아니었다. 그저 태어나길 그런 가문에 태어났고, 또 그 공작가에 대항할 사람이 없다 보니 편안히 지낸 사람. 갑자기 개혁을 결심한 이유는 모르겠지만.

뭐든지 '정당하게' 해야 한다고 생각하는 거나, 더러운 수법을 하나도 쓰지 못한다는 걸 볼 때 정말로 순수한 사람이지. 시르 공작처럼 차기 공작으로서 교육받은 것 같지가 않아.

"잘 알고 계시네요."

"오랫동안 옆에 있었던 사람이니까."

"저도 리아나님께 이야기는 들었지만 그 정도이리라곤 상상도 못했어요. 폐하께서 제 말 상대가 되어달라고 한 것, 그 말 그대로 해석하셨더군요."

"하아… 역시."

역시 그랬나. 내가 느낀 게 맞았군. 모르고 있었어.

조금 한심하다는 생각이 든다.

"제가 아마도 폐하께서는 자신에게 전할 말을 저에게 하라는 뜻이었을 거라 말씀드렸더니 좀 놀라시는 눈치였습니다."

"그래, 뭐라 말하던가."

"두 가지를 말씀하셨습니다. 하나는 리스튼에 관한 말이었습니다. 유배지에서 병에 걸린 모양이더군요. 그래서 다시 황궁으로 부르는 게 어떻겠냐는 이야기였습니다."

참 마음도 여리군.

아프다고 부를 바에야 애초에 그리로 보내지도 않았다. 나로서는 거

기서 죽는 게 나을 정도로 고통받고 죽어주었으면 할 뿐 부를 마음 따
위는 조금도 없다. 내가 왜 그자에게 좋은 대우를 해줘야 하느냔 말이
다. 내가 그자의 피를 받았다는 것만 해도 증오스러운데.

"푸후훗! 역시 반대이시군요. 리튼 공작께도 아마 폐하께서 싫어하
실 거라 말씀드려 두었습니다."

내가 아무 말도 않자 내 생각을 눈치 챈 뮤리아가 살짝 웃으면서 말
했다.

"눈치가 빠르군."

"저흰 파트너 아닌지요. 이 정도라면 눈치 채는 게 당연하지요."

그 말에 난 피식 웃어버렸다.

예전에 내가 했던 말 같은데 말야.

"다른 건… 시르 공작에 대한 것이었습니다."

"…그래?"

갑자기 기분이 가라앉는다. 언급하고 싶지도 않은 느낌.

"리튼 공작께서는 최근 시르 공작께서 너무 나서신다고 걱정하시더
군요. 그래서 폐하께 의논드릴 생각이었나 봅니다."

"흐음……."

그건 지금 어떻게 할 수 없다. 시간이 조금만 더 필요할 뿐.

"나름대로 생각을 많이 하신 모양이더군요. 그리고 제안하셨습니다.
언젠가 폐하께서 움직이시는 날 힘을 빌려주시겠다고."

"그거 고맙군."

진심에서 우러나온 말이 아니다. 그래서인지 빈정대는 듯한 어조가
되어버린 내 말에 뮤리아는 이상하다는 표정을 지었다.

"왜 그러시죠?"

"몰라."

예전이었다면 조금은 고마워했을 거다.

그런데… 지금은 뭔가 다르다. 전처럼 시르 공작이 멋대로 행동해도 크게 불쾌하다는 생각이 들지 않는다. 특별한 이유는 없는데, 어째서 인지 시르 공작을 내쫓겠다던 생각이 없어진 것 같다.

시르 공작에 대한 것뿐만이 아니라 다른 일들에도 모두 흥미가 없다, 이상할 정도로.

뭐랄까… 뭔가를 목표로 열심히 달려가다가 갑자기 목표가 사라진 것처럼.

참 이상도 하지. 나란 녀석은 원래부터 목적이니 뭐니 하는 게 없었는데 말야. 그저 죽임을 당하지 않는 것 정도가 목표였었는데.

"기운이 없으신 것 같군요."

"그다지."

"폐하."

제노시아까지 걱정이 되는지 날 부른다.

난 희미하게 미소 지어주고는 하늘을 쳐다보았다.

"딴청 부리시는 건가요?"

"그럴 의도는 아니었는데."

나도 내가 이런 기분이 드는 이유를 모르겠다. 분명히 얼마 전까지만 해도 누군가가 시르 공작을 몰아내는 걸 도와줬으면 하는 마음이 강했었는데. 시르 공작을 쫓아낼 생각을 하고 있었는데 말이야.

"지금 일이 일단락된 것도 아닌데 너무 마음을 놓으시는 것 같은데요."

뮤리아가 눈을 모로하고 날 보면서 투덜거렸다.

"아아, 잊고 있었어."

그래, 요 며칠 기분이 저조해서 잊고 있었다. 여러 가지 일도 있었고 말이지.

시에라에 관한 일은 아직 끝난 게 아니다.

시에라가 유폐의 탑에 들어갔다고는 하지만, 언제 나와의 일을 이야기할지 모른다. 어떻게든 조용히 시켜야 될 것.

"…뮤리아, 유폐의 탑에 가본 적이 있나?"

"없습니다."

당연한 대답이 나왔다.

그 말에 난 피식 웃었다.

"내가 어린 시절을 보낸 곳인데, 보고 싶지 않아?"

"무슨 뜻이세요?"

뮤리아가 의심스럽다는 눈초리를 하며 날 보았다.

"시에라가 그곳에 있지. 아마 차후에 그대가 한 번쯤 들를 일이 있을 것 같아서 말이야."

"흐음… 제가 가야 하는 건가요?"

뮤리아는 현명하게도 내 말을 바로 알아들었다.

"그래 주는 게 나도 좋지. 믿을 만하고."

"그러지요. 독은 구해주시겠지요?"

"그건 아리아에게 말해."

꽤나 가볍게 대화를 나눈 후 정원을 빠져나왔다.

아직 연회 중인지 홀 쪽은 환했다.

"그럼……."

뮤리아는 나에게 가벼운 목례를 건네고 자신이 갈 길로 가버렸다.

황후라는 이름을 단 사람이 시녀 한 명 안 데리고 다니는 걸 보면 참 대단하다. 무슨 수를 쓰면 다 떨궈낼 수 있는 건지…….

"폐하?"

“아아, 들어가지.”

조금 포기한 듯한 느낌이 든다. 이제 아무렴 어떠냐는 생각도 들고.

그래도… 시에라는 처리해야겠지?

쓸데없이 입을 놀리거나 하면 나 역시 다시 유폐의 탑으로 들어가야 할지도 모르니까 말야. 아무리 시르 공작은 다 알고 있다지만… 다른 대신들이 그냥 봐줄 리가 없지. 아, 그러고 보니 시르 공작이 유배를 보내지 말라고 한 것, 혹시 이런 걸 위해서였나? 나보고 시에라를 죽이라는?

음… 그건 내가 과하게 생각하는 걸까…….

하여튼 나로서는 시에라가 쓸데없는 걸 떠들기 전에 확실히 처리해야 한다. 뭐… 자신의 세력이 전혀 없는 지금 함부로 떠들지는 않겠지만. 적어도 자신이 알고 있는 걸 말해도 다치지 않게 도울 수 있는 자를 끌어들인 다음에 떠들 테니까.

10장
나의 딸

「현 황제와 가장 가까운 혈족부터 하여 나이 순으로 하되 황녀를 우선으로, 그리고 특정 신을 믿지 않을 것」. 이상은 아린드 국에서 황위 계승 서열을 정하기 위한 법 조항을 간단히 요약한 것이다. 물론 이것의 기본은 '황가의 핏줄이 흐르는 자'이다.

이 조항으로도 알 수 있듯이 아린드 국은 타국과 달리 황녀가 황자보다 우선시되어 있다.

그러나 이 조항에는 예외가 있으니, 황녀들이 황제의 재목이 아닐 때, 그리고 현 황제의 자손들 중 여성이 없을 때는 황자가 정치를 배워 황제가 된다.

하지만 절대 예외가 없이 지켜지는 조항도 있다. '특정 신을 믿지 않을 것'이라는 부분이다.

이 조항 때문에 지금까지 아린드 국의 역사 중에 어떤 신을 믿은 황제는 없었다.

특정 신을 믿는다는 것은 그 사람의 생각과 사상을 비롯한 그 모든 것이 그 신의 교리에 영향을 받는다는 것을 의미한다. 그래서 그런 사람이 황제가 될 경우 나라의 사상 자체가 그 교리에 영향받을 것을 우려하여 '종교'에 대한 것을 철저히 금지한 것으로 보인다.

이렇게 황제가 된 아린드의 황제들은 어느 신도 믿지 않는다. 그래서 신전에 크게 신경 쓰지 않을뿐더러 형식적인 기부만이 있을 뿐 신전을 멀리하는 것이 보통이다.

이러한 영향을 받아 아린드 국은 나라의 역사나 크기에 비하여 비정상일 정도로 신전이 발달하지 않았다. 이것은 아린드 국에서 귀족이나 지식인들은 '학문'의 하나로 각 신과 교리에 대해 약간이나마 익히나, 별 교육을 받지 못한 평민의 경우는 어떤 신이 존재하는지조차 모르고 있는 경우가 허다한 것을 보면 더 확실히 느낄 수 있다.

아린드 국은 확실히 국가에 '신'이라는 존재 자체를 배제하고 있는 거나 다름없어 보인다.

—아린드 국의 문화와 신앙

시르 공작이 다시 돌아온 뒤 상황은 예전으로 돌아왔다.

아니, 더 심해졌다고 해야 하나?

나에게 한 번 당했기 때문에 의심이 깊어진 건지 내 행동을 철저히 제한했다.

만나는 이들에 관해서도, 그리고 갈 수 있는 곳도.

황후라는 이름을, 나의 아내라는 이름을 달고 있는 뮤리아에게조차 일주일에 두 번 정도만 들르게 만들었으니 말 다 한 거 아닌가.

물론 시르 공작이 노골적으로 '일주일에 두 번만 가세요'라고 한 건 아니다.

막 다시 수도로 왔을 때 나와 이야기하고 나서 루이스 자작에게 뭔가를 지시하는 것 같았는데, 그게 아마 내 행동 제한에 관한 것이었던 모양이다.

찰거머리처럼 달라붙어서는 어디로 가려고만 하면 꼬치꼬치 캐묻고,

내가 가려는 곳이 명령받은 데 어긋난다 싶으면 거의 목숨 걸고 뜯어 말리는 거다.

단순하게 그냥 말리는 거라면 나도 루이스 자작을 무시하고 움직였 겠지만, 그럴 수도 없었다.

"가지 말라고? 네가 나에게 명령을 내릴 수 있는 위치인 줄 몰랐군."

처음 '가지 말라' 는 말을 들었을 때, 게다가 갑자기 뮤리아를 만나 러 가는 것까지 제한하고 나섰을 때 그런 말을 하는 루이스 자작이 황 당해서 비꼬아주었다.

"저도 참견 안 하고 싶습니다. 시르 공작께서 지시하신 바만 아니었 다면 얌전히 있었을 겁니다."

"뭐라고?"

기가 막혔다.

아무리 시르 공작을 따른다지만 좀 심한 거 아닌가 하는 생각도 들 고.

"시르 공작께서 얼마 전에 지시하셨습니다."

"뭘 지시했기에 이토록 무례하게 행동하는 건가."

"무례하다 느끼셔도 좋습니다. 제발 조심해 주세요. 부탁드립니다."

루이스 자작이 제발 자신의 말을 들어달라는 듯이 매달리고 있다. 평소 같지 않게 비굴할 정도로 매달리는 거다. 시르 공작이 무슨 소릴 했기에 저런 반응을 보이는지 약간 호기심이 생겼다. 하지만 루이스 자작의 대답은 내 기대를 배신했다.

"그걸 물어오시면 '아마 폐하께서는 알고 계실 것' 이라 대답하라고 하셨습니다만……."

그러면서 슬며시 내 눈치를 살핀다.

뭘 지시했는지는 짐작이 갔다. 만나는 사람을 제한해서 내가 더 이상 이번과 같은 일을 꾸밀 수 없게 하기 위해서겠지.

"대충 짐작은 간다."

난 그렇게만 말하고 그냥 시르 공작의 생각에 따르기로 했다.

어차피 발악해 봤자고, 또 그러고 싶지도 않다. 열심히 추진해 온 일이 갑자기 벽에 가로막혀서 의욕이 떨어졌다고나 할까.

한동안은 아무것도 하고 싶지 않았다. 그리고 굳이 루이스 자작과 싸울 이유도 없다. 루이스 자작과 싸운다고 해서 이 상황이 조금이라도 나아지는 건 아니니까.

내가 이렇게 멍하니 있는 사이, 시르 공작은 아주 부지런히 움직이고 있었다.

그 부지런함 덕분에 내가 회의 같은 데 나가서 단 한 마디도 하지 않아도 무슨 일이든지 척척 해결되고 있다. 어찌나 부지런한지 업무를 보면서도 시도 때도 없이 내 옆에 붙은 루이스 자작을 통해 말을 전해오기도 한다. 다 별로 듣고 싶지 않은 말이기는 하지만.

그리고 얼마 뒤,

스라트로 갔던 정예군이 돌아왔다.

그 덕에 또다시 큰 연회가 열렸다. 이번 연회의 명목은 '외국에서 고생한 병사들을 위해서'였다. 하지만 연회장 안에선 병사들을 눈 씻고 찾아봐도 없다. 신분상 들어올 수가 없으니까. 아마 지금도 보초를 서고 있겠지. 불쌍하게도.

나 이상으로 불쌍한 녀석들이다.

난 이런저런 생각을 하면서 와인을 계속 마셨다.

"폐하, 최근 시르 공작이 조금 심하다면서요?"

"약간."

연회 중에 나와 뮤리아는 태연히 앉아서 낮은 소리로 이야기나 하고 있었다.

　낮은 목소리라고는 해도 상대에게 목소리가 들리는 한 옆에 있는 시종에게도 들리니까 의미있는 대화를 할 수는 없다. 그저 그냥 이야기나 나누는 거다.

　"하긴, 제 처소로 오시는 일까지 제한하고 있으니까요."

　"그럼 연회나 자주 열까?"

　"예?"

　내 뜬금없는 말에 뮤리아는 이상하다는 듯한 표정으로 날 봤다.

　"연회라면 제한없이 만날 수 있지."

　"그렇긴 하네요."

　뭔가 이상하다는 듯이, 허탈한 듯이 대답한 뮤리아는 다시 눈을 연회장 내로 돌렸다.

　"다들 즐거워 보이네요."

　"그러게."

　머리 속이 안개가 낀 것처럼 흐리다.

　난 와인잔을 비우며 고개를 흔들었다.

　멍한 느낌.

　그다지 불쾌하지는 않지만 기분 좋은 느낌도 아니다.

　"술이 과하신 것 같습니다."

　"응? 아아… 그런가."

　뮤리아의 말을 듣고 나서야 내가 꽤 많이 마셨음을 깨달았다.

　"제가 듣기로는 최근 술을 자주 하신다 하던데… 괜찮으신 겁니까?"

　"아직은."

　그래, 아직은 괜찮다.

　아직은 무너지지 않았다. 언제 무너질지 모른다 해도…….

"아직은… 이라고요?"

뮤리아가 묘한 표정으로 내 쪽을 향해 고개를 돌렸다.

내 말이 마음에 안 드는 모양이다.

"그래, 아직은."

"대체… 평소 그리 술을 즐기시는 편이 아니라 알고 있었는데요. 제가 잘못 안 것입니까, 아니면 좀 변하신 겁니까!"

"굳이 따지자면 후자 쪽이 아닐까."

대충 대답해 주며 다시 술잔을 입으로 가져간다.

예전에도 술을 싫어했던 건 아니다. 지금처럼 많이 마시는 경우가 없어서 그렇지.

속으로만 변명을 늘어놓으면서 슬며시 뮤리아의 눈치를 살폈다.

이상하게 화를 내고 있는 것 같아서 미안하다고 할까.

왜 미안한지도 모르겠지만.

"술은 몸에 안 좋습니다."

뭔가를 말할 듯 입을 벙긋거리던 뮤리아는 어렵게 이 말을 꺼냈다.

아마 다른 말을 하려다가 관둔 것 같다.

"생각해 두지."

"그러세요."

완전 포기한 어투.

한동안 말없이 술만 마셨더니 세상이 도는 것 같다.

그런데 이상하게 기분이 좋은 이유가 뭘까?

그래, 그래서 술을 마시는 건지도 모르겠다. 상황이 이 딴 식이니 술의 힘을 빌려서라도 기분이 좋아지고 싶다고.

그렇게 말하면 뮤리아나 제노시아는 뭐라고 할까?

조금 졸리다.

아니, 지금 바로 뻗어서 자고 싶을 정도로 졸리다.

어째서인지 며칠 전부터 계속 졸음이 쏟아졌다. 하는 일이 없어져서 긴장이 풀려 그런 걸까 생각했지만, 그렇다고 하기에는 심하다 싶을 정도로 졸렸다.

"나른한걸."

"이제 여름이 다가오는데… 이상하군요."

봄에야 내가 그냥 날씨 탓에 졸려서 그런가 보다 하던 제노시아도 걱정스러워하고 있었다.

나만이 아니다.

날 감시해야 할 루이스 자작도 졸고 있었다.

제노시아야 멀쩡하지만.

아마 시르 공작이 일에 복귀하고 한 한 달 정도 후부터였다고 기억되지만 이게 맞는지 확실하진 않다.

매일 졸다 보니 오늘이 어제 같고 어제가 오늘 같아서 날짜가 가고 있는 것도 잘 모르겠다. 그저 밤과 낮이나 구분이 가능할까.

그러니 정확히 언제부터 이랬는지는 알 수가 없다.

"차를 가져오게 했습니다."

"응? 아아……."

제노시아의 목소리도 잘 안 들린다. 마치 전부 꿈 같다고 할까.

그저 졸릴 뿐이다.

아… 근데 차를 가져오게 했다면 누군가가 여기 들어온다는 소리?

그럼 눈을 뜨고 있어야겠는걸.

"폐하, 일어나십시오."

"음?"

또 잠시 졸았던가 보다.

억지로 눈을 뜨니 내 앞에 차가 한 잔 놓여 있었다. 그리고 쿠키도 몇 개.

"으음… 왜 이런지 모르겠군."

난 그리 잠이 많은 편이 아니다.

그런데… 제대로 된 생각조차 할 수 없을 정도로 졸리다.

찻잔에 손을 가져가려는데 갑자기 다른 손이 내 손을 잡았다.

"폐하, 제 생각인데 말입니다. 혹여 안 좋은 약을 드신 게 아닐까요?"

"뭐?"

머리 속이 멍해서 저 말이 이해가 되지 않는다.

무슨 소릴 하는 건지 모르겠다는 생각만이 들었을 뿐.

"너무 많이 주무시지 않습니까. 뭔가 이상하다고 생각되지 않으시는지요."

제노시아가 안타깝다는 듯이 말해도 난 아무 생각도 들지 않았다.

그저 못 견디게 졸릴 뿐이었다.

아무 생각도 하고 싶지 않았다.

그렇게 하루를 보낸 난 저녁때가 되어서야 비몽사몽간에 제노시아에게 끌리다시피 해서 내 방으로 돌아갔다.

방으로 가자마자 내 눈에 보이는 건 침대. 그리고 '이제 편히 잘 수 있다' 라는 생각이 날 지배했다.

정말로 침대밖에 안 보였다.

내가 뭔가에 홀린 듯 침대로 흐느적거리며 걸어가려는데 누군가가 내 어깨를 잡았다.

"응?"

상황 판단이 제대로 안 된 내가 천천히 고개를 돌리니 누군가가 보인다.

누구지? 제노시아는 아닌 것 같은데.

"확실히 좀 이상하군요. 언제부터죠?"

나에게 하는 말은 아닌 것 같다.

"저도 잘은… 얼마 전에 이상하게 많이 주무신다고 말씀드렸었죠?"

몽롱하게 들리는 이 목소리는 제노시아가 맞는데… 누구랑 이야기하는 걸까?

무기력한 머리를 열심히 회전시켜서 상대의 이름을 기억해 냈다.

"…키나이?"

"맞습니다."

어째서 얼굴을 잊어버린 걸까.

하지만 심각하단 생각도 안 든다. 그저 멍하니 그녀의 얼굴을 보고 있을 뿐.

"혹시 수면제를… 식사에……."

난 키나이가 말하는 동안 잠들어 버렸다.

띄엄띄엄 들리는 그들의 목소리를 자장가 삼아서.

"그럼……."

"…그러니까……."

아, 졸려.

아침이다.

아침에는 그나마 머리가 맑다.

예전에는 늘 잠이 모자라서 아침에 졸렸었는데 지금은 완전 반대가 되었다고 할까.

"일어나셨습니까."

"음? 키나이? 언제 왔지?"

"어제저녁에 보지 않으셨습니까."

그랬나. 잘 기억이 나지 않는다, 멍한 게.

"폐하, 제정신이 아닌 이들을 가두어둘 때 뭘 주는지 아십니까?"

"내가 그런 걸 어떻게 알아."

어처구니없는 질문에 멍하니 키나이를 보다가 퉁명스럽게 말했더니 그녀의 무표정한 얼굴이 걱정으로 물들었다.

"뭔가를 잊게 만들어야 할 때도 비슷한 수법을 쓰지요."

무슨 말을 하고 싶은 걸까.

"수면제를 먹입니다. 아무 생각도 못하고 계속 자도록. 그렇게 머리가 하얗게 비어버리도록. 아무 생각도 하지 못하고 기억도 못하게."

"⋯그게 뭐 어쨌다는 말이야?"

아침부터 왜 저런 말을 하는 건지 모르겠군. 뭔가 나랑 관련이 있다는 건 느낄 수 있지만.

"역시 판단력이 흐려지셨군요. 예전이었다면 제가 말씀드리려는 바를 눈치 채셨을 텐데요."

"뭐?"

최근에 머리가 멍하긴 하지만 저런 소리를 들을 정도는 아니라고 생각했는데.

"누군가가 폐하께 계속 적당량의 수면제를 드시게 하는 것 같습니다. 앞으로 식사를 조심하십시오."

"하지만 내 식탁에 올라오는 것들은⋯⋯."

어라라? 생각이 안 난다. 분명히 이 방에서 먹는 식사는 절대 안전한 이유가 있었던 것 같은데⋯⋯.

한참을 생각하고 나서야 기억이 났다. 이 방의 탁자에, 더 정확히는 탁자에 장식된 보석에 걸려 있는 해독 주문. 황제가 해 될 것을 먹지 않도록 해둔.

아마 건국 때 만들었다고 하던데… 그런데 이게 왜 그렇게 기억이 안 난 걸까.

"카나이, 확실히 내가 이상해진 것 같아."

"폐하, '것 같은' 게 아니라 이상합니다."

확실히 이상해지긴 했지만 그래도 그렇게 단호하게 말하면 슬퍼진다.

아마도 시르 공작이 꾸민 일이라 생각되는데… 심하군.

내 어렴풋한 기억―최근의 일은 하도 졸아서 제대로 기억나는 게 없다―으로는 분명히 루이스 자작도 같이 졸았던 것 같은데 말야.

음?

"식사에 섞은 건 아닌 것 같다."

"그렇게 느긋하게 생각하실 때가 아닙니다."

제노시아가 안타까운 듯이 하는 말에 난 슬쩍 웃었다.

"그게 아니라, 내 기억으로는 하도 희미해서 확실하지 않지만 아마 루이스 자작도 같이 졸았던 것 같은데 말야. 식사에 섞여 있었다면 그럴 리가 없지."

그 말에 제노시아가 고개를 끄덕였다.

"그럼 다른 것이겠군요. 주로 집무실에서 드시는 차 같은 것들."

"아마도. 조심하도록 하지."

그렇게 대답했을 때 밖에서 시녀의 목소리가 들렸다.

"폐하, 들어가도 되겠습니까."

벌써 왔군.

내가 키나이 쪽으로 시선을 주자 그녀는 나에게 목례를 하고 스륵 사라졌다.

"들어와라."

키나이가 사라지는 걸 확인하고 나서 밖을 향해 말하자 몇몇 시녀들이 들어왔다.

시녀들이 이것저것 정리하고 아침을 가져오는 동안 난 생각에 잠겼다.

요 한 달간의 흐릿한 기억을 열심히 뒤적여서 찾은 필요한 기억은 네 가지.

하나, 아침에 하는 회의 때 내가 졸고 있는 걸 보며 시르 공작이 묘하게 미소 짓는 모습을 자주 봤던 기억.

둘, 이상하게 루이스 자작이 술이나 차를 자주 권한 것.

셋, 처음에 혹시나 독이 있을까 해서 루이스 자작과 같이 마시기 시작했고, 그 이후로도 계속 같이 마셨던 것.

넷, 계속 자는 바람에 최근 상황이 어떻게 돌아가는 건지 하나도 모르겠다는 것.

그런데 웃긴 건, 생각하는 중에도 계속 졸리다는 거였다.

상황 자체는 전혀 우습지 않고 심각한 거다.

그래도 심각하다는 생각보다 자고 싶다는 생각이 더 들었다. 생각 이상으로 심각한 사태인가 보다 하는 생각도 들긴 했지만 생각하면 할수록 머리가 '자야 해' 라고 말하는 느낌이라고 할까.

아침을 먹고 나서 회의에 참석해 슬쩍 시르 공작을 관찰했다. 지난 한 달간처럼 눈을 반쯤 감고서. 아직까지는 약간 머리가 멍했기에 제대로 생각은 할 수 없었지만 일단 관찰은 할 수 있었다.

회의 시작 전에 슬쩍 날 관찰한 시르 공작은 내 태도가 변하지 않았음에 한심했는지 피식 웃더니 레비스까지 무시하면서 제 마음대로 회의를 진행했다.

그런 태도에 레비스를 슬쩍 봤다.

레비스는 아무 말도 없이 그저 그 자리에 있을 뿐 얼굴에 어떤 감정도 드러나 있지 않았다. 나로서는 처음 보는 무감각한 모습이었다.

내가 흐리멍덩하게 있는 사이 무슨 일이 있었던 걸까.

회의가 끝나고 나서 난 집무실로 향했다.

집무실에서는 루이스 자작이 얌전히 날 기다리고 있었다.

"아……."

"좋은 아침입니다."

루이스 자작은 졸리다는 표정으로 가벼운 인사를 한 후에 내가 자리에 앉자 내 쪽을 멍하니 본다 싶더니 이내 졸기 시작했다.

어째 나보다 더 심한 것 같다.

조는 듯한 루이스 자작을 관찰하는 사이 머리가 조금씩 맑아져 오는 걸 느꼈다.

그때 노크 소리가 들렸다. 그리고 들어오는 시녀 둘.

"뭐지?"

"지시하신 대로 와인을 가져왔습니다."

난 시킨 적 없는데.

"루이스 자작께서 지시하셨습니다."

내 표정을 보고 하고 싶은 말을 읽은 건지, 아니면 정해진 대사인지 인형 같은 표정을 한 시녀가 높낮이 없는 어조로 대답했다.

루이스 자작 쪽으로 시선을 돌리니 그녀는 약간 멍한 표정으로 시녀를, 아니, 정확히는 그들의 손에 들린 와인을 보고 있었다.

말 그대로 홀린 듯이.

"두고 가."

"예."

시녀들이 나가고 나서 난 와인을 잔에 부었다.

루이스 자작의 몫까지 두 잔을 붓고는 가만히 그 와인을 보았다.

난 그중 한 잔을 슬쩍 루이스 자작에게 밀었다. 그녀는 잔을 받자마자 마셔대기 시작했다. 몽롱한 눈으로.

솔직히 나도 마시고 싶다. 붉은 저 액체가 날 유혹하는 듯이 느껴지고 있다고 할까. 그건 아마도 요 한 달간 와인을 엄청나게 마셔댄 게 원인이겠지. 혹시 시르 공작은 날 알코올 중독자로라도 만들어 버릴 생각이었나.

자연히 미간이 찌푸려진다.

이게 아니더라도 여러 문제로 골치 아파서 술을 자주 마셨으니까 한동안 조심해야겠군. 루이스 자작이야 알코올 중독이 돼도 나와는 상관없으니까 내버려 두겠지만.

난 가볍게 한숨을 내쉬며 이제 저 혼자 잘 따라 마시고 있는 루이스 자작을 응시했다.

이상하게 나도 계속 마시고 싶다. 손이 저절로 가고 있다고 할까. 그 수면제, 중독 성분도 있는 걸까? 아니면 수면제가 아니었을 수도 있겠지.

어느새 와인을 다 마신 루이스 자작이 멍하니 내 잔을 응시했다.

그렇게 가만히 있더니 이내 꾸벅꾸벅 졸기 시작한다.

이틈에 난 할 일 좀 할까.

"제노시아."

"예."

"이 와인, 키나이에게 전해. 그리고 노턴에게 가져가서 뭐가 들었는지 좀 알아봐 달라고 해.”

“알겠습니다.”

내 앞에 와인을 부어놓았던 잔을 들고 제노시아가 밖으로 나갔다. 꼭 와인에만 들었다고 볼 수 없으니 이렇게 한 것이다.

흐음… 그 게으른 신관 녀석이 제대로 해줄지는 모르겠지만 이 일을 제대로 해줄 수 있는 사람 중에 믿을 만한 녀석은 그놈뿐이다.

어째서 그런 녀석을 믿어야 하는 건지… 정말 내 주위에는 인재가 없단 말야.

속으로 혀를 차며 한탄하고 있으려니 제노시아가 다시 들어왔다.

좀 걱정스럽다는 듯이 날 보는 제노시아에게 웃어주고는 탁자에 엎드렸다.

피곤하다. 한 달간 몸에 배어 있던 생활 탓인지, 그냥 앉아 있는 것 자체만으로도 너무 피곤했다.

“괜찮으신 겁니까?”

내가 탁자에 엎드린 게 걱정스러운 모양이다.

“아아… 아마도.”

애매하게 대답해 주었다.

약간은 졸리다.

하지만 못 참을 정도는 아니다.

난 슬며시 눈을 감았다.

잘 생각은 아니었다. 다만 피곤해서 조금 쉬고 싶었다.

그렇게 눈을 감고 조용히 다시 생각했다.

지금은 적어도 키나이가 찾아왔을 때보다는 머리도 꽤 맑아져 있었다.

그래서인지 가만히 눈을 감고 있으려니 여러 가지 생각이 떠올랐다.

잠만 자기 시작하면서 한 번도 뮤리아나 아리아, 세레나를 만난 적이 없는 것 같다. 내 흐린 기억을 뒤지고 뒤져도 한 번도 없었다.

뮤리아야 내가 좀 이상했다는 걸 알고 있을 테니 별말없겠지만. 그리고 아리아도 연락 좀 없다고 이해 못할 사람도 아니지만, 문제는 세레나. 이 한 달 동안 편지 한 번 안 쓴 걸 세레나에게 어떻게 **변명할지** 생각하니 머리가 아파 죽을 것 같다. 되도록이면 그 아이에게 걱정 끼치기는 싫은데… 어떻게 설명을 해야 할까.

만나자마자 얼마나 자신을 걱정시켜야겠냐, 오빠가 되어서 동생을 걱정시켜야 되겠냐라며 잔소리하겠지.

"으윽."

"폐하?"

나도 모르게 신음 소리를 내자 제노시아가 걱정스러운 듯이 날 불렀다.

"아무것도 아냐. 그저… 수습할 일이 많구나 하는 생각에."

그래, 이 한 달간 아무 생각 없이 지낸 걸 수습하려면 꽤 힘들 것 같다.

세레나도 달래야 하고, 시르 공작을 칠 준비도 거의 다시 해야 할 거다.

한 달이나 이런 멍한 상태가 이어졌다면 눈치 챌 수 있었을 **텐데**, 아니, 당연히 알아차렸을 텐데 갑자기 의욕이 떨어진 **때와 맞물려서 꽤** 오래 눈치 채지 못했다. 이상할 정도로 오랫동안 그대로 있은 거다.

덕분에 한 달이나 그냥 시간을 보낸 거다. 아니, 한 달 정도가 아닐 거다.

추진하던 중에 멈추게 되었으니 거의 다시 준비하는 시간이 걸릴 거다. 나도 모르는 사이 상황이 많이 변했을 테니까.

그런 시간까지 합치면 엄청난 시간을 그냥 보낸 셈이 되는 거다.

이거, 그 시간을 만회하려면 한동안은 정말 바쁘겠는걸.

노턴의 말에 따르면 내가 계속 마셔댔던 음료에 녹아 있던 약은 두 가지란다.

하나는 키나이의 예상대로 수면제. 그리고 나머지 하나는 중독성이 있는 약이란다. 정식 명칭은 '숲의 은둔자' 라는 이름이라고 한다. 강한 중독성과 감각의 둔화를 가져오는 약이라고.

"잘도 이런 약을 구했군."

종이에 쓰여진 걸 읽은 후 졸고 있는 루이스 자작에게 시선을 돌렸다.

루이스 자작이 저런 상태여서 편하기는 하지만 이것도 한계가 있다.

내가 약에 대해 알아채고 마시지 않고 있다는 걸 알게 된다면 다른 방법을 쓰게 될 테니까.

아직 내게 이 약을 선물한 사람이 누군지는 모르겠지만, 일단 시르 공작이라고 생각하기로 했다. 시르 공작 아니면 그 수하들일 거라고.

다른 세력들도 사실 거의 시르 공작 쪽으로 흡수되어 버렸고, 그게 아닌 세력은 굳이 나에게 해코지할 이유가 없으니 어차피 똑같겠지.

"흐음… 이제 어떻게 한다."

"예?"

"아냐."

내 혼잣말에 대답하는 제노시아에게 손을 저어 보이고는 탁자에 손가락을 두드리며 생각을 시작했다.

톡. 톡. 톡. 톡.

내가 아직 약에 취한 척하면서 돌아다니는 것도 한계가 있다.

절대 무리라고 할까.

돌아다니면서 사람을 만날 수도 없고 여기에만 있어야 하니 힘들고, 또 그 흉내를 낸다는 것도 힘들 게 뻔하다.

사람들을 여기로 부를 수도 없다.

감시역이랍시고 있는 루이스 자작이야 약에 취해서 졸고 있으니 상관없어 보이지만, 그 철저한 시르 공작이 내 주변에 감시자를 저 멍청한 루이스 자작만 두었을 리가 없다. 내 눈에 보이는 녀석이 루이스 자작 하나뿐이라서 그렇지.

그러니 눈에 띄는 짓은 못하고…

내가 시르 공작을 속일 수 있는 시간은 아마도 적게는 4일 정도에서 많게는 10일 정도쯤이라고 생각된다.

재수없으면 더 일찍 들킬 거고.

"폐하."

"우왓!"

갑자기 날 부르는 키나이의 목소리에 놀라 버렸다.

키나이는 그런 나를 한심하다는 눈초리로 보더니 차갑게 말했다.

"조용히 하시는 게 좋을 듯싶은데요. 루이스 자작이 깨어나면 어쩌시려고."

"그러니까 안 놀래키면 되는 거 아냐?"

가볍게 투덜거려 준 다음 키나이에게 손을 내밀었다.

"줘."

"여기 있습니다."

난 키나이가 내민 편지를 받아 탁자 위에 올려놓았다.

"아, 그리고 뮤리아에게 말은 전했지?"

"예, 폐하의 뜻대로 하겠다 하시더군요. 마침 심심하셨다고."

그럴 줄 알았다.

내가 뮤리아에게 부탁한 일은 가끔 시에라를 찾아가 보라는 거였다.

어줍잖은 동정심도 아니고 승자의 여유 같은 것도 아니다.

아니, 승자의 여유라는 말은 좀 그런가. 난 아직 승자라고 할 수 없으니까.

하여튼 이유는 간단하다.

나중에 시에라가 죽어버렸을 때, 유독 그날만 누군가가 찾아갔다면 이상할 테니까.

물론 유폐의 탑에 있는 누군가가 죽어 나간다 해도 큰일 나지는 않겠지만 너무 노골적인 건 피해야 하지 않겠는가 하는 생각에서 뮤리아에게 부탁했다.

다른 말이 있을 때까지 심심하면 찾아가서 이야기나 하다 오라고.

"아, 라일라는 어쩌고 있다던가."

슬쩍 루이스 자작에게 시선을 주며 목소리를 조금 낮췄다.

정신없이 자고 있긴 하지만 혹시 모르니까.

"아리아의 말에 의하면 잘 지내는 모양입니다. 그리고 루이스 자작의 영지를 조금씩 삼키는 작업에 들어갔다고 합니다."

"호오… 그래?"

"나이치고는 수완이 좋더군요."

"어련할까."

다른 데는 멍청하지만 장사하는 걸로는 누구도 따라올 수 없을 정도의 수완을 지닌 루이스 자작의 딸인데.

"지금 그 영지 관리인은 아무 반응 없어?"

"그녀는 어차피 루이스 자작의 친딸이니까요. 루이스 자작의 사망 후 물려받게 될 사람이니 상관없다고 생각하는 모양입니다."

그럼 그 영지에 관한 건 문제없겠군.

"그럼 가보겠습니다."

용건을 끝낸 키나이는 잽싸게 사라졌다.

혹여나 루이스 자작이 잠에서 깨서 보게 되면 곤란하니까.

나도 솔직히 졸리긴 졸리다.

약 때문이라는 걸 알고 나서는 계속 깨어 있으려고 노력은 하지만 갑자기 생활을 바꾸는 건 무리였는지 깨어 있으려니 피곤하다.

일종의 후유증인가? 아니면 그동안 계속 자는 데 익숙해진 몸이 바뀐 생활을 따라오지 못하는 걸까?

탁자에 엎드려 스르르 눈을 감았다.

피곤하다, 정말로.

그리고… 차나 와인도 마시고 싶다. 정확히 말하자면 내 몸이 그 '약' 을 원하고 있는 거다.

한동안 좀 힘들겠는걸. 그 약의 중독성 때문에 말이야.

"폐하, 들어가도 되겠습니까."

잠시 후 밖에서 들린 시녀들의 목소리에 루이스 자작이 눈을 떴다.

루이스 자작은 이 소리엔 이상할 정도로 반응을 보인단 말야. 그 '약' 을 가져올 때마다 들리는 목소리라서 그런 걸까.

"들어와."

일부러 힘없는 목소리를 가장하지 않아도 자연스럽게 나온다.

아직은 그 약 기운이 완전히 사라진 것이 아니기에.

또 시녀 둘이 들어와서 와인을 늘어놓고 나간다. 늘 같은 모습.

짜증날 정도로 표정없는 저 시녀들이 마음에 안 든다.

잘 교육받은 인형들.

난 와인을 루이스 자작이 마시도록 유도해 주면서 속으로 욕을 퍼부었다. 누구한테 정해놓고 하는 게 아니라 마구잡이로.

와인을, 그 약을 마시고 싶은 마음을 억누르느라 평소보다 더 짜증이 나는 것 같았다.

마음에 안 드는 일이 왜 이리 많은지 모르겠네. 제길. 정말 신이 있어서 위에서 날 내려다보고 있다면, 제대로 살게 해주지 못할 바에야 부디 편안히 죽여줬으면 좋겠다. 이렇게 고생시키지 말고.

다음날 회의 때.

시르 공작은 뭔가 이상하다는 듯이 계속 날 빤히 보고 있었다. 난 속으로 이제 약을 먹지 않는 걸 눈치 챘나 싶어서 뜨끔하면서도 어디까지나 태연하게 눈을 반쯤 감고 있었다. 멍하니 회의를 안 듣고 있는 것처럼.

느긋한 걸음으로 집무실로 간 나는 멍청하게 서 있는 루이스 자작을 무시하고 내 자리에 주저앉았다.

"시르 공작이 뭔가 눈치 챈 모양이던데. 어떻게 생각해?"

"글쎄요… 전 잘 모르겠습니다."

눈치 빠른 사람이니까 한동안 조심해야 하려나.

낮은 목소리로 나와 제노시아가 속삭이는 걸 보고 있던 루이스 자작이 고개를 갸웃했다.

이쪽을 보고 있긴 하지만 눈은 풀려 있는 걸 보니 아무 생각도 없는 모양이다. 전 같았으면 날카롭게 추궁했을 텐데.

예전엔 귀찮았는데 반응이 너무 없으니 좀 심심하다는 생각도 드네.

탁자에 팔을 괴고 앉아서 키나이가 오기를 기다리고 있는데 집무실에 낮은 노크 소리가 두 번 흐리게 들리더니 문이 열렸다.

순간 키나이가 왔나 싶었지만 아니라는 생각이 들었다.

“나른하신 모양입니다, 폐하.”

뭔가 불쾌한 듯한 시르 공작의 목소리.

느릿하게 고개를 돌려보니 시르 공작이 날 관찰하듯이 자세하게 뜯어보고 있었다.

“…무슨 일로 여기 왔지?”

“무슨 일이 있는 건 아닙니다. 그저 폐하께서 피곤해 보이시기에 걱정이 되어서요.”

비꼬는 듯한 목소리.

아마도 내가 계속 약을 먹고 있는지 확인차 온 모양인데. 눈치 빠른 시르 공작을 완벽하게 속이기는 무리겠지만… 그래도 멀쩡한 모습을 보여서 좋을 건 없으리라 생각된다. 적어도 루이스 자작까지는 아니라도 어느 정도는 약에 취한 모습을 보이는 게 좋겠지.

“멀쩡한 거 확인했으면 나가지?”

일부러 기운없는 나른한 목소리를 가장하고―가장하지 않아도 자연스럽게 나왔지만―한마디 해준 다음 그냥 고개를 돌려 버렸다.

고개는 돌렸다지만 신경은 온통 시르 공작 쪽으로 쏠려 있어서 그런지 그녀가 날 관찰하는 시선이 느껴졌다.

한참 동안 나에게 시선이 고정되어 있더니 사라졌다.

시선을 다른 데로 돌린 모양이라 생각하고 몰래 눈만 돌려 시르 공작 쪽을 확인하니 차가운 표정으로 루이스 자작을 노려보고 있는 게 보였다.

그러고 보니 루이스 자작은 아직도 졸고 있다.

“잠시… 루이스 자작과 이야기를 해도 되겠습니까?”

“마음대로 해. 내 앞만 아니면 상관없어.”

불쾌함이 가득 담긴 시르 공작의 어조에 귀찮다는 듯이 손을 흔들어주자 시르 공작은 낮게 혀를 찼다. 그리고 루이스 자작의 손을 잡아챘다. 그 느낌에 루이스 자작이 눈을 뜨더니 한참을 멍하니 시르 공작을 빤히 보고 있는 거였다.

바보 같은 일이었다.

연극의 일부분같이 느껴질 정도로 현실감이 없는 모습이었다.

"잠시 나오시겠습니까? 폐하께 허락은 받았습니다."

정중한 말과는 달리 그 속에 불쾌함이 잔뜩 묻어 있다.

루이스 자작은 그 말뜻이 파악이 안 되는지 한참을 가만히 있다가 뭔가 깨달은 것처럼 느릿하게 대답했다.

"아… 예……."

시르 공작과 루이스 자작이 나가고 나자 난 방금까지 시르 공작이 뿜어내던 묘하게 무거웠던 공기가 생각나서 한숨을 내쉬었다.

"하아……."

"시르 공작이 화가 난 모양이더군요."

화났다기보다 그저 기분이 안 좋은 모양이던데.

감시하라고 붙여놓은 녀석이 시킨 일은 안 하고 그러고 있었으니까. 나와 같이 약을 먹어서 그렇다는 걸 알고는 있어도 불쾌하겠지. 제대로 감시하지 않고 놀고 있는 것 같을 테니. 정확히 왜 기분이 나쁜지는 알 수 없지만 말이야.

그나저나 내 상태를 보러 왔던 모양인데. 잘 속여 넘긴 걸까?

"아… 지금 키나이가 오면 안 될 텐데."

시르 공작에게 들키면 안 되는데 말야.

밖에 나간 둘은 뭘 하는지 한참 동안 들어오지 않았다.

따분하다고 느껴질 무렵 문이 조용히 열리고 시르 공작만 들어왔다.

"루이스 자작의 무례를 사죄드립니다, 폐하."

"음? 무슨 뜻이지?"

"폐하께서 계신 자리에서 저런 모습을 보인 것 말입니다."

내 앞에서 졸고 있었던 걸 말하는 거라는 건 알고 있지만… 시르 공작이 왜 저렇게 나오는지는 모르겠다.

뭔가 떠보는 것도 아닌 것 같고.

"할 말 없으면 나가지?"

"드릴 말씀이 있기는 합니다만 그 상태로는 들으셔도 소용없으실 것 같군요."

"뭐?"

"물러가겠습니다."

시르 공작은 부드럽게 인사를 하고 나가 버렸다.

수상한데. 뭔가 꾸미고 있는 것 같아.

잠시 후에 루이스 자작이 다시 들어왔다.

"루이스 자작?"

"…예?"

아직 제대로 생각을 할 정도로 정신이 든 건 아닌지, 멍하니 대답하면서 내 쪽이 아닌 다른 곳을 보고 있다. 눈은 내 쪽을 향해 있으면서 말이다.

이거, 상당히 무서운데.

꼭 좀비 같다고 할까? 초점없는 눈으로 멍하니 서 있는 모습이 꽤 섬뜩하다.

"정상이 아니군."

"…예……."

내 간단한 평가에도 무슨 말인지 모르고 그냥 대답하는 모양이다.

이거, 문제가 큰데.

보고 있으면 꽤 재미야 있지만.

멍하니 있다가 뭔가 움직인다 싶으면 그쪽으로 고개를 돌렸다가 그 자세 그대로 가만히 있고, 소리가 들리면 천천히 고개를 돌리면서 '예'라는 대답 하나.

가지고 놀면 재미있겠다는 생각이 드는 건 당연한 거 아닐까.

그렇게 놀고 있는데 밖에서 어떤 시녀의 목소리가 들렸다.

"폐하, 세레나님께서 뵙기를 청하십니다."

어라? 세레나가 어쩐 일로 미리 연락도 없이 온 거지? 황궁에 오는 거 싫어하면서 왜 여기까지 온 걸까.

어지간한 건 편지로 연락하던 녀석이.

"만나… 아니지."

대답하려다가 입을 다물어 버렸다.

만나는 건 문제가 안 되지만 그렇게 되면 세레나와 만나 이야기한 걸 시르 공작이 모를 리가 없고. 내가 그 약을 안 먹고 있다는 건 자연히 알게 될 것이다. 누군가를 만난다면 내가 멀쩡히 대화를 할 수 있는 상태라는 뜻이니까.

그래서 평소에 만나러 오지도 않던 세레나에게도 미리 한동안은 못 만난다고 연락해 뒀었는데 왜 갑자기 찾아온 건지.

세레나가 급한 문제라고 생각했으니 찾아왔겠지만.

"폐하?"

밖에 있던 시녀는 내가 대답이 없자 이상하다고 생각했는지 날 부른다.

하지만 난 어떻게 대답해야 할지 결정을 못 내린 상태.

조금 더 생각한 끝에 그냥 돌려보내는 게 낫다고 판단했을 때 밖이 조금 소란스러워졌다.

“세, 세레나님?”

“시끄러! 비켜.”

아마 세레나가 그 시녀의 옆에 같이 기다리고 있었던가 보다.

한동안 대답이 없자 못 기다리고 들어오겠다고 난리치는 거겠지.

그냥 내버려 둘까? 나도 오랜만에 얼굴 보고 싶기도 하니까. 내 기분에 따라 결정할 수 없는 일이지만… 지금 밖에 ‘명령’을 하려니 내가 중독된 상태가 아니라는 걸 알리는 셈이 된다. 이러나저러나 시르 공작이 내가 정신이 돌아왔음을 알게 되는 건가.

쾅!

멍하니 생각에 잠겨 있으려니 엄청난 소리를 내면서 문이 열린다.

힘이 넘치는구나, 세레나.

“헉. 헉. 오라버니, 저와 이야기 좀 했으면 하는데요. 시간있으시죠?”

시간이 없다고 하면 무슨 짓을 해서라도 시간을 내게 만들 듯한 모습이었다.

“응? 어… 문은 닫지 그러니?”

내가 멍청히 대답하자 세레나는 문 닫을 생각은 않고 성큼 걸어오더니, 뒤에 겁먹은 시녀에게 고개를 돌린다.

꽤나 매섭게 노려봤는지 시녀는 겁먹은 눈초리로 잽싸게 문을 닫아 버렸다.

“오랜만…….”

“오랜만이고 뭐고! 대체 어떻게 된 일이에요? 기껏 찾아왔는데 들어오란 소리도 않고, 그리고 저기 서 있는 멍청이는 왜 저러고 있는 거지요?”

멍청이라… 루이스 자작을 말하는 건가?

확실히 바보 같은 모습으로 서 있기는 하지만……

“입이 험하구나. 신관이 되었으면서.”

“흥. 신관이라고 다 성인(聖人) 같은 게 아니에요. 잘 아실 텐데요.”

자신만만한 표정으로 쓸데없는 말을 하는구나.

“그래, 무슨 일로 왔니? 내가 한동안은 찾아오지 말라고 전했던 것 같은데.”

“그게… 음, 저자 앞에서 말해도 되는 건가요?”

세레나가 웬일인지 배려란 걸 해준다.

난 그 모습에 피식 웃었다.

“보시다시피 정상이 아냐.”

“흐음… 오라버니께서 그렇게 말씀하시니 그렇다고 생각하지요.”

세레나는 드물게, 아니, 내가 보기에는 처음으로 좀 초조해하는 모습을 보이고 있었다.

“급한 일인가 보군.”

“저도 무슨 일인지는 잘 몰라요.”

그러면서 내미는 종이.

“편지?”

“예, 드레이크 씨한테서 오랜만에 왔어요. 반갑기도 하고 또 이상한 느낌도 들어서요. 그래서 빨리 보고 싶다는 생각에 이렇게 오게 되었어요. 죄송합니다.”

“죄송할 것까지는 없어.”

헤에, 정말 오랜만이군. 저번에 무슨 섬에 간다는 연락 이후로 소식이 없더니만.

편지를 펼치자 그 안에서 다른 편지가 하나 더 나왔다. 일단 따로 나온 편지는 옆에 두고 펼친 편지를 한 줄 한 줄 읽어 내려갔다.

오랜만입니다.

음… 무슨 말을 어떻게 해야 할지 모르겠습니다.

죄송하다는 말 외에는 할 말도 없군요.

당신이 제게 부탁하셨던 여인, 실비아가 죽었습니다.

무슨 돌림병에 걸려 죽었는데… 당신께 전해달라며 편지를 맡겼습니다.

전 이제 모험을 그만둘 생각입니다.

그 돌림병 때문에 같이 다니던 녀석들도 거의 죽고 별로 안 남았는데, 병든 녀석들도 있고, 여행 중에 다쳐 병신된 녀석들을 버릴 수도 없고 해서 정착하려 합니다.

편지에 대한 감상은 황당하다고 할까.

이런저런 말이 주절주절 많이 쓰여 있긴 했지만 요는 실비아가 죽었다는 것과 자신은 이제 정착한다는 내용이다.

한 1년 전, 마지막 연락에서 무슨 섬에 모험 간다고 하고는 연락이 끊겼었다. 어딘가로 떠난다면 한동안 연락이 없는 건 익숙한 일인지라 그저 그러려니 하고 재미있겠다 부러워했었다. 난 평생 이 거대한 새장인 황궁을 나갈 수 없으니까.

그런데… 이렇게 허무하게도 모험이 끝나는구나 하는 생각.

거짓말처럼 그 생각 외에는 아무 생각도 안 들었다.

한때 좋아했던 여인이 죽었다는 데도 그런 생각 외에는 안 들었다면 다른 사람들은 나에게 매정하다고 할까?

실감이 안 난다. 현실이 아니라 이야기책에 나오는 글을 읽고 있는 기분이 조금 들었다고 할까.

내가 이상한 걸까… 아니, 이상한 게 맞겠지. 이렇게 무감각할 수는 없는 건데.

"흐음……."

"뭐라고 써 있어요?"

궁금해하는 세레나에게 편지를 넘겨주고 아까 따로 나왔던 편지를 펼쳤다.

드레이크의 말에 의하면 이건 실비아가 보낸 거겠지?

한번 슥 훑은 내용은 별거없었다.

드레이크가 쓴 편지보다도 더.

병에 걸렸다는 것, 아프다는 것, 그리고 내가 생각난다는 것.

딱 세 가지.

게다가 아픈 와중에 써서 그런지 횡설수설한 데다 글씨도 일그러진 게 많아 거의 못 읽을 정도다.

그래도 어찌어찌 다 읽어 내린 다음 편지를 다시 접었다.

그리고 세레나에게 시선을 주니 세레나는 아직도 편지를 읽고 있었다.

"이제 그만 돌아가."

"예?"

편지를 다 읽기를 기다려 가보라고 했더니만 황당하다는 표정으로 날 보고 있다.

"돌아가라고. 오래 있으면 곤란해."

"…지금 저에게 하실 말씀이 그것뿐입니까?"

목소리가 조금 낮아져 있었다. 뭔가 상당히 기분 나쁜 모양이다. 하지만 지금 내 상황이 난처하니 오래 이야기할 수는 없다. 이미 충분할 정도로 오래 있었다. 더는 곤란하다.

"그리고 내 대신 드레이크에게 편지 좀 써줘. 유감이라는 내용으로."

"…오라버니, 생각보다 굉장히 매정하시군요?"

"알아."

세레나가 뭔가를 참는 듯이 억지로 하는 말에 짧게 대꾸했더니 세레나는 날 노려보기 시작했다.

"오라버니!"

"아무리 지금 루이스 자작이 정상이 아니라지만 아무것도 못하는 건 아냐."

"알았어요. 너무나 잘나신 오라버니, 전 이만 물러가 보도록 하지요."

세레나는 기분 나쁜 티를 팍팍 내면서 일어났다. 그리고는 날 한참이나 노려보면서 숨을 고르더니 좀 빠른 속도로 말을 쏟아냈다.

"지금 오라버니의 상황이 나쁘다는 건 노턴님께 어느 정도는 들었어요. 하지만 친구가, 오라버니의 하나뿐인 친구가 최대의 꿈을 포기해야 한다는데 이런 반응은 좀 심하신 거 아닌가요? 조금쯤은 슬퍼해 줘야 하는 거라고 생각해요. 그리고 다른 사람도 아니고 실비아가 죽었다고 하잖아요! 예전에 오라버니께서 그렇게나 좋아하던 그 여인이!"

"살다 보니 '좋아한다' 는 감정만으론 살기 어렵다는 걸 알게 되어서."

내 대꾸에 세레나는 더 기가 막히다는 듯이 날 한참을 보고 있다가 이내 몸을 획 돌리고 거칠게 문을 열고 나가 버렸다.

"조금 부드럽게 대해주지 그러셨습니까."

난처한 듯 부드럽게 제노시아가 건넨 그 말에 난 쓰게 웃었다.

"그런 식으로 이야기하면 끝이 안 나."

세레나, 나라고 왜 드레이크의 편지에 아무 감정이 없었겠니.

하지만 네 앞에서, 그리고 루이스 자작 앞에서 그런 말을 할 수는 없는 거 아니겠어? 난 네게 절대 약한 모습 보이고 싶지 않거든. 약한 모습은 지금 보이고 있는 것만으로 충분해.

그리고… 너와 오래 이야기하다가 혹시 루이스 자작이 무슨 반응이라도 보이면? 지금은 정상이 아닌 모습으로 저리 멍하니 있지만 아무것도 못 보고 아무것도 못 듣는 사람이 아니잖아.

나를 봐도, 약에 중독되었던 그 한 달간의 기억이 어렴풋이 남아 있는걸. 그러니 루이스 자작도 기억하고 있을 거야. 잘못해서 시르 공작에게 말이 들어간다면 난처하단 말야.

하, 그래. 이런 게 세레나가 말하는 '매정함' 이라는 거겠지.

"루이스 자작은 방금 본 거, 기억할까?"

"기억은 하더라도 제대로 표현은 할 수 없을 겁니다."

그럼 다행이겠지만. 하여간 처리해야 할 일을 좀 서둘러야겠군. 혹시 시르 공작에게 보고가 들어갈지도 모르니까. 우선적으로 해야 할 일이라면 역시… 시에라에 관한 거겠지. 뮤리아에게 부탁한 지 이제 2주째인데. 좀 이를까? 하지만 어쩔 수 없지.

*   *   *

뮤리아는 기분이 무척이나 좋았다.

일주일에 두세 번 정도 자신의 궁을 떠나 유폐의 탑에 가는 날은 말로 표현할 수 없을 정도로 즐거워지곤 했다. 요 사이 앨리언 황제도 자신을 만나러 오지 못하게 되는 바람에 심심하게 하루하루를 보냈던 뮤리아에게 이 외출은 정말 기분 좋은 일이었다.

이 유폐의 탑이라는 곳에 갇혀 있는 사람을 놀리는 일은 정말 즐거운 일이었다. 특히나 오늘은 그 하이라이트에 해당하는 날이라서 더욱 즐거웠다.

"황후마마께서 오셨습니다."

짧게 울리는 저 '황후마마'라는 호칭이 뮤리아를 기분 좋게 만들어주곤 했다. 자신의 궁 안에만 있으면 잘 들을 수 없는 호칭이니까. 그리고 방에서 조용히 선 시에라의 모습이 보이자 뮤리아의 입가에는 짙은 미소가 어렸다.

"오랜만입니다. 잘 지내셨는지?"

"하, 여기서 잘 지낼 수 있다고 생각하고 묻는 건 아니겠지?"

유폐되면서 화려하고 아름다운 옷 대신 수수한 옷차림으로 변해 버렸지만 그 혓바닥과 눈만은 살아 자신에게 독설을 퍼붓는 시에라를 보며 뮤리아는 유쾌함을 느꼈다.

'그래, 너무 시시해서는 재미가 없는 법이지.'

"어머나, 보통은 아무도 찾지 않고 쓰레기처럼 썩어가야 하는데 기껏 어렵게 왔더니 이런 대접이라니. 정말 섭섭하군요."

뮤리아도 만만한 성격은 아닌지라 바로 반격에 들어간다. 게다가 뮤리아는 어렸을 때부터 그다지 좋은 소리를 듣고 크질 않아서 그런지 어지간한 말에는 눈썹 하나 까딱 안 하는 반면, 시에라는 조금이라도 천박하게 말하면 바로바로 반응이 온다.

지금 역시 마찬가지.

그 '쓰레기'라는 말에 화가 난 시에라가 쏘아보자 뮤리아는 느긋한 태도로 탁자 앞에 앉았다. 마치 당신의 시선 따위는 나에게 아무런 영향도 못 준다는 듯이 느긋하고 나른한 모습으로.

"앉으시지 그럽니까. 제가 갈 때까지 계속 서 계시려면 다리가 아프실 거라 생각되는데요."

태연한 뮤리아의 말에 시에라는 속으로 화를 삭이며 의자에 앉았다. 그리고 나름대로 뮤리아가 찾아온 용건에 대해 짐작해 보기 위해 열심히 생각을 하고 있었다.

하지만 그건 헛수고일 뿐이다.

뮤리아는 그저 단순히 자신의 '재미'를 위해 찾아오는 것뿐이니까.

시에라는 그런 뮤리아의 태도가 불쾌했다. 예전이라면 자신 앞에서 얼굴도 못 들 계집이 지금 황제 자리에 앉아 있는 앨리언 덕분에 저렇게 멋대로 굴고 있는 것이다. 게다가 뮤리아가 자주 유폐의 탑을 드나들면서 감시가 심해져 밖으로 연락하기가 힘들어졌기 때문에 더 기분이 나빴다.

처음 유폐될 때의 계획처럼 밖에 있을 도리안 남작이나 아루드 남작에게 연락을 취해 앨리언과의 일을 알리려던 일이 불가능할 정도로. 그렇다고 해서 시르 공작에게 '이걸 말할 테니 날 살려달라' 라는 식으로 그 사실을 말하는 건 자존심이 허락치 않았다. 신하에게 목숨을 구걸하라니. 절대 그럴 수는 없었다. 그래서 바깥과 연락하여 대등한 교섭을 벌여 이 기분 나쁜 곳을 빠져나갈 생각이었다.

"아, 그거 들었어요? 시에인 자작이었던가 하는 사람. 수배령 내렸었잖아요."

자신을 따르던 사람의 이름이 나오자 시에라는 무심결에 고개를 들어 뮤리아를 보았다.

그 모습에 뮤리아는 더욱 짙게 미소 지으면서 천천히 말을 이었다.

"잡혔다죠? 그것도 아루드 남작이라는 사람이 친히 데려온 것 같던데."

"뭐라고?"

시에라가 벌떡 일어나자 뮤리아는 과장되게 놀랐다는 표정을 지어 보였다.

“어머! 놀라라. 왜 그러시죠?”

“거짓말.”

“어머. 믿고 싶지 않으셨나 보군요. 이를 어째.”

뮤리아는 상냥한 미소를 가장하고 시에라의 마음을 난도질하기 위해 천천히, 부드러운 음성으로 설명을 시작했다.

“설명드리죠. 자신이 받을 벌을 조금이나마 감해달라며 리나 켈 시에인을 데려왔어요. 덕분에 다니엘 프 아루드는 작위 박탈과 벌금형으로 그쳤지요. 반란에 가담했던 나머지 인물을 잡는 것 역시 협조하겠다고 약속했고요.”

“그럴 리가⋯⋯.”

“후훗, 어지간히 인덕이 없으셨나 봐요.”

즐기고 있다는 게 명백한 뮤리아의 태도에 시에라는 아무 대꾸도 할 수 없었다.

대꾸할 힘이 남아 있지 않다는 게 정답일 거다.

시에라는 힘없이 의자에 주저앉았다.

지금 뮤리아의 말은 자신과 함께 반란을 일으켰던 녀석들이 살기 위해 자신들끼리 서로 칼을 들이대고 있다는 말이나 다름없었다. 그리고 지금까지 바깥에 연락을 취해 시르 공작과 교섭하려던 일이, 이젠 불가능하다는 말이기도 했다.

“어머나. 그렇게 기운없는 모습을 보이시면 제가 슬퍼요.”

걱정하는 듯한 뮤리아의 말을 들은 시에라는 순간 뮤리아의 입을 틀어막고 심장에 칼을 찔러 버리고 싶다는 생각을 했다.

“꽤나 생각해 주시는 척하는군요.”

"후훗. 제가 아니면 누가 당신을 생각해 주겠어요?"

아무리 시에라가 비꼬아도 뮤리아는 능글맞게 대꾸할 뿐이다.

"크읏……."

"인정해 주시니 기쁘군요."

한참 새로운 '시에라 가지고 놀기' 라는 취미 생활을 즐기던 뮤리아는 자신이 데려온 시녀를 시켜 차와 과자를 약간 가져오게 했다.

"이야기만 하려니 목이 마르군요."

라는 이유를 대면서.

매번 올 때마다 있는 일이라 시에라는 아무 의심도 하지 않고 불쾌한 듯이 힐끔 시선을 주었을 뿐이었다.

시녀가 차와 과자를 내어오자 늘 그렇듯이 뮤리아가 먼저 한 모금 마시고 그 잔을 시에라에게 내밀었다.

독은 들어 있지 않다는 의미로 늘 이래 왔던 거다.

"자아, 독은 없습니다."

"훙."

시에라가 찻잔을 받아 들고 나서 뮤리아도 자신의 찻잔을 들고 차를 마셨다.

시에라가 차를 마시는 걸 보며 뮤리아는 눈을 빛냈다. 그리고 자신의 차를 한 모금만 마시고는 다시 내려놓았다.

"차가 맛있지요?"

"당신이 옆에 있다는 이유만으로 맛이 없어."

"그거 죄송하군요."

무슨 말을 들어도 뮤리아는 그저 웃을 뿐이었다.

특히나 오늘은 기분이 좋으니까 더욱.

"하지만 당신도 참 한심하군요. 자신을 따르는 자들은 모두 비참한 생활을 하고 있을 텐데 여기서 이렇게 여유롭게 지내시다니.”

“뭐라고?”

시에라의 한쪽 눈썹이 꿈틀거렸다.

“아아, 그렇게 화내시지 마세요. 저의 솔직한 감상일 뿐이니까요.”

뮤리아는 방긋방긋 웃으며 말했다.

기분 나쁜 말을 들으면 그 몇 배로 받아치는 게 뮤리아의 성격.

그렇게 한가로운 티타임 뒤에 뮤리아는 일어나서 곱게 인사를 건넸다.

“평안하시기를.”

하지만 시에라는 그 인사가 거슬리는 듯이 눈을 치켜떴다.

“무슨 뜻이지?”

“말 그대로의 의미입니다.”

뮤리아는 상쾌하게 웃어주고는 평소의 느긋한 걸음이 아닌 좀 빠른 걸음으로 급하게 자신의 궁으로 향했다.

그리고 도착하자마자 방에 들어가서 시녀들을 물린 후 허둥지둥 서랍 속에 곱게 놓여 있는 병을 꺼냈다. 안에는 하얀색 불투명한 액체가 들어 있었다.

뮤리아는 단숨에 그걸 마시고 숨을 몰아쉬었다.

“하아… 괜찮겠지?”

방금 해독제를 마시기는 했지만 불안했다.

혹시 의심할까 해서 평소처럼 같이 차를 마시면서 손이 떨렸다는 걸 시에라가 눈치 챘을까 불안하기도 하지만, 더 불안한 건 혹시 해독제를 마시는 시간이 늦어버렸을까 하는 거다.

자신에게 이 독을 건네준 키나이의 말로는 천천히 효과가 나타나서 지금 먹이면 밤중에 죽는다고 했다.

그러니 불안한 거다.

지금 늦어버렸다고 해도 아직 알 수가 없으니까.

"하아… 폐하께서도 정말 별일을 다 맡기신다니까. 뭐, 즐겁긴 했지만."

어차피 불안해해도 다른 방법이 없다고 생각한 뮤리아는 그저 상큼하게 웃었다.

쓸데없는 데 생각을 낭비하는 건 질색이었으니까. 앨리언이야 별 잡다한 데까지 다 신경을 쓰지만.

＊　　　　＊　　　　＊

시에라가 눈을 뜬 건 한밤중이었다.

이상하게 가슴 부위가 조여오고 있었다.

"큭……."

숨을 쉬기도 힘들 만큼 아팠다.

소리 내어 누군가를 부를 수도 없을 정도로.

"하… 아……."

심장 부위를 손으로 움켜쥐었다.

가슴이 조여오는 듯한 통증.

그 때문에 숨조차 쉴 수가 없었다.

숨을 고르기 위해서 계속 노력했지만 마음대로 되지 않았다.

고통은 점점 더 심해져 오고 있었다.

"헉. 헉."

숨을 몰아쉬면서 별의별 생각이 다 났다.

고통스러운데도, 금방 죽을 것같이 아픈데도 쓸데없는 일까지 하나 하나 다 생각이 나는 거였다.

그리고 그 기억의 끝에 낮에 만났던 뮤리아의 말이 떠올랐다.

'평안하시기를.'이라고 했던 말. 묘한 울림을 가졌던 그 말.

'아아, 그런 건가.'

그제야 시에라는 왜 이렇게 아픈지 알 수 있을 것 같았다.

자신은 지금 죽어가고 있는 것이다.

아마도 뮤리아가 자신에게 먹인 독 때문에.

'이럴 줄 알았더라면⋯⋯.'

하찮은 자존심 때문에 아등바등 밖으로만 연락을 취하려던 자신이 한심했다. 어차피 유폐되어 버렸으니 앨리언을 끌어내리는 것으로 충분했을 텐데. 그랬으면 이렇게 되지는 않았을 텐데.

곧 엄청난 고통이 몸을 덮쳤고 시에라는 비명조차 못 지르고 입만 벙긋거렸다. 그리고 천천히 움직임이 멎어갔다.

"시에라님, 일어나실 시간입니다."

유폐의 탑에서 평생을 일해온 시녀는 오늘도 평상시처럼 시에라를 깨우러 왔다.

그런데 평소라면 신경질적으로 자신이 일어났음을 알릴 시에라가 이상하게 조용하다는 생각에 시녀는 문을 열고 안으로 들어갔다.

커튼을 열고 침대 쪽을 보자 시에라가 누워 있었다.

아니, 죽어 있었다.

밤새 고통을 호소했는지 한 손으로 심장을 움켜쥐고 다른 손으로는 시트를 쥔 채 차마 눈을 감지 못하고 부릅떠 천장을 노려보면서.

입가에 흐른 피.

시에라의 모습을 확인한 시녀는 조금 허탈하다는 생각을 했다. 평소

워낙 독하게 굴어서, 어쩌면 여기서도 잘살지 모른다고 생각했었는데.

"결국 죽었네."

시녀는 그렇게 담담하게 말하고는 어딘가에 있을 이곳의 책임자를 부르러 갔다.

이런 일은 어차피 흔하다는 생각을 하며.

'이런 데서 일하려면 입 조심이 우선이니까.'

누가 죽어도 상관없었다. 다만 자신이 해고되는 일만 없으면 되는 거라고 생각하며 시녀는 책임자가 일하고 있는 방문을 열었다.

"저기… 시에라님께서 돌아가셨던데요."

"알았어. 상부에 보고하지. 기사들에게 시체 처리 준비하라고 해."

"예."

이렇게 간단하게 절차는 끝났다.

*　　　*　　　*

시에라가 죽었다는 소리가 들렸다.

그리고 '장례 허가'가 났다는 소리도.

장례라고 해봤자 몬스터들 먹이 주기에 지나지 않겠지만.

의외인 것은, 시에라가 내 예상보다 더 사람을 믿지 않았다는 것일까. 지금 내 처지를 모르지는 않을 텐데 어느 누구에게도 나와의 거래를 말하지 않았다니. 설마 시르 공작에게 말할 시간이 없었다거나 하는 것도 아닐 텐데. 약에 취해 있었을 시간에 뭔가 수를 썼으면 되었을 텐데. 어째서 조용히 있었던 걸까. 시에라의 생각을 알 수가 없군. 뭐, 이제는 죽어버렸으니 입을 놀리고 싶어도 그럴 수 없겠지만.

그리고 시에라의 죽음 소식과 비슷한 시기에 내가 더 이상 약을 먹지 않는다는 걸 시르 공작이 알게 되었다. 역시 세레나가 다녀간 걸 보고 알게 된 걸까. 아니면 내 연기가 어설펐던 걸까.

조금만 더 몰랐더라면 좋았을 텐데라는 생각이 들긴 하지만 들킨 이상 어쩔 수 없다고 생각하고 받아들였다.

그리고 나 때문에 약을 실컷 먹은 루이스 자작은 '요양'을 한다고 한동안 안 올 거라고 한다.

그래, 그건 잘된 일이지만. 아니, 잘된 일이었지만.

"폐하, 무슨 생각을 하십니까."

새로운 감시자가 카난 공작이라는 건 별로 환영할 일이 아니었다.

"아무것도."

루이스 자작처럼 만만한 사람이 아니니까. 게다가 말도 너무 잘해서 상대하기 힘들다고 할까.

뭐, 카난 공작이 와서 나에게 안 좋은 일은 거의 없지만.

"루이스 자작은 언제 복귀한다던가?"

"어머. 벌써 그리우세요? 요양하러 간 지 이제 5일밖에 안 되었는데요?"

정말이지 카난 공작의 혀는 뭘로 만들어졌는지 말은 진짜 잘한다.

뮤리아와 붙으면 볼 만하겠다.

평생 가도 둘이서 싸울 일은 없겠지만.

"누가 그립다고 했나."

"그럼?"

"글쎄."

사람을 앞에 두고 '네가 싫어'라고 할 수는 없는 법.

애매하게 대답하고 시선을 돌릴 수밖에 없다.

"아, 그런데 말입니다."

“왜.”

시선은 창밖에 둔 상태 그대로 대답했다.

어차피 별 중요한 이야기도 아닌 걸 잘 아니까.

카난 공작이 감시자로 온 이후에는 거의 하루 종일 이렇게 함께 쓸데없는 이야기만 하고 있다. 덕분에 심심하진 않으니까 싫지만도 않은 건가?

“시에라가 먹고 죽은 독약이 뭔지 알고 계세요?”

“내가 그걸 무슨 수로 아나.”

“알고 계실 거라 생각하는데요.”

그 말에 몸을 돌려 카난 공작을 봤다.

카난 공작은 눈을 가늘게 뜨고 날 보고 있었다. 마치 다 알고 있다는 듯이.

“어째서 그렇게 생각하지?”

“시에라가 죽어 가장 이득 보는 사람 중 하나니까요.”

“호오, 그럼 나 말고 이득 보는 사람은 누군데?”

“시에라의 적들이겠지요.”

서로 제대로 된 대답은 하지 않고 말 장난 같은 대화만 이어 나간다.

서로 염탐하듯이.

“시에라의 딸들을 부르신다면서요?”

“일단 어머니의 장례이니 봐야 할 게 아닌가 하는 생각이 들어서.”

“어머나. 자비로우시네요.”

자비는 무슨. 잔인하다는 소리를 들을 일이지.

내가 쓴웃음을 짓자 카난 공작은 방긋이 웃는다.

마치 자신이 이겨서 기쁘다는 듯이. 아니, 이건 내 망상이려나.

“딸이 둘이라더군.”

"아, 예, 시에라가 워낙 극성이라 얼굴과 이름 정도는 알고 있습니다. 아직 사교계 데뷔할 나이는 아니지만요."

어련하려고.

"리랜스 남작은 어쩔 건가 모르겠네요. 영지도 이제 얼마 없는데."

시에라의 반란으로 가장 피해를 본 건 리랜스일 거다.

작위도 남작으로 하락했지, 영지도 대부분 몰수당했지, 또 사병 수 제한에 죽을 때까지 중앙의 감시를 받게 되었으니까. 그나마도 시에라가 반란을 일으키기 전에 딸들을 데리고 다른 영지로 가버려서 이 정도로 끝난 거지, 아니었으면 이미 죽었을 거다.

"내가 신경 써줄 이유는 없지."

"그렇긴 하지만요."

어깨를 한 번 으쓱인 카난 공작은 잠시 자신의 손을 만지작거리면서 손장난을 하고 있었다.

어지간히 심심한가 보군.

"아… 하네인 후작이 요새 바쁜 모양이더군."

"예, 아무래도 리랜스 남작을 대신해 새로 떠오르는 세력이니까요. 아직 곤란할 정도는 아니지만 말입니다."

"곤란해?"

알 수 없는 말이네.

내가 모르겠다는 듯이 되묻자 카난 공작은 배시시 웃었다.

"하네인 후작은 저와 조금 일이 겹친다고 해야 하나요? 하여간 더 이상 커지면 곤란하거든요."

묘한 말이로군.

"순순히 이야기해 주는 게 어쩐지 수상한데."

"이럴 때도 있어야 되는 거 아니겠습니까."

장난기있는 얼굴로 웃어 보인다.

시에라의 두 딸이 도착했다.

시르 공작 자신은 공식적으로 아무 직권도 없으니까 일단은 나와 만나 이야기를 나누어야 한다고 말하며 날 불러냈다.

"흐음. 별걸 다 시키는군."

"그렇습니까."

시르 공작이 얼음같이 차가운 소리로 대꾸했지만 그런 데 움찔거릴 내가 아니다.

너무 오래 겪어왔으니까 이제 와서 주춤거릴 이유 따윈 없다. 아무리 상황이 바뀌었다 하더라도 말이다.

난 따분하다는 표정을 감추지도 않고 심드렁한 반응을 보였다.

"귀찮아."

"그래도 필요한 일입니다."

"아니까 나온 거 아니겠나. 언제쯤 오는 거지?"

"곧 두 분을 모셔오도록 하겠습니다."

조용히 문을 닫고 나간다.

솔직히 죄인에 불과한 시에라의 자식들을 내가 만날 이유는 없지만, 일단 그 아이들도 황족이다 보니 최소한의 예의가 어쩌고저쩌고해서 이렇게 대화할 자리가 마련된 것뿐이다.

반역자의 아이더라도 황족은 황족이니까.

솔직히 말하자면 별로 만나고 싶은 이들이 아니다.

내가 시에라와 오죽 사이가 나빴던가. 시에라와의 사이에 여러 가지 일도 있었고. 그런데 그 자식들과 얼굴 마주 보고 이야기하고 싶을 리가 없지 않은가.

문을 노려보고 있으려니 곧 시르 공작이 두 여자 아이를 데리고 들어왔다.

겉보기로 한 12, 3세 정도 된 것 같은 아이들.

"황제를 뵈옵니다."

예의 바르게 인사하는 것들.

이름이… 리아스와 루나리네스던가?

"앉지."

두 아이는 죽은 어머니의 적이었던 사람을 만나고 있는 것인데도 불구하고 별로 겁먹은 태도가 아니었다.

언니인 리아스는 뭔가 포기한 듯이 허망해 보이지만 동생인 루나리네스는 나와 시르 공작을 조심스럽게 살피고 있었다.

"오랜만에 보는구나."

"예, 폐하."

한 살 차이지만 언니라고 리아스가 대답을 한다.

낯설기는 하지만 이 둘을 처음 보는 건 아니다.

황족들이 해마다 한 번씩은 모이게 되어 있으니까. 하지만 이렇게 이야기해 보는 건 처음.

일단 나와의 인사가 끝나자 난 시르 공작에게 시선을 보냈다. 알아서 하라는 의미로.

시르 공작 역시 자신이 나서야 함을 알고 있는지라 바로 말을 꺼냈다.

"아시다시피 두 분을 이리 오시라 한 건 시에라의 장례 문제 때문입니다."

죄인은 죽은 자라 해서 존칭을 써주지 않는다.

살아 있을 때의 성(姓)도 붙여주지 않는다. 그래도 자식들 앞인데,

좀 너무한다는 느낌이 들게 한다고 할까.

"알고 있습니다."

목소리가 약간 떨리고 있는 모습이 '아직 어리구나' 하는 생각이 들게 한다.

"장례라고 해도 별것은 없습니다만 일단 황족의 일원이셨던 분이니 직계 혈육께는 통보해 드리는 것이 규칙이어서……."

"알고 있습니다."

리아스가 입술을 깨물면서 대답했다.

난 그런 모습들을 그저 구경만 했다. 내 일도 아니고 죽은 이 역시 나와 절친했던 자가 아니다. 그리고 내가 죽음으로 몰아넣은 자이다.

…그런데 어째서 나의 어머니가 생각나는 걸까.

전혀 다른 모습. 전혀 다른 상황. 그리고 나와의 관계 역시 전혀 달랐는데.

리아스와 루나리네스는 나에게 인사를 한 다음 조용히 방을 빠져나갔다.

제 어미가 몬스터의 먹이가 되는 걸 허락하기 위해서, 그리고 그 모습을 보기 위해서.

저들은 어미의 장례 아닌 장례를 보며 어떤 생각을 하게 될까.

복수를 꿈꾸게 될까. 아니면…….

＊　　　＊　　　＊

시에라가 죽고 3년 후, 루이스 자작이 요양에서 돌아오자 카난 공작은 자기 자리로 돌아갔다. 나보다 심하게 중독되었다지만 이상할 정도로 오래 요양한 셈이다. 이유는 잘 모르겠지만 아마도 돌아오기 싫었던 것이 아닐는지. 시르 공작이 목적을 위해 쉽게 자신을 죽일 수 있다는 걸 온몸으로 느꼈을 테니.

자기 자리라고 해봤자 그저 자신의 자택에서 빈둥거리는 것뿐이지만.

하여튼 상쾌하게 웃으며 루이스 자작에게 독설을 퍼부어주고 갔다.

나에게는 '그건 가짜 얼음일 뿐인데, 자세히 관찰하지도 않고 견고해서 안 깨진다고 착각하는 사람들도 있어요' 라는 알 수 없는 말을 남기고.

그리고 얼마 뒤 시르 공작의 하나뿐인 딸 헤레니안의 7살 생일이 다가오고 있다는 걸 알게 되었다.

그 아이에 대해선 전혀 관심이 없었다. 고로 생일이 언제인지조차 알지 못했다.

시르 공작이 7살 생일에 입양을 해주었으면 한다는 말을 꺼내기 전까지는 말이다.

입양을 하라는 말을 들은 나는 피식 웃었다.

어차피 입양해야 될 거 일찍 한다고 해서 안 될 건 없다는 생각에. 하지만 솔직히 기분 나쁜 건 사실이다. 모든 게 시르 공작의 뜻대로 움직인다는 것이 불쾌하다.

"이르군."

후사를 위해 입양한다고 하기는 이른 나이다. 이럴 경우 보통은 아이가 12, 3살은 되었을 때 어느 정도 재능을 보고 데려오는 거니까.

그런데 시르 공작은 하나뿐인 딸을… 달리 자식이 더 있는 것도 아니고, 후계자는 어쩔 생각인지.

"그렇습니까."

칼로 심장을 찔러도 피 한 방울 안 나올 것처럼 냉정한 어조다.

요 5년 사이 더 심해진 것 같아.

"아직 생각도 제대로 못할 나이로군. 그럼 네 계획이 틀어지는 것 아닌가?"

"이미 절반 이상은 성공한 계획입니다."

이 나라를 영원히 그림자에서 지배하겠다는 거? 하! 웃겨. 어린애들도 그것보다는 덜 유치하게 놀 거다.

"좋아. 입양하지. 회의에서 말을 꺼내겠어."

버텨봤자 소용없다는 생각에 바로 허락했다.

하긴 허락하고 말고 할 것도 없다. 시르 공작이 원한다면 당연히 이루어질 일이니까.

원하는 대답을 들은 시르 공작은 말없이 목례만 하고 나가 버렸다.

이 5년간 난 포기하는 법만 배운 것 같다.

처음에는 계획을 잘 세워서 시르 공작을 몰아낼 생각이었다. 그런데 적시라고 할 수 있을 때 이상하게 의욕이 없어서 한동안 가만히 있었다. 그리고 또 그 약에 관한 일 때문에 헤롱거리다 보니 다시 처음부터 준비해야 했고.

아니, 지금 생각해 보면 그때 이상하게 의욕이 없다고 느꼈던 때부터 약에 취해 있었는지도 모르겠다는 생각이 든다.

시르 공작에게 크게 당한 셈이라고 할까.

그 약의 중독성 때문에 거의 1년간을 아무 일도 못하고 지냈었다.

뭔가를 깊이 생각하기 어려웠다고 할까. 아무것도 하지 않아도 피곤했고, 또 이유없이 초조해지기도 했었다.

내가 그렇게 시간을 보내는 동안 꽤 세력이 큰 귀족들 외에는 모두가 시르 공작의 수하가 되어 있었다. 전에는 아무리 시르 공작이 대신들을 바꿀 정도로 실권을 장악했어도 분명히 세력이 있는 녀석들을 중

심으로 몇 개의 파로 나누어져 있었는데 말이다.

이제 시르 공작은 더 이상 상대하기 힘들 정도로 커버린 거다. 그리고 처음부터 다시 시르 공작을 칠 준비를 하면서 예전에는 전혀 눈치 못 챘던 일을 꽤 여러 가지 알아냈다.

그중에서도 내가 포섭했다 여기던 이들 중 몇몇이 시르 공작에게 지시를 받고 움직이고 있다는 걸 알았을 때의 기분이란. 지금까지 시르 공작이 그런 식으로 내 계획에 알게 모르게 관여하고 있다는 걸 알았을 때는 허탈하기도 하고, 내가 지금껏 그녀의 손바닥에서 놀았나 하는 생각에 나 자신이 한심하기도 했다.

화도 나지 않았다. 그저 당연하다고 느끼면서 한숨만 내쉬었을 뿐이었다.

내가 봐도 놀랄 정도로 태연했다, 마치 예상이라도 했던 것처럼. 하여튼 그런 저런 이유들 덕분에 지금은 거의 포기 상태다. 가끔씩 마음 한구석에서 '공존'을 생각하곤 하는 것 외에는 아무것도 하지 못하고 무기력하게 자리에 앉아 있을 뿐이다.

내 이런 모습에 다른 이들은 다음 내 결정을 기다리며 숨을 죽이고 있다.

내가 계속 이대로 있을 거라고는 생각하지 않는 모양이지만…

지금의 난 아예 의욕없음 상태다.

다 포기하고 흘러가는 대로 따라가고 싶다는 마음도 생기고 있으니까.

친한 이들에게는 내가 이런 생각을 하고 있음을 넌지시 말했었다. 그랬더니 다들 입이라도 맞춘 것처럼 '마음대로 하라'는 식의 반응을 보였다.

뮤리아는 그저 내가 하는 대로 흘러갈 생각인 모양이다. 저번에 '제

대로 살고 싶지 않느냐 고 물었더니만 '어떻게 살아도 사는 건 마찬가
지' 라면서 태연히 넘기는 걸로 봐서 아마도 그런 모양이다. 아니, 속으
로 칼을 갈고 있을지도 모르지. 워낙 겉과 속이 다른 여자니까. 게다가
권력이라는 것이 주는 힘을 좋아하는 사람이니까. 예전에 스라트의 왕
녀로 있던 시절처럼 힘을 가진 자들에게 이리저리 치이지 않고 싶어하
니.

세레나는 내가 어떻게 하든지 상관없다고 생각하는 모양이었다. 세
레나 녀석, 예전에 드레이크에게 실비아가 죽었다는 편지 온 이후로 나
에게 쌀쌀맞다. 단단히 화가 났던 모양이다. 달랬다고 달랬는데 그래
도 속에 앙금으로 남아서 예전처럼 대하기 힘든 모양이었다.

리아나 이모님은 날 설득하느라 바쁘다. 어떻게든지 시르 공작과 싸
우라고 전하고 있긴 하지만… 당해낼 수 없다는 생각이 더 많이 드는
걸 어쩌겠습니까, 이모님.

아리아는 초조한 모양이었다. 내가 잘못될까 봐.

제노시아야 뭐… 내 마음대로 하라는 식이고.

다들 그저 내가 한동안만 쉬고 싶어하는 거라고 생각하고 있는 모양
이었지만.

그러고 보니 나도 날 걱정해 주는 사람이 꽤 있군.

나, 내 생각보다 행복한 놈인지도.

하지만 이제 아무래도 상관없다는 생각이 든다.

그래, 아무렴 어떠리.

하지만…

역시 이 상태로 계속 살고 싶지는 않다.

무엇을 해도 상대의 눈치를 봐야 한다는 건 오래전부터 질색이었다.

그런 건 유폐의 탑에서 나에게 따라붙던 기분 나쁜 감시의 눈길로

족하다.

회의에서 시르 공작의 딸을 입양한다고 하자 난리가 났다.

아무리 시르 공작의 세력이 강해도 이건 어쩔 수 없나보다.

"말도 안 됩니다!"

"그렇습니다. 황후께서 아직 멀쩡하시고, 또한 두 분 나이도 아직 많지 않으신데 무슨……."

일부는 시르 공작의 세력이 더 강해지는 걸 바라지 않는 모양이다.

하지만 어쩌리, 내가 원하는 일도 아닌 것을.

"뮤리아는 아이를 낳지 못하는 몸이다."

내 말에 회의실은 조용해져 버렸다.

솔직히 이런 말까지 할 생각은 아니었다.

다만 조금 귀찮아서, 그냥 빨리 처리해 버리고 싶어서.

뮤리아가 알게 되면 상처받을지도 모르지만 솔직하게, 그리고 직선적으로 말해 버렸다.

"그러니 입양한다."

단호한 내 말에 한동안 머뭇거리던 대신이 조심스럽게 다른 제안을 해왔다.

"그리하오면 차라리 리아스님이나 베아트리체님이 어떻습니까?"

"맞습니다. 베아트리체님께서 지금은 비록 네라파에 있다고 하나 폐하의 이복 누님이신 니아이스님의 따님 되시니……."

"차라리 비를 한 분 더 얻으셔도 되니……."

시르 공작의 세력을 제한하기 위해 별의별 소리를 다 한다.

여성 우월인 이 나라에서 남성인 나에게 첩까지 들이라는 소리를 할 정도로 절실한 건가 하는 생각도 들고 한심하다는 생각도 든다.

예전에 나에게 '리스튼 황제의 경우를 봐서 역시 남성에게 여러 명의 비를 두는 건 좋지 않다고 판단했습니다. 폐하께서는 절대 그러실리가 없겠지만 말입니다' 라고 충고를 가장한 협박을 하던 녀석들의 바로 바뀌는 모습도 우스웠다.

가만히 그들이 하는 말을 듣다가 슬쩍 웃었다. 그리고 숨을 들이킨 뒤 무감각하게 입을 열었다.

"헤레니안 켈 시르를 입양하겠다고 했다. 시르 공작의 여식인 헤레니안은 돌아가신 내 이복 형님 되시는 아스티안 샤이나스 펠 아스힌드의 딸이기도 하고, 또한 내가 이름을 준 아이니 충분한 자격이 있다고 생각하는데."

이건 시르 공작이 미리 써준 각본.

오래전부터 시르 공작이 준비한 각본을 그대로 읊었다. 무미건조한 목소리로.

그런 내 건조한 목소리에 대신들은 내 의지가 확고하다고 착각했는지 저마다 웅성거리기만 할 뿐 크게 반대하지는 못하고 있었다.

어쨌거나 회의 결과.

헤레니안 켈 시르의 입양은 확정되었다.

재수없게도 말이다.

저녁때 벌어질 연회에 앞서 헤레니안을 만나기 위해 나와 뮤리아는 작은 방에서 시르 공작이 그 아이를 데려 오기를 기다리고 있었다.

"심난하군."

"그러세요?"

뮤리아는 어쩐지 재미있어하는 기색이다.

"즐거워 보이는군."

"사실 조금 즐거워요."

너무 솔직하게 대답하니까 화낼 기운도 안 난다.

"어째서?"

"모르겠어요."

뮤리아는 이유가 없다고 웃었다. 하지만 뮤리아가 웃을수록 내 기분은 가라앉았다.

난 유쾌해할 이유가 없다, 그 아이는 나의 족쇄가 되어 날 옭아맬 것이 분명하기에.

차라리 아스티안이 죽은 후에 그 아이 역시 죽여 버렸어야 했다.

시르 공작이 데리고 있었으니만큼 죽이기는 힘들었겠지만 그랬어야 했다. 그랬다면 지금처럼 비참한 기분에 젖을 일은 없었을 것이다.

"폐하, 몸이 안 좋으신 건가요?"

뮤리아가 걱정스러운 듯 내 안색을 살펴왔다.

난 억지로 웃어주었다. 그리고 머리 속에 얼마 전의 회의가 생각났다.

"미안."

"예?"

"너에 대해 대신들에게 말한 것."

상황 설명도 없이 대충 한 말이었지만 뮤리아는 알아들은 듯 작게 웃었다.

"상관없어요. 사실이잖아요."

뮤리아는 깔깔대고 웃었다. 정말로 아무 상관 없다는 듯이.

그 모습에 더 미안해지는 건 왜일까.

"아……."

뮤리아가 뭔가 말하려는 순간 문이 부드럽게 열렸다.

들어온 건 조그마한 꼬마 여자 아이. 그리고 냉정한 얼굴을 한 시르 공작.

"이 아이인가?"

"예. 전에 한 번 보셨다고 생각됩니다만."

물론 보기야 봤지.

아이는 푸른 머리칼에 나와 같은 청자색 눈을 가지고 있었다.

시르 공작보다 나와 뮤리아를 더 닮은 아이였다.

의외라고 할까.

"어머나! 따로 입양이라는 이야기하지 않고 그냥 우리 아이라고 해도 될 뻔했군요."

뮤리아 역시 그렇게 생각했는지 놀라워하며 말했다.

어째 자라면서 더 시르 공작과 안 닮아가는 것 같다.

아이는 뮤리아가 호들갑스러운 반응을 보이자 약간 겁먹은 듯이 주춤거렸지만 시르 공작을 붙잡거나 하지는 않았다. 마치 자신의 어머니는 절대로 의지할 수 없다고 생각하는 것처럼 말이다.

"운명이네요."

뮤리아의 말에 난 작게 웃었다.

난 운명 같은 건 믿지 않는다. 신이 진짜 있다고 해도 신들은 우리의 운명을 만들지 않을 거다. 이 세상에 태어나는 생명이 몇인데 하나하나 운명을 만든단 말인가. 그렇게 시간이 많을 리도 없거니와 그런 데 힘을 쓸 리가 없지.

늘 그렇게 생각하고는 있지만… 하지만 뮤리아가 저렇게 즐거워하는데 굳이 퉁명스럽게 굴 이유는 없는지라 그냥 웃어주었다.

난 천천히 몸을 낮춰 아이와 눈을 맞췄다.

"이름이 뭐니?"

“아시리라······.”

“조용히 해주세요, 시르 공작.”

내 말에 아이가 아닌 시르 공작이 차갑게 대꾸하려는 걸 뮤리아가 막았다.

“저, 전 헤레니안 켈 시르라고 합니다, 폐하.”

아이는 오기 전에 시르 공작에게 예의에 관해 조금은 교육받은 모양이다. 아이는 자신의 작은 손을 꼬물거리며 머뭇머뭇 대답했다.

“네가 오늘부터 나의 딸이 된다는 걸 알고 있니?”

“예, 어머님께 들었습니다. 후, 훌륭하신 폐하의······.”

“그런 말은 필요없단다. 그저 넌 나의 아이라는 게 중요할 뿐이야.”

난 그렇게 말하고는 아이의 머리를 쓰다듬어 주었다.

“반갑다.”

“예, 예에······.”

아이는 상당히 어색해하는 듯했지만 웃는 얼굴을 보여주었다.

하긴 저 얼음덩어리 시르 공작보다야 내가 낫지 않겠는가. 친부에 대한 애정이 조금도 없는 나니까 할 수 있는 말이지만.

순간 그런 생각이 들어 나도 모르게 웃음이 터져 나왔다.

아이를 가볍게 안아준 다음 몸을 일으켰다.

“그럼 저희는 가보겠습니다.”

시르 공작은 우리와 아이의 인사가 끝나자마자 가벼운 인사 후 아이의 손을 잡아채고 거의 끌고 가다시피 가버렸다.

“어라라? 왜 저리 조급해할까요?”

“조급해한다고?”

저 시르 공작이 조급해해? 그럴 리가 있나.

내가 말도 안 된다는 듯한 반응을 보이자 뮤리아는 고개를 저었다.

"아니에요. 저건 분명 초조해하고 있는 거라고요."

"그래그래, 마음대로 생각해."

"폐하."

뮤리아는 내가 말을 잘 들어주지 않자 뾰루퉁한 표정을 지었다.

하지만 시르 공작이 그럴 리가 없지 않은가.

방해될 것 같다는 이유로 남편까지 죽인 사람인데. 이런 일에, 처음부터 입양을 시킬 생각이었던 아이를 조금 일찍 보낸다 해서 초조해할 리가 없지. 게다가 애초에 이 입양 건을 꺼낸 건 시르 공작이고.

아, 그러고 보니 할 일이 있었군.

연회 전에 그 아이에게 새로운 이름을 주어야 했다. '시르' 라는 이름을 버리고 황족의 일원이 되는 거니까.

엘비라 헤레니안 펠 아스힌드.

이게 아이의 새 이름이다.

새로 지어준 이름은 내 머리에서 나온 이름이 아니다.

뮤리아의 생각.

내가 이름의 절반을 지었으니 나머지는 자신이 지어야 한다나? 하여간 그런 이상한 논리로 밀어붙이더니 내가 지어준 '헤레니안' 이라는 이름 앞에 '엘비라' 를 붙여준 거다.

이상한 이름이라고 웃었다가 독설도 한번 얻었고.

하여튼, 그 아이는 이제 엘비라라는 이름의 나의 딸이 되었다.

엘비라가 '황녀' 라는 이름으로 궁에 있게 된 지 약 1년 정도 지났다.

어머니를 안 닮았는지 꽤나 귀여운 아이다.

세레나야 못마땅해하면서 얼굴도 안 보려 하지만.

그동안 꽤 많은 게 변했다.

겨우 1년이라는 시간 동안 말이다.

그나마 있던, 시르 공작과 대립하던 세력들이 전부 자택에 근신하며 지내게 된 것.

또 대신들도 다시 바뀌었다. 이번에는 시르 공작의 측근이면서도 조금은 머리가 있는 녀석들로. 그리고 세레나와 아리아가 황궁 출입을 금지당했다.

크게 달라진 부분만 말하자면 이 정도.

자잘한 것까지 따지자면 한이 없을 정도로 많은 것이 변했다.

　무슨 수로 레비스까지 쫓아냈는지는 모르겠지만 하여간 레비스도 수도 안에 있는 자신의 저택에서 생활할 뿐 황궁으로 들어오는 일은 거의 없어졌다.

　레비스가 가진 재상이라는 직책까지 없어지지는 않았지만 말이다.

　뭐, 레비스를 경계하는 이유는 잘 알고 있다. 레비스 역시 꽤 큰 힘을 가지고 있으니까 자신의 반대 편에 설까 봐 미리 대비하는 거겠지.

　하지만 세레나와 아리아까지 출입을 제한하며 못 만나게 하다니… 왜 이렇게 나오는 건지 어렴풋이는 알고 있다. 세레나나 아리아에게 문제가 있는 게 아니라 나 때문이겠지. 아마도 내가 수도에 있는 귀족들과 연락을 취하기 어렵게 하기 위해 나와 친한 이들의 출입을 제한하는 것이겠지. 그렇게 날 고립시키기 위해서. 그렇게 해서 날 자신의 인형으로 만들고 싶은 거겠지.

　하지만 나로서는 왜 이렇게까지 하는 건지… 하는 생각이 든다.

　이미 자신의 세력을 굳건하게 만든 지금, 나의 행동을 제한하는 건 그렇다 쳐도 왜 레비스를 건드리는 걸까. 레비스 역시 대공작의 지위에 있는 이, 쓸데없이 자극해서 좋은 일은 없을 텐데.

　확실히 좀 이상했다.

　시르 공작은 이상할 정도로 초조해하고 있었다.

　왜 저렇게까지 초조해하는지는 알 수 없지만 확실한 건 시르 공작은 지금 적으로 만들지 않아도 될 사람까지 적이 되게끔 건드리고 있다는 거다.

　그런 행동은 엘비라가 나의 딸이 된 후에 더 더욱 심해졌다.

　"그러고 보니 세레나님을 뵌 지도 꽤 되었네요."

　"그래."

　이제 집무실에서 시간을 보낼 이유도 없는지라 대부분의 시간을 뮤리아와 보내고 있다.

유일하게 뮤리아와 만나는 건 제한하지 않으니까 어쩔 수 없는 일이다.

"세레나님은 뭐 하고 계실까……."

"정 궁금하면 만나러 가보든지."

그 말에 뮤리아는 날 빤히 보더니 한숨 쉬듯이 말했다.

"폐하, 저도 행동 제한받고 있어요."

그리고는 불만이 가득한 음성으로 말하면서 투덜거리기 시작했다.

"이건 정말이지 너무 심해요. 도대체가 사람을… 그것도 다른 사람도 아니고 동생을 만나는 것도 제한하는 경우가 어디 있어요? 시르 공작이야 성격이 아주 특이하셔서 친한 사람이 없으니 이해를 못하는 모양이지만 말이에요."

쌓인 게 꽤 많은지 비비 꼬면서 말하는 모습이 조금 재미있다.

내 성격이 뒤틀려서 그렇게 느껴지는 거겠지만.

"시르 공작님께서도 친한 분은 계십니다."

옆에 있던 루이스 자작이 시르 공작 편을 들고 나서자 뮤리아의 눈이 가늘어진다.

상당히 마음에 안 드는 듯 한동안 가만히 루이스 자작을 보고 있던 뮤리아는 일부러 크게 한숨을 푹 내쉬었다.

"대체 무슨 소리를 지껄이는 건지 모르겠군요. 아니, 그 이전에 당신이 그렇게 시르 공작의 편을 드는 이유를 알 수가 없어요. 시르 공작이 당신이라는 사람을 쓰레기나 애완 동물보다 못한 취급을 하고 있는 걸로 아는데 말이에요. 아, 루이스 자작은 마조히즘이라도 있나보군요? 그러니 그렇게 무시당하면서도 열심히 꼬리를 흔들고 있겠지요."

상당한 독설.

그 말을 들은 루이스 자작은 입만 벙긋거릴 뿐 아무 말도 못했다.

"뮤리아, 적당히."

"싫어요."

정말 쌓인 게 많은 모양인지 내가 말리자 샐쭉하게 대답한다.

구경하는 나야 즐겁… 아니, 좀 무시무시하긴 해도 괜찮다만 루이스 자작은 하얗게 질려 버렸는데 괜찮을까.

"그럼 마음대로 해."

내 허락(?)이 떨어지자 뮤리아는 즐거운 기색을 감추지 않는다.

"감사합니다."

인사까지 하고는 루이스 자작에게 표독스런 눈길을 보낸다.

시르 공작에게 쌓였던 화를 전부 루이스 자작에게 풀어버릴 모양이다.

"왜 저에게 그런 말씀을 하시는지 모르겠습니다. 전 적어도 황후님께는 잘못한 것이 없다고 생각하고 있습니다만?"

하지만 뮤리아가 뭐라고 말하기 전에 당하기만 하는 게 억울했는지 루이스 자작이 반항을 시도했다.

"정말 모르나요? 이거, 생각 이상의 멍청이인 모양이로군요."

뮤리아는 아주 하찮은 말을 들었다는 듯이, 한심하다는 듯이 고개를 저으며 말했다. 곱게 한숨을 쉬면서.

"화, 황후님!"

"부르지 말아요. 당신에게 불리면 상당히 기분 나쁘니까. 마치 징그러운 뱀에게 이름을 불린 것 같아 불쾌하다고요. 아시겠어요?"

흐음, 끝이 안 나겠는걸.

내가 그 둘의 대치를 구경하고 있는데 한쪽에서 시녀가 거의 뛰다시피 급하게 다가왔다.

“폐하, 황녀님께서 오셨습니다만.”

“아아… 여기로 데려와.”

“예.”

황녀 엘비라는 생각 외로 뮤리아와 나를 따르고 있었다.

시르 공작에게 무슨 소리를 들어서 따르는 건지도 모르겠지만 그래도 누군가가 나를 따른다는 건 나쁜 기분이 아니었다. 그것도 귀여운 아이가 신뢰와 애정의 눈빛을 보내고 있다는 건 상당히 기분 좋은 일이다. 그래서 나도 내 나름대로 상냥히 대하기 위해 노력하고 있는 중이다.

곧 엘비라가 조심스러운 표정으로 다가오자 뮤리아는 아까의 표독스러운 표정을 없애고 한없이 부드러운 미소를 지었다.

마치 자신이 진짜 ‘어머니’ 인 것처럼.

“엘비라, 이리 오렴.”

의자에서 일어나서는 엘비라에게 팔을 벌리고 환하게 웃는 모습이 확실히 어머니 같다.

엘비라 역시 뮤리아가 좋은지 환하게 웃으면서 달려가 품에 포옥 안기자 뮤리아는 아이를 꽉 안아주었다.

“아아, 귀여워라.”

뮤리아 역시 생각 이상으로 엘비라를 귀여워하고 있다.

귀여워하는 정도를 넘어선 것 같기도 하고.

“그래, 수업은 제대로 들었니?”

“예.”

엘비라는 똘망똘망하게 대답하지만 뮤리아는 내 말이 마음에 안 드는 모양이다.

“공부를 강요하지 마세요.”

"강요한 적 없어."

그래, 난 강요한 적 없다.

보통 8, 9세부터 시작되는 교육이 엘비라에게는 입양과 동시인 7세부터 시작된 건 전부 시르 공작의 탓이니까. 나야 엘비라가 막 황성에 들어왔을 때 '나와 상관없는 아이'라는 생각에 교육에 대해서는 신경을 꺼버렸다. 하지만 시르 공작에겐 앞으로 자신의 권력 상징이 될 아이인지라 확실히 키우고 싶은지 얼마 뒤에 직접 나에게 요청해서 바로 교육을 시작하게 한 것이다.

"전 괜찮아요."

"그러니? 여기 앉으렴."

뮤리아는 엘비라가 귀여워 어쩔 줄 몰라 하면서 자리를 권하고 방글방글 웃고 있다.

차를 권하고 달콤한 쿠키를 권하면서 엘비라가 기뻐하는 모습에 덩달아 기뻐하면서 다정하게 미소 짓는다.

얼마 전부터 보게 된 뮤리아의 이런 모습은 의외였다.

엘비라를 너무 귀여워하는 게 이상해서 전에 지나가듯이 한번 물어본 적이 있었다.

"아이들을 좋아하는가 보군."

이라고.

그랬더니 대답이 가관이었다.

"순진하잖아요. 그게 재미있어요."

라는 대답을 한 거다.

귀여워서라거나, 예뻐서, 혹은 내 아이 같아서라는 정상적이고 당연해야 하는 그런 이유가 아니라 순진해서란다.

난 처음에 뮤리아가 엘비라를 보고 너무 좋아하는 듯한 모습이라 본인이 아이를 못 가져서 그런 건가 하고 생각을 했었는데 그건 완전 착각이었던 셈이다.

그 ‘순진해서’ 라는 것도 말 그대로의 의미가 아니라는 건 그로부터 약 일주일 후에 알았다.

뮤리아가 이런 뜻이라고 말해 준 게 아니라,

“여전히 멍청해서 놀리기 쉽군요. 그러면서 나에게 적의도 없이 순진했다면 저도 순수하게 대해 드렸을 텐데요. 안타까워요.”

라고 루이스 자작에게 하는 말을 듣고 내 나름대로 짐작하게 된 거지만.

무슨 소리인가 하면 뮤리아에게 ‘순진하다’ 는 것은 곧 ‘나에게 적의가 없으면서 날 곤란하게 만들 수 없을 정도로 머리가 나쁜 것’ 이라는 뜻이다.

엘비라야 아직 어려서 뮤리아를 곤란하게 만들 수 없으니까 그 ‘순진’ 의 대열에 끼게 된 거겠지.

그런 결론에 난 뮤리아가 상당히 위험한 사람이라고 다시 결론 내리면서 웃었다.

적에게 발톱을 세우면서도 독설밖에 못하는 사람이긴 하지만 그래도 적이면 조금 무서울 것 같다는 생각도 하면서. 시에라의 일에서 알 수 있듯이 태연하게 웃으면서 독을 건넬 수 있는 사람이니.

하여튼 뮤리아와 엘비라는 사이가 좋았다.

엘비라가 시르 공작에게서 제대로 된 애정을 받지 못했을 거라는 건 너무도 쉽게 짐작할 수 있는 일이었고, 또 그렇게 자란 아이가 자신에게 애정을 퍼붓는 상대에게 마음을 여는 건 흔한 일이었다.

한마디로 뮤리아와 엘비라가 친한 건 당연하다고 할 수 있는 일이랄까.

그런데 시르 공작은 그 모습이 꽤나 불쾌했던 모양이다. 엘비라가 뮤리아를 따른다는 걸 알고 나서 은근히 뮤리아를 압박하기 시작한 걸 보면 말이다.

뭐, 뮤리아에게 가하는 압박이라고 해봤자 자주 만나서 이야기하는 정도일 뿐이다. 쓸데없는데 나서지 말라는 것처럼 몇 마디 하고 갈뿐. 그 이상은 필요없다고 생각하는 건지, 아니면 뮤리아에게까지 신경 쓸 여유가 없는 건지는 몰라도 뮤리아와 시르 공작 사이에는 '대화' 이상 의 일은 없었다.

상황이 그렇다 보니 뮤리아 역시 단순한 대화라면서 피하지 않고 있 었다.

뮤리아가 말하는 '그 단순한 대화' 라는 걸 나도 본 적이 있다.

그 감상을 말하자면… '아예 크게 소리 지르며 싸우는 게 훨씬 낫겠 다' 라고 할까?

시르 공작이 엘비라의 일로 자신과 자주 대화를 하러 온다는 뮤리아 의 말을 듣고 우연을 가장해서 구경했었다. 대체 무슨 이야기를 나누 나 싶어서.

그 대화의 시작은 한없이 부드러웠고 또 서로 지극히 태연한 어조와 태도로 진행되었다. 서로를 똑바로 보며 살짝 미소까지 띠면서 대화를 이어 나갔었다.

"오늘은 제 아이를 이상할 정도로 아껴주신다고 들어 황후님께 감사 의 인사를 드리러 왔습니다."

"어머. 뭔가 착오가 있으셨던 모양이로군요. 전 시르 공작님의 아이 를 아낀 적이 없습니다. 그리고 만난 적도 없어요. 최근 제 아이와 친 근히 지내고 있는 건 사실이지만… 뭔가 잘못 알고 오신 모양입니다?"

"…그렇게 생각하십니까?"

"아닌가요?"

"아니라 할 수는 없습니다만."

"아니라 할 수 없지만… 뭔가요? 뭔가 다른 생각을 하고 계신 건지?"

"아닙니다. 그저 엘비라 황녀님을 황후님의 아이라 칭하는 이유를 알 수가 없을 뿐입니다."

"그렇습니까? 하지만 저와 폐하께 온 아이가 아닌지요. 그러니 제 아이이기도 하지요."

"그렇게 생각하고 계시는군요. 그러고 보니, 엘비라 황녀님을 양녀로 들이실 때 황후님께서는 전혀 반대하지 않으시더군요. 그렇게 유순하게 받아주시리라 생각하지 않았었는데 말입니다. 황후께서 아이를 갖지 못하셔서 그런가요?"

"그것과는 상관없는 문제로군요. 내가 낳지 않았어도 그 아이는 저의 아이입니다. 같은 말을 계속 반복해야 할 정도로 시르 공작께서 머리가 나쁘신 줄 몰랐군요. 그리고 제가 아이를 갖지 못하네 하는 말을 언급하시는 건 상당히 불쾌하군요."

이야기가 진행될수록 한쪽은 방글방글 웃고 또 한쪽은 얼음 같은 표정으로 변해갔다. 하지만 둘 다 날씨 이야기라도 하듯이 태연하고 느긋한 어조였다.

구경하고만 있던 나로서는 눈 한 번 안 피하고 서로 독설로 맞받아치는 모습이 조금은 재미있기도 했다. 다른 사람들에게 재미있었다고 말하면 이상하다는 표정으로 날 보겠지만.

그건 그렇고, 시르 공작은 자신이 엘비라를 입양하게 했으면서, 그리고 자신의 딸로 있을 때도 전혀 정을 주지 않았으면서도 어째서 뮤리아가 엘비라를 딸로서 사랑하고 있는 일로 뮤리아와 그렇게 티격태격하는지 모르겠다. 알 수 없는 일이야.

난 엘비라와 뮤리아가 서로 환하게 웃으며 이야기를 나누고 있는 걸 보면서 한숨을 내쉬었다.

골치 아프다.

틈만 나면 뮤리아를 찾아와 서로를 지그시 바라보며 그들에게는 '사소한 대화'를 나누는 시르 공작도 그렇고, 드레이크의 일 이후로 거의 연락을 안 하려고 하는 세레나도 그렇고, 시르 공작에게 밀려 자택에서만 지내며 분하다고 펄펄 날뛰고 있다 들은 하네인 후작의 일도 그렇다.

아, 그러고 보니 지금 생각하는 일들은 전부 시르 공작과 연관된 일인 것 같다.

내가 조금이라도 편히 지내려면 어떻게든지 시르 공작의 일을 해결해야 한다는 뜻이 되려나?

하지만 다시 시르 공작과 싸우려 들기에는 너무 시간이 지났다. 다시 뒤집기 힘들어져 버린 거다.

시르 공작이 막 실권을 잡았을 때라면, 아직 그 권력이 안정되어 있지 않을 때라면 뭔가 할 수 있겠지만… 지금은 시간이 지나면서 안정되어 버렸다.

한번 안정되어 버린 그 '권력'을 뒤흔드는 건 아주… 힘들다.

게다가 나처럼 내 세력이 적은 경우는 더욱더.

그래, 이미 승산은 거의 없는 것을.

그냥 이렇게 사는 것도 나쁘진 않을 거라는 생각도 들곤 하니까.

이런 사고방식. 예전 같았으면 미쳤다는 생각이 먼저 들었겠지만 지금은 아무렴 어떤가 하는 생각이 먼저 든다.

좀 무시받고 있지만 덕분에 일에 치여 고생할 일도 없고, 귀족들에게 노골적으로 '황제가 아닌 자' 로 대우받고 있기는 하지만 그 덕에 일일이 신경 써야 할 일이 없다.

내 생각 하나 함부로 말하기 힘들지만 그게 답답하다고 느껴질 정도도 아니다. 난 원래 혼자 생각하는 일이 많으니까. 그래서 그냥 이렇게 지낼까 하는 기분이 드는 거다.

어차피 이런 건 어린 시절을 유폐의 탑에서 보낸 나로서는 굉장히 익숙한 일이다.

저번에 뮤리아에게 슬쩍 이런 생각을 비쳤더니 날 죽일 듯이 노려보더라만은.

시르 공작의 계략 덕택에 약을 먹었던 이후로 계속 스스로가 무기력해진 기분을 느끼고 있다.

아무것도 하고 싶지 않은 기분. 그리고 아무것도 하고 싶지 않아 멍하니 있을 때면 '어쩌면 이런 게 내 자리일지도 모르겠다' 라는 생각도 든다.

태어날 때부터 축복받지 못했고 어릴 때부터 유폐의 탑에서 죽은 듯이 지내야 했으니까.

늘 한발 물러선 곳에서 세상이 돌아가는 걸 보고 있어야 했을 뿐이었다.

그러니까 이게 정말 나인지도 모르지.

하지만… 난 아직도 포기하고 싶지가 않다.

어리석다는 걸 알면서도.

이제 무리라는 걸 느끼고 있으면서도.

그래도 내 안쪽에서 아직은 괜찮다고 말하고 있는 내가 있다.

그리고 나는 그런 내가 바보라고 중얼거린다.

다른 이들도 내가 포기하기를 바라지 않고 있다. 특히 뮤리아나 리아나 이모님은.

그리고 다른 이들 역시 그렇게 바라고 있지. 비록 다들 자기 자신을 위해서라고는 하지만 말이야.

그런 이들이 있는 한 난 내 멋대로 계속 이 상태로 있고 싶다고 고집 부릴 수 없다.

언젠가는 다시 시르 공작과 대립해야 하는 것이다.

하지만… 남 때문이 아니라 내가 있는 이 자리에서 나 자신이 당당해지고 싶다.

더 이상 숨죽이고 있지 않아도 되도록.

열심히 굴러가는 세상에서 홀로 떨어져 나와 외로이 모든 걸 구경만 해야 한다는 건 싫다.

어릴 때 했던 결심대로 내 손으로 세상을 움직여 보고 싶기도 하니까.

회의는 간단하게 끝난다.

난 관객으로서 구경하고 다른 대신들은 아무렇게나 대사를 중얼거린다.

그리고 결론이 나는 건 늘 시르 공작의 말 한마디.

내가 아닌 시르 공작이 황제라는 게 여실히 느껴지는 모습.

난 그저 구경꾼에 불과하다는 것.

불쾌하긴 하지만 아직은 괜찮다.

그렇게 생각해야 한다.

난 집무실로 가는 대신 바로 서재로 걸음을 옮겼다.

집무실로 가봐야 할 일도 없으니까.

지금 푹 빠져 있는 역사서를 펼치려다가 문득 제노시아가 걱정 어린 눈빛으로 날 보고 있는 걸 발견했다.

"왜?"

뻔한 이야기가 나올 것 같은지라 무심한 척 책장을 넘기기 시작했다.

어디까지 읽었는지 찾고 있던 도중에 들리는 낮은 목소리.

"괜찮으신 겁니까?"

역시 뻔한 말이었다.

"괜찮지. 안 괜찮은 이유가 뭐가 있겠어?"

심드렁하게 대답하니 제노시아는 어쩔 줄 몰라 한다.

저 덩치에 그러고 있으니까 꽤 재미있긴 하지만…

"폐하!"

"제노시아, 무슨 말을 하고 싶은 거지?"

책을 탁 소리나게 덮으면서 빤히 제노시아를 올려다보았다.

제노시아가 바라고 있는 걸 알면서도 모른 척하고.

"폐하……."

안타까워하는 목소리.

하지만 지금은 더 신경 쓰고 싶지 않다.

위로 올라가겠다고, 무시당하지 않겠다고 발악하는 것도 이젠 지쳤다.

사람으로 태어났으니 사람답게 살 거라고 지금껏 발버둥 친 게 너무 힘들다.

어차피 얼마 뒤에 다시 일어나야 하니 잠시만이라도 이렇게, 아주 잠시만 가만히 쉬고 싶다.

난 한숨을 내쉬고는 다시 책을 펼쳤다.

오랜 시간 내 옆을 지켜온 제노시아에게는 많이 미안하다.

이런 식으로 무너지는 모습, 보여주고 싶지 않다.

이렇게 무작정 기다리라고 말하고 싶지는 않았다. 그가 날 얼마나 생각해 주는지 잘 알고 있으니까.

하지만 지금은 정말로 쉬고 싶다.

어릴 때부터 너무 힘들게 달려와서 아주 잠깐만이라도 쉬고 싶다.

그저 그뿐이다.

난 한숨을 내쉬고는 읽던 부분을 찾아 천천히 책을 읽어 내려가기 시작한다.

다시 책을 읽기 시작한 지 조금 시간이 지났을 때 빠른 노크 소리가 들린 뒤 루이스 자작이 들어온다.

"여기 계셨습니까."

"그래."

루이스 자작도 매일 나 찾느라 고생하는군 그래.

예전에야 바로 집무실로 갔지만 지금은 내 발길 닿는 데로 가버리니까.

회의가 끝날 시간에 집무실에서 기다리다가 내가 오지 않으면 여기 저기로 찾아다니느라 꽤 힘든 모양이었다.

나야 당황한 모습으로 날 찾아오는 루이스 자작을 보고 있으면 상당히 재미있지만 날 감시해야 할 임무가 있는 루이스 자작으로서는 꽤 힘들 거다.

"독서 중이셨습니까."

"눈이 없나? 보면 알 텐데."

일단 시르 공작에게 실권이 넘어가면서 나도 조용해지자 루이스 자작도 쓸데없이 시비 거는 일은 없어졌다. 다만 긴장이 풀린 듯 멋대로 구는 일이 늘어났지만 말이다. 아니면 날 황족으로도 취급하지 않는 걸지도 모르지.

"루이스 자작도 따분하면 책이나 읽지 그래?"

"여긴 황제의 서재입니다만. 제가 마음대로 할 수는……."

"그럼 관두고."

나도 루이스 자작과 다정히 함께 독서하고 싶은 마음은 없다.

그저 날 빤히 보고 있는 시선이 싫어서 한 말이었을 뿐이다.

하지만 루이스 자작은 계속 날 가만히 응시하고 있었다.

시선이 상당히 부담스러운걸.

한숨과 함께 책을 덮어버렸다.

"심심하군."

짧은 말을 내뱉으며 서재를 나섰다.

최근 시르 공작은 확실하게 권력을 쥐게 되면서 나에 대한 경계도 거의 풀려 버렸다.

얼마 전까지만 해도 세레나까지 만나는 걸 제한하고, 자주 들러서 내가 무슨 짓을 하려나 확인하고, 또 루이스 자작까지 채근하면서 감시하더니만 지금은 있든 없든 신경도 쓸 필요가 없다는 태도를 보여주고 있었다.

이제 다 끝났다는 의미일지도 모르겠군. 어떻게 해도 뒤집을 수 없으니까 마음대로 하라는 의미일지도 모르지. 이리저리 뛰어다니다가 안 된다는 걸 깨닫고 절망하라는 의미인지도.

그런 오만한 모습이 기분 나쁘다. 기분 나쁜 정도가 아니라 증오스럽다. 그걸 그저 받아들이는 나도 한심하고.

버릇처럼 한숨을 내쉬고는 뮤리아의 궁으로 향했다.

결국 갈 곳이 여기뿐인 나 자신을 한심해하면서.

어쩐 일인지 뮤리아의 옆에 엘비라가 없었다.

“혼자군.”

“엘비라는 아주 잘나신 어떤 분께서 벌써부터 공부를 시키셔서요.”

기분 나쁘다는 기색이 역력하다.

괜히 찾아온 게 아닌가 하는 생각이 들 정도로.

“흐음, 기분이 안 좋아 보이는군. 괜히 온 건가?”

“설마요, 저기 뒤에 계신 어떤 분만 안 데리고 오셨더라면 기분이 좋았겠지만, 어쨌거나 폐하께서 이리 오시는 건 언제든지 환영이라고요.”

“그거 고맙군.”

장난처럼 대답했지만 진심이었다.

내가 환영받는 장소가 하나라도 있다는 데 기분이 조금은 좋아졌다.

나란 녀석은 참…….

“오늘은 무슨 일이세요? 우울해 보이시는데.”

“별로.”

그다지 다를 것 없는 하루였다. 평소처럼 회의를 구경하고, 평소처럼 무료하게 시간을 보내다가 지루해져서 찾아왔을 뿐.

똑같은 하루였다.

어제와 조금도 다르지 않는.

나와 뮤리아는 그저 아무 말 없이 그저 앉아 있었다.

서로를 보지도 않고 대화도 없이, 그저 가만히.

꽤 시간이 흘러서 엘비라가 우리를 찾아올 때까지 그렇게 가만히 있었다.

어쩐 일인지 시녀를 먼저 보내지 않고 뛰어오는 모습에 의아함을 느꼈다.

“아바마마.”

그 소리를 듣는 순간 왠지 기분이 나빠졌다.

"그렇게 부르지 말거라."

"예?"

내가 차갑게 말하는 순간 엘비라는 겁을 먹은 듯한 눈으로 날 올려다본다. 그리고 맞은편에서 뮤리아가 날 은근히 노려보는 게 느껴진다.

하지만 어쩌겠어.

그 '아바마마' 란 소리는 정말 듣기 싫은데.

아무래도 리스튼 녀석의 영향이지 싶다.

내가 그자를 아바마마라 불렀고, 또 아바마마란 이름으로 증오했다. 그래서 그런지 그 아바마마란 말은, 그 단어는 나에게 좋은 소리로 들리지가 않는다.

그 아바마마란 말이 그저 아버지를 지칭하는 말이라는 걸 알면서도 말이다.

지금도 그렇다.

엘비라가 날 '아바마마' 라고 부르는 순간 리스튼이 먼저 생각났다. 그래서 생각 이상으로 차갑게 말해 버린 거다.

이런 걸 엘비라에게 일일이 설명해 줄 필요는 없겠지만 적어도 지금처럼 눈에 눈물을 그렁그렁 달게 하진 않아야겠지?

난 엘비라를 보면서 되도록 다정한 목소리로 말을 꺼냈다.

"그 단어 외 다른 걸로 부르도록 해라. 아버지도 괜찮고 아버님도 괜찮고. 그 '아바마마' 란 소리는 정말 듣기 싫으니."

이 말에 활짝 웃는 아이.

그 모습에 '내 딸인 건가' 라는 느낌이 든 이유는 뭘까.

"호호호. 다행이네요, 폐하."

뮤리아는 안심이 된다는 표정으로 방긋이 웃었다.

내가 엘비라를 밀쳐 낼까 봐 걱정되었던 모양이다.

"별로."

"엘비라, 이리 앉으렴."

내 퉁명스런 반응에도 뮤리아는 미소를 지우지 않으면서 엘비라에게 자리를 권했다.

그 모양이 이상하게 기분이 나빠서 자리에서 일어나 버렸다.

뮤리아의 묘한 미소가 마치 날 놀리고 있는 듯한 느낌이 들었다고 할까.

"간다."

"푸훗. 예, 그러세요."

뮤리아는 내 이런 모습이 뭐가 그렇게 재미있는지 웃고 있었다.

엘비라는 내가 일어난다니 조금 겁먹은 표정으로 날 올려다본다. 자신 때문인가 걱정하는 듯해서 살짝 미소 지어주고는 돌아 나왔다.

내가 왜 저 아이에게 이렇게 신경을 써야 하는 거야!

그렇게 엘비라를 만난 후 며칠이 지났다.

시간은 지났다지만 상황은 여전해서 또 하릴없이 서재에서 시간을 보내고 있을 때 밖에서 조용조용한 시녀의 목소리가 들렸다.

"폐하, 엘비라 황녀님께서……."

"들어와."

더 들을 필요가 없는지라 말 중간을 잘라 버리고 대답했다.

곧 문이 조용히 열리고 약간 상기된 얼굴을 한 엘비라가 조심스럽게 들어왔다. 그리고 주춤거리면서도 예의에 맞게 치마를 살짝 들고 고개를 숙여 인사 했다.

“무슨 일로 여기 온 거지?”

그 말에 엘비라는 움찔하더니 이내 뭔가 결심한 표정으로 조심스럽게 나에게 다가왔다.

내 바로 앞까지 와서는 한참을 머뭇거리더니 내 옷자락을 붙잡았다.

대체 뭘 하자는 건가 싶어서 가만히 보고 있으려니 입을 우물거리던 엘비라가 한참 만에 작은 목소리로 입을 열었다.

“아, 아버님…….”

불안해하는 기색이 역력한, 조금 떨리는 목소리로 작게 날 부르더니 다시 조금 망설이다가 한 말은…

“제가 잘못했어요… 그러니까…….”

울먹이는 듯한 말이었다.

솔직히 약간 황당했다.

나는 그렇게 부르라고 한 이후로 뮤리아에게 가지 않았었다.

가고 싶지가 않았다.

시르 공작이 권력을 잡고 있는 이런 상황이 계속 이어지면서 기분이 바닥을 기고 있는 지금 슬슬 누군가가 내 앞에서 웃는다는 자체가 심사를 뒤틀리게 하기 시작했으니까. 말도 곱게 나오지 않았고.

그래서 좋은 친구이자 파트너인 뮤리아에게 험한 소리 하기 싫어 가지 않았었다.

그런데 이 꼬마 아가씨는 오해를 했던 모양이다.

자신 때문이라고.

“엘비라.”

내가 낮은 목소리로 부르자 움찔한다.

겁을 먹은 눈동자로 날 보는 모습에 난 피식 웃어버렸다.

“뮤리아가, 황후가 무슨 말을 하더냐?”

"아, 어마마마께서… 폐하… 아니, 아버님께서 화가 나신 듯하니 가
보라고 하셔서…….."

그러면서 내 눈치를 살핀다.

뮤리아라면 내가 한동안 안 간다고 해서 화가 났다느니 하는 생각을
할 리가 없는데.

한마디로 뮤리아가 이 꼬마 아가씨를 속였다는 거로구만.

대체 뮤리아는 무슨 생각으로…

"그런 건 아니란다."

아아. 그래, 난 누구에게도 화낼 자격이 없는 사람이다.

나에게 좋지 않은 상황이라고 해서 뭔가 할 생각은 않고 그저 뒤틀
린 심사로 모두에게 화풀이만 하고 있는 나는.

갑자기 머리 속을 스친 생각에 쓰게 웃자 엘비라는 걱정스러운 모양
이다.

"아버님?"

"…아무것도 아니다. 함께 황후에게 가볼까."

"예."

내 말에 활짝 웃는 엘비라를 보자 나도 웃음이 나온다.

어쩌면 누군가가 웃는 얼굴이라는 거, 좋은 건지도 모른다.

배배 꼬인 심사로 받아들일 게 아니라 나도 웃어보면 어떨까 하는
생각도 들고.

뭐, 내가 웃는다고 해서 엘비라처럼 순수해 보일 리는 없겠지만.

꽤 오랜만에 보는 건데도 불구하고 키나이는 전혀 변한 게 없었다.

무표정한 얼굴, 차가운 눈동자.

"오랜만입니다."

딱딱 끊어지는 말투.

"아아. 그렇군, 키나이."

불만이 가득한 듯한 키나이에게 난 상쾌하게 웃었다.

"그동안 기운이 좀 없어서."

변명 아닌 변명을 하면서 웃었다.

"무슨 일로 찾으셨습니까. 포기하시는 줄 알았는데요."

"글쎄, 하지만 그러기엔 아직은 미련이 남아서 말이지."

결국은 지독한 무기력증에서 벗어났다. 그리고 다시 시르 공작을 향해서 칼을 들어보기로 했다.

해야 할 일을 계속 미루어둘 수는 없으니까.

시르 공작이 들으면 끈질기다고 하겠지만.

웃음이 나왔다.

"아리아에게 연락을 취했으면 한다, 빠른 시일 내에."

"연락하는 건 쉽습니다. 한데 무슨 말을 전할 생각이신지요."

"아아… 라일라에게 준비하라는 말만 전하면 된다."

"예."

키나이가 돌아가고 나서 난 침대에 앉았다.

그리고 피식 웃으면서 제노시아를 올려다봤다.

"갑자기 왜 마음이 변했는지 궁금하지 않아?"

"전 아무래도 상관없습니다. 그저 폐하께서 무사하시기만 한다면 말입니다."

모범적인 답안에 난 웃었다.

사실 변덕이었는지도 모른다, 그 지독한 무기력증은.

시르 공작이 먹였던 약 때문인지도 모르고.

너무 허무하게 나에게 독설을 퍼붓던 시에라가 죽어서인지도 모르고.

시르 공작의 뜻대로 되어간다는 데 기분 나빠서였을지도 모른다.

하여튼 그렇게 멍청히 세월을 보내던 나의 휴식 기간은 끝났다.

왜 무기력증에 빠져 있었는지도, 어째서 또 갑자기 깨어나게 된 건 지도 잘 모른다.

다만 얼마 전에 아리아에게서, 세레나에게서 온 연락이 신경 쓰였던 것뿐이다.

리아나 이모님이 힘드시다고, 시르 공작이 레비스에게 은근히 압박을 넣고 있어서 모든 게 힘들다고 한 말.

하네인 후작이 자택에서 아무것도 하지 않고 시간을 보내면서 시르 공작에 대한 증오의 말만 하고 있다고 노턴이 한숨 쉬는 것처럼 하던 말.

라일라가 루이스 자작을 죽이고 싶다고, 도와달라고 했던 말들.

그 말들이 재미있었다.

시르 공작은 어지간히 미움받고 있구나 하는 생각이 들어서 재미있었다.

그리고 나 혼자 싸울 것이 아니라는 게 좋았다.

또 엘비라도 나에게는 힘이 되었다.

어째서 엘비라가 나에게 힘이 되는지는 나도 모르겠지만, 아무래도 난 그 아이를 정말 '자식'으로 생각하는 모양이다. 그러니 그 아이가, 존재 그 자체로 나에게 힘이 되는 거겠지. 좀 바보 같은 생각이기는 해도 말이야.

뭐, 그 지독한 무기력증에서 빠져나오게 된 건 뮤리아의 덕이 컸지만.

그날, 엘비라가 날 찾아왔던 날 뮤리아를 만나러 갔다가 계속 멍청히 있다고 엄청난 독설을 들었었다.

물론 엘비라를 돌려보낸 다음에.

"한동안 휴식을 취하시는 거라 생각하고 받아들였습니다. 한데 폐하께서는 아니었을지도 모른다는 생각이 드는군요. 예전의 모습은 사람이었으나 지금은 마리오네트 같습니다. 시르 공작이라는 인형사의 손끝에서 조종받는 인형 말입니다."

울컥한 마음에 입을 열었다.

그런데 할 말이 없었다.

사실이라서 한마디도 대꾸할 수 없었다.

"물론 엘비라를 얻게 된 건 좋은 일이었지만, 시르 공작의 뜻에 따라주게 되면서 그 아이 외의 다른 이득이 있었나요?"

없다.

그건 잘 알고 있었다.

"폐하의 세력이 아니더라도 시르 공작을 적대하는 세력은 많습니다."

그것 역시 알고 있다.

다만 그들이 날 따라줄지가 의문일 뿐.

뮤리아는 날 지그시 보더니 피식 웃었다.

"무엇보다도 전 시르 공작에게 더 이상 무시받고 싶지 않습니다."

그 말에 나도 웃음이 나왔다.

결국 하고 싶은 이야기는 뮤리아 자신이 '더 이상 무시받고 싶지 않다'는 거였다.

"그래서, 뮤리아?"

"예전이라면 폐하께서도 동의하셨을 텐데요."

지금도 동의는 하고 있다.

다만…

"벌써 늙으셨습니까, 행동력이 떨어지시다니."

그 말에 어쩐지 발끈해서 울컥하는 기분으로 대꾸했다.

"나도 다 생각하고 있다. 언제까지 이렇게 있지는 않을 거야."

라고.

하지만 뮤리아는 내가 그렇게 대답할 줄 알았다는 듯이 태연하게 말했다.

"그럼 보여주세요, 말만 하시지 말고."

어쩐지 뮤리아에게 말려든다는 느낌이 없진 않았지만, 어쨌거나 뮤리아에게 밀리기는 싫었다. 계속 당하고 있을 수는 없단 기분도 들었고.

그래서 오랜만에 다시 키나이에게 연락을 했었다.

거의 어린애 싸움 같은 일이었다고 할까.

말다툼 하나에 발끈해서 일을 벌이다니.

키나이에게 연락을 하고 나서 '어린애 같다'는 생각에 너무 한심해서 한숨이 나왔다.

하지만 한편으로는 계속 머뭇거리기만 하고 있던 내 등을 밀어준 뮤리아가 고맙기도 했다.

물론 뮤리아에게는 절대 고맙다는 말 안 해줄 거다. 나중에 뭘 요구할지 알 수가 없으니까.

그렇게 키나이에게 연락했고 키나이는 나에게 와주었다.

하지만 다른 이들은 어떨까.

처음부터 다시 해야 한다. 리아나 이모님께도 연락해야 하고, 하네인 후작에게도 계획을 말하고 함께하자는 제의를 해야 한다. 그리고 아리아에게도 통보해야겠지.

한동안은 꽤 바쁠 듯싶다.

뮤리아도 자신이 말을 꺼냈으니 돕겠지?

키나이에게 그간의 세세한 상황을 보고받고 나서 난 쓴웃음을 지을 수밖에 없었다.

난 한동안 멍하니 지냈지만 다른 이들은 아니었나 보다.

아리아는 자신이 맡고 있던 리나이트 상단을 더 크게 키웠고, 하네인 후작은 언제까지나 자신이 외무대신 자리에서 밀려난 데만 신경 쓰고 있지 않았다. 금방 자신을 추스른 다음 자신의 영지를 단속하고 또 새로운 세력가로 급부상하고 있었다.

레비스는 자택에서만 지내고 있기는 했지만 그런 중에도 나름대로 시르 공작을 반대하는 세력을 모으고 있었고, 세레나조차 신관의 일을 열심히 하면서 이번에는 수행 신관(신전에만 있는 게 아니라 여행을 다니며 교리를 퍼뜨리는 일을 한다)이 되기 위한 시험을 보고 있다고 한다.

한마디로, 나만 놀고 있었다는 소리가 된다.

우스운 일이야. 내가 가장 다급하게 굴어야 하는데도 불구하고 난 그동안 놀고 있고 다른 이들은 모두 움직이고 있었다니.

내가 한심하다는 생각도 들지만 기분은 좋았다. 그리고 시르 공작도 어지간히 적이 많다는 생각에 웃음이 나왔고.

이제 반격 타임인 건가. 제대로 반격할 수 있을지는 모르겠지만.

그렇게 오랜만에 집무실에 앉아서 이런저런 생각을 정리하며 이상하게 즐거워하는 날 보며 루이스 자작이 이상하다는 듯이 응시하고 있다는 게 느껴진다.

하지만 그 모습이 더욱 날 즐겁게 한다.

내가 가는 곳마다 따라다니며 귀찮게 구는 루이스 자작의 모습이 짜증나고 불쾌하지만 그래도 너그럽게 보려고 노력하고 있다.

얼마 뒤면 어차피 안 볼 사람이니까.

아니, 못 보게 되는 건가?

키나이에게 부탁했던 그 연락에 대한 답이 왔다.

그리고 연락한 대로 딱 5일 뒤에 라일라가 오기로 했다.

공식적으로는 아리아가 오지 못할 일이 생겨 그 대신으로 날 찾아온 거지만 실제적으로는 루이스 자작을 만나러 오는 거다.

라일라가 오기로 한 날,

아침부터 초조하게 라일라를 기다렸다.

그렇게 기다리고 기다려서 점심 무렵이 조금 지나서야 시녀에게 라일라가 왔다는 연락을 받을 수 있었다.

"폐하, 아리아 헤스던님을 대신해서 왔다는 분께서……."

"이쪽으로 데리고 오라."

내가 반갑게 대답하자 루이스 자작은 눈을 빛냈다.

혹시나 시르 공작에게 무슨 보고라도 할 수 있을까 해서겠지.

하지만 이를 어쩌지.

지금 올 사람은 루이스 자작 그대와도 상당히 깊은 관련이 있는데. 누군가가 찾아왔다는 건 보고할 수 있어도 어떤 이야기가 오갔는지는 보고할 수 없을걸.

속으로 즐거워 어쩔 줄 몰라 하면서 라일라가 집무실로 들어오기를 기다렸다.

곧 문이 조용히 열리고 들어온 차분한 이미지의 여성.

"라, 라일라?"

"제국의 황제 폐하를 뵈옵니다."

라일라는 놀라는 루이스 자작을 무시하고 예의를 갖춰 나에게 인사했다.

마치 루이스 자작은 눈에 보이지도 않는 것처럼.

"아리아 대신으로 왔다고 했는가?"

"예. 리나이트 상단에서 아리아님을 보좌하는 역할을 하고 있습니다."

"그래… 한데 루이스 자작과 아는 사이인가?"

다 알지만 모르는 척 질문을 던졌다.

내 말에 루이스 자작은 파들파들 떨고 있었지만 라일라는 전혀 동요하지 않고 난처한 표정을 만들어냈다.

"루이스 자작이라니… 누구를 말씀하시는 건지요?"

정말로 모르겠다는 듯한 태도.

하지만 눈이 흔들리고 있어. 연기는 좀 서툴군.

뭐, 중요한 건 그게 아니지만.

"지금 내 옆에 있는 여성 분 말이네."

좀 연기가 서툴기는 해도 상당히 마음에 드는데.

"저는 처음 뵙는 분입니다만… 왜 그러시는지요."

"별것 아니다. 루이스 자작이 아는 척을 하기에 물어본 것뿐이었네."

"그렇습니까."

태연하게 대꾸했다.

그러면서 루이스 자작을 매섭게 한 번 노려봤다.

이것 역시 감점인걸. 좀 더 확실히 했어야지.

"모른다면 상관없겠지. 한데 아리아가 무슨 일로 자네를 보낸 거지?"

"아, 편지를 전해 드리러 왔습니다."

"편지라……."

난 라일라가 조심스럽게 내미는 편지를 받아 펼쳤다.

다른 나라와 교역을 텄고 또 국내의 상단을 집어삼키기 시작했다는 내용. 또 하나 덧붙이자면 자신의 신변잡기에 관한 내용.

쓰여 있는 말들은 이미 다 알고 있는 사실들뿐이다.

어차피 이 편지는 라일라와 루이스 자작의 만남을 위한 핑계에 불과하니까.

그래도 형식적으로나마 답을 해주어야겠지.

난 책상을 뒤적여 종이를 꺼냈다.

"지금 답을 쓸 테니 기다리게."

"예, 폐하."

아리아에게 편지를 쓰는 건 오랜만이다.

이런 기회를 반가워해야 하는 걸까.

난 쓰게 웃으면서 편지를 써 내려갔다.

내용은 어차피 별것없다.

내 신변에 관한 것.

그것밖에는 쓸 말이 없으니까.

슬쩍 눈을 들어 라일라와 루이스 자작을 살피니 서로 마주 보고 있다. 불꽃이 튈 정도로 격렬한 눈빛으로 말이다.

"아, 그렇지. 그대, 이름이 뭔가?"

이건 정해진 '대사'라기보다 라일라의 이름을 듣고 루이스 자작이 어떤 반응을 보일지 궁금해서 물은 것이다.

라일라는 순종적인 태도를 보이며 천천히 입을 열었다.

"라일라 켈 리크루스라고 합니다."

호오, 역시 루이스 자작은 '리크루스' 라는 이름에 동요하는군. 충격이라는 건가.

"그래, 이 편지를 아리아에게 전해주거라."

"예, 알겠습니다."

라일라가 예의 바르게 인사를 하고 나가자마자 난 시선을 루이스 자작에게 돌렸다.

멍한 눈빛으로 문을 응시하고 있는 모습.

예상 이상의 반응에 기분이 좋아진다.

"아는 사이인가?"

"…아닙니다."

슬픈 눈빛으로, 약간 일그러진 표정으로 문에서 눈을 떼지 못하고 대답하고 있다.

그런 모습 어디가 '모르는 사이' 라는 건지.

"표정을 보아하니 아는 사이 같은데. 잠깐 이야기를 나누러 가도 괜찮네."

"하나……."

"아직은 멀리 못 갔을 걸세."

그래, 멀리 안 갔지. 바로 앞에서 기다리고 있을 거다. 내가 루이스 자작을 내보내 주기로 했으니까.

난 계속 망설이고만 있는 루이스 자작을 보며 약간 짜증을 느꼈다.

그냥 마음 닿는 대로 나가면 될 텐데 말이지.

뭔가 결정타를 먹여야 나가볼 것 같은 느낌.

흠, 무슨 말을 해볼까.

"딸이라 알고 있는데."

역시 이게 좋겠지.

내 말에 루이스 자작이 빳빳하게 굳어 날 바라본다.

어떻게 알았냐는 눈빛으로.

"들은 적 있지. 라일라라는 이름의 딸이 있다고. 그래서 지금 상황을 보고 대충 말해 본 거야. 표정을 보아하니 정말인 모양이로군."

거짓말도 하면 느는 거라니까.

루이스 자작은 약간 갈등하는 듯하더니 이내 나에게 가볍게 목례를 하면서 말했다.

"잠시 자리를 비우겠습니다."

"그래."

루이스 자작이 급하게 집무실을 나가자 웃음이 나왔다.

아마 멀지 않은 곳에서 그녀를 기다리고 있던 라일라와 만날 수는 있겠지. 그리고 밤에 다시 만날 약속을 할 것이다.

"재미있어."

"그러십니까."

"제노시아는 별 재미가 없나보군."

장난스럽게 말하며 뒤에 서 있는 제노시아에게 고개를 돌리자 그는 드물게도 뭔가 안타까운 듯 또 슬픈 듯한 표정을 하고 있었다.

"제노시아 역시 루이스 자작은 별로 안 좋아한다고 생각했었는데 말야."

"예, 그렇긴 합니다만."

"그런데 왜?"

들어주겠다는 태도를 보여주면서 느긋하게 의자에 기댔다.

무기력하게 늘어져 있을 때보다 훨씬 나다운 느낌.

유쾌하다는 느낌은 아니어도 안정된다는 느낌은 있다.

난 원래 이렇게 성격이 안 좋은 건가 하는 생각이 들기도 한다.

남의 불행을 즐기다니 말이다.

"아무것도 아닙니다."

"흐음… 제노시아, 지금 이런 상황 어떻게 생각하고 있는데?"

나올 대답은 알고 있다. 제노시아는 의외로 고지식한 면이 있으니까.

"악취미라는 생각이 듭니다."

"어떤 점이?"

다 알면서도 뻔히 물어보는 이런 점 역시 지금 제노시아가 말하는 그 '악취미' 라는 거에 포함되겠지.

내가 능글맞게 웃으면서 물어보자 제노시아는 난처한 모양이었다.

주춤거리며 대답을 피하려 들기에 끈질기게 보고 있었더니 결국 한숨과 함께 대답해 주었다.

"사람의 감정을… 얼마나 힘들지 알면서 가지고 노는 듯한 느낌이라 그런 생각이 들었을 뿐입니다."

마치 날 비난하는 듯한 말인걸.

"그거야 당연하지. 사람과 만나고 친해지려면 당연히 상대의 감정을 알아야만 하는 거 아닌가. 상대의 감정을 보고 행동한다는 점에서 똑같아. 루이스 자작이 어떤 감정일지 알고 거기에 맞춰 행동하지."

"폐하……."

내 헛소리나 다름없는 대답에 제노시아는 한숨을 내쉰다.

"심할 건 없어. 상대에게 똑같이 갚아줄 뿐."

빙긋이 웃으며 그렇게 말해 주고는 다시 몸을 돌렸다.

맞는 말 아닌가.

똑같은 방법은 아니지만 나에게 비참한 기분을 주었던 만큼 상대 역시 힘들어야 한다.

특하나 루이스 자작은 거슬린다.

내 뒤를 쫓아다니며 행동 하나하나를 감시하는 것도 거슬리고, 시르 공작이 자신의 은인이라도 되는 양 찬양하는 게 거슬린다. 또 시르 공작의 권세를 등에 업고 마치 자신의 권세인 것마냥 설치고 다니는 모습도 거슬린다.

루이스 자작의 리나이트 상단을 빼앗고 또 그녀를 사교계에서 쫓아내다시피 한 건 나와 시르 공작인데도 시르 공작에게 먹이를 받아먹기 위해 쫄래쫄래 따라다니는 모습이 상당히 기분 나쁘다.

시르 공작에게 크게 당했으면서, 아직도 저렇게 충견의 모습을 보이다니. 상당히 잘 길들였군.

지금 중요한 건 그게 아니다.

얼마 뒤면 루이스 자작이 돌아올 거다.

루이스 자작은 날 감시하는 일을 잊어도, 라일라는 자신의 일을 잊지 않을 테니까.

돌아오면 내가 대사를 외울 차례가 된다는 것. 그게 중요하다.

루이스 자작이 제대로 라일라를 만나게 해야만 하니까.

내 예상대로 얼마 시간이 지나지 않아서 멍한 눈동자를 한 루이스 자작이 들어왔다.

"흐음, 상당히 미움받고 있나보군."

"무슨 말씀이십니까."

"아니, 그저 성(姓)이 다르기에 한 말이네."

우리 제국에서는 어머니의 성을 따르는 게 당연한 일이다. 아리아나 나 같은 경우야 좀 예외적인 케이스라서 자식이 남편의 성을 따랐지만.

하여튼 루이스 자작은 집안의 장이니까 지금까지의 관례와 규칙에 따르자면 그녀의 딸인 라일라는 루이스 자작과 같은 '루이스' 라는 성을 가지고 있어야 한다.

하지만 라일라는 그 성을 버렸다.

어째서 루이스라는 성을 버렸는지 이미 알고 있지만, 지금은 그걸 근거로 말하는 것처럼 대사를 읊었다.

"…라일라는 아버지의 성을 따랐습니다."

"그런가?"

무심하게 대답해 주며 더 이상은 관심없다는 듯이 시선을 돌려 버렸다.

더 깊이 파고들려 할 필요는 없다. 어차피 이미 알고 있는 일이기도 하고. 하지만 한 가지 정도는 더 물어야겠지.

적당히 루이스 자작을 도발해서 라일라를 반드시 만나게 해야 하는 게 지금의 내 일이니 괜한 소리까지 하다가 경계심만 갖게 하면 안 된다.

"왜 루이스라는 이름을 따르지 않았지?"

내가 그 둘 사이를 모르고 있다면 이걸 궁금해할 테니까… 말이야. 안 묻고 넘어갈 수는 없겠지.

"폐하께 말씀드릴 이유는 없다고 생각합니다."

"그렇긴 하지. 하지만 아리아와 같이 있다니 조금 불안해서 말야."

"…저와 약간 다투고 집을 나간 것뿐입니다."

그 말에 난 약간 놀랐다는 표정을 지어 보였다.

"흐음, 그럼 오랜만에 만났다는 건가. 반가웠겠군."

"그다지……."

아니, 많이 반가웠을걸. 라일라와 루이스 자작 사이의 일이라서 라일라가 어머니를 원망하고 있는 이유를 확실히는 모르지만(다만 라일라의 아버지의 죽음과 관계가 있다는 것만 어렴풋이 알고 있을 뿐) 적어도 못 본지 10년 가까이 된다고 알고 있는데. 반갑지 않을 리가 없지.

"나 때문에 오래 이야기하지 못한 건가? 이거, 미안하군 그래. 다음에 자리를 마련해 주어야겠는걸."

여기서 내 대사는 끝.

이제 루이스 자작은 어떤 반응을 보일까?

"괜찮습니다. 어차피 오늘 저녁에 만나기로 했고… 신경 써주셔서 감사합니다."

제대로 됐군.

이제 남은 건 오늘 하루를 평소처럼 보내는 것뿐이다.

평소처럼 무감각하고 나른하게.

저녁때 루이스 자작은 라일라와 만나 이런저런 이야기를 할 거다.

라일라가 어떻게 나오느냐에 따라 루이스 자작의 운명이 갈리겠지.

하나는 원래의 생각을 그대로 밀고 나갈 경우, 또 하나는 루이스 자작을 받아들이는 경우.

만약 루이스 자작을 받아들이고 이번 일에 관해 약간이라도 말하려 든다면 그 대가를 치를 거다. 이미 미행도 붙여놓았고 하니. 그리고 원래의 생각을 그대로 밀고 나간다면 오늘 밤 루이스 자작은 생명을 잃게 되겠지. 사랑해 마지않는 자신의 딸 손에.

어떤 결과가 날지는 루이스 자작이 아닌 라일라의 선택에 달린 셈이다.

어차피 루이스 자작이 죽는다는 건 정해진 일이지만.

라일라도 함께 죽느냐 아니냐, 혹은 딸의 손에 죽느냐 아니면 다른 이의 손에 죽느냐 하는 게 약간 다를 뿐이다.

나로서는 라일라가 움직여 주는 게 훨씬 좋다.

그러니 기대하겠어, 라일라.

멋지게 해달라고.

내가 루이스 자작의 사망 소식을 공식적으로 들은 건 라일라가 날 찾아온 지 2일째 되던 날 아침이었다.

공식적으로 들은 건 말이다.

"그래서 루이스 자작께서 사망하셨기 때문에 대신 제가 폐하의 보좌로서 여기 오게 되었습니다."

카난 공작의 보고를 들으면서 난 작게 웃었다.

"사망이라… 원한 산 데가 있었나?"

다 알고 있으면서 태연히 물었다.

"전 잘 모르겠습니다. 경비대 역시 원한 때문이라 생각하고 있는 모양입니다."

"그래?"

"예, 시체를 거의 난도질해 놨다는군요. 게다가 그 시체를 그대로 방치해 두어서 떠돌이 개들이 파먹기까지 해서 루이스 자작인 걸 알아보기 힘들었다고 들었습니다."

구역질날 만한 말을 생글생글 잘도 웃으면서 말하고 있다.

"흐음, 그런데 카난 공작이 어떻게 그렇게 자세히 알고 있는 거지?"

"그게… 시르 공작께서 루이스 자작이 하던 일을 해달라고 하기에 이유를 물었더니 말씀해 주시더군요. 그래서 알게 된 거죠. 그리고 시르 공작께서 말하지 않았어도 어느 정도는 알고 있었고요. 시체를 시르 공작의 자택 앞에 버려놨으니까 듣기 싫어도 들렸거든요. 어찌 죽었는지, 시체가 어떻게 되어 있었는지 말입니다."

여전히 말은 잘한다.

듣고 있으면 혀 굴러가는 소리가 들린다는 생각이 들 정도로.

"어쨌거나, 결국 카난 공작이 루이스 자작 대신으로 여기 왔다는 소리지?"

"예, 그렇습니다."

"흐응. 나야 상관없지만."

"그건 그렇고, 루이스 자작도 참 불쌍해요."

"그래?"

그리고 대화가 끊겼다.

불쌍하지. 사고라지만 자신의 손으로 남편을 죽였던 일이나, 그 일을 어린 딸이 본 거나. 그 죽음 이후 가출해 버린 거나. 뭐, 라일라가 그 일로 루이스 자작을 원망하고 있는 건지, 아니면 또 다른 이유가 있는 건지는 모르겠지만.

내가 아무 말이 없자 카난 공작은 따분한 듯한 표정으로 주변을 돌아보다가 이내 무슨 생각에 잠겨 버렸는지 한곳을 응시한 채로 아무 미동이 없었다.

그사이 나도 라일라에 관해 생각하기 시작했다.

라일라가 한 일은 공식적으로야 오늘 아침에 알았다지만 사실 어제 저녁에 키나이에게 들었다.

무슨 이야기를 나눴는지에 관해서까지는 자세히 말하지 않았지만 라일라가 어떤 식으로 자신의 어머니를 죽였는지는 들었다.

무슨 과거가 있어 자신을 낳아준 사람을 그리 죽일 정도로 증오했는지는 몰라도 일단 나에게 도움이 되었으니 무시해 줄 생각이다. 나에게 피해만 없다면 말이다.

지금쯤 라일라는 루이스 자작의 영지에 가 있을 거다.

유일한 자식이니 영지와 재산을 제대로 상속받기 위해서.

라일라는 이제 '루이스' 가문은 없어지고 '리크루스'란 이름으로 다시 생겨날 거라고 말했다 한다. 자신은 '루이스' 라는 이름을 싫어한다고.

그래서 그 문제로 한동안 리나이트 상단의 일을 할 수가 없다는 말도 전했단다.

나와는 상관없는 문제라는 생각에 웃어주었다.

어차피 가문의 이름이 바뀐 여파를 감당하는 건 시르 공작과 라일라 자신이니까.

그 때문에 시르 공작이 바쁜 틈에 난 내 할 일만 하면 되는 거다. 그리고 그 리나이트 상단에 관한 건 모두 아리아가 알아서 하기로 한 문제니까.

난 어제 키나이를 통해 받은 리아나 이모님의 편지를 다시 한 번 읽었다.

서랍을 여는 소리에 카난 공작은 생각을 멈추고 내 쪽으로 시선을 주었다.

"편지입니까?"

호기심을 나타내는 카난 공작의 모습에 난 피식 웃고는 편지를 내밀었다.

"읽어보고 싶어?"

"봐도 괜찮은 겁니까?"

"시르 공작의 동생 같은 카난 공작이 아닌 내가 아는 카난 공작으로서라면."

난 웃으며 장난치듯이 말을 했다.

"쿡쿡쿡."

그러자 카난 공작은 순간 멈칫하더니 이내 작게 웃으면서 편지를 받아 들었다. 그리고 편지를 죽 훑어보더니 일부러 한숨을 내쉰다.

"크큭. 한심하게 느껴지나?"

"아닙니다. 그저 리튼 공작은 꽤 나이가 들었는데도 어느 정도 순수한 면을 간직하고 있는 것 같아서 약간 부럽다는 생각이 들었을 뿐입니다."

진심인지 아니면 장난인지 모를 말을 하며 방긋이 웃는다.

편지에 쓰여진 건 레비스에 관한 일이었다.

내가 무기력증에서 벗어났다는 소리에 기분 좋아하더니 그래도 아직 아무것도 달라지지 않았다는 것에 조금은 풀이 죽어 지내고 있다는 말.

그리고 전적으로 내 편이 되겠다는 말.

"이거, 큰 거 한 건 올린 기분입니다만."

"쿡쿡. 카난 공작이 그런 말을 하니 안 어울리는군."

"그런가요."

그렇게 대답하면서 편지를 돌려주었다.

장난스럽게 웃으며 손가락을 하나씩 접기 시작했다.

"그러니까 하네인 후작, 그리고 리튼 공작, 미스트 백작에 사아라 후작. 이 정도입니까? 루벤트 공작이야 늘 예외적으로 어느 세력에도 들지 않고 방관하는 사람이니."

맞는 말이다.

루벤트 공작은 권력이니 뭐니 하는 데 관심이 없으니까. 그저 자신은 무인으로서 검을 휘두를 수만 있으면 된다고 했다.

그러니 어떤 세력도 자신을 귀찮게 하지 말아달라고 확실하게 의사를 밝혔다. 귀찮게 한다면 오히려 반대 세력으로 가버릴 거라고.

"하지만 사아라 후작 역시 루벤트 공작처럼 중립이라고 보는 게 좋겠는데."

"그건 저도 마찬가지라고 생각합니다만?"

카난 공작이 짙은 미소와 함께 부드러운 어조로 말했다.

중립이라.

루벤트 공작이나 사아라 후작은 어느 편에도 서지 않으니까 그렇게 불릴 만하지만 카난 공작은 아닌데.

"언제부터 중립이라는 단어의 의미가 바뀌었는지 모르겠군."

"그렇습니까? '중립'이라는 단어를 제가 잘못 알고 있었던 모양이로군요."

말 장난 같은 대화를 하면서 잠시 웃었다. 그리고 난 이내 웃음을 멈추고 카난 공작을 보았다.

무슨 생각을 하면서 지내는 건지 알 수가 없는 사람이다.

처음 만났을 때는 시르 공작을 맹목적으로 따르고 있다 생각했다. 시르 공작을 언니처럼 생각하면서 바보 같다는 느낌이 들 정도로 맹목적으로 따르고 있다고.

그랬었는데 갑자기 내 생각이 바뀐 거다. 언제였는지 확실히 기억 안 나는 특별난 것도 없는 연회가 벌어졌던 날이었다. 그때 우연히 시르 공작의 뒷모습을 너무나 날카롭게 보고 있는 그 모습을 보게 되었었다. 그 눈빛에 처음의 생각이 틀렸다는 걸 알 수 있었다. 하지만 그 연회장에서의 카난 공작의 행동은 평소와 전혀 다르지 않았다. 계속 시르 공작을 따르는 동생으로 지내고 있을 뿐이었다.

그래서 슬쩍 말을 걸었었다, 시르 공작을 어떻게 생각하는지.

그 말에 눈을 동그랗게 뜨고 날 보더니 이내 웃으면서 존경한다고 했다. 그리고 언니로서 사랑하고 있다고.

그때 카난 공작은 그렇게 대답을 했지만 그대로 믿지 않았다. 그리고 얼마 동안 조용히 관찰했었다. 연회장의 분위기 때문에 잘못 봤을 수도 있을 테니 신중하게 다시 살펴보자는 생각에.

오래 관찰할 필요 없이 금방 결론이 났다.

그때의 시르 공작을 향한 적의는 내 착각이 아니었다고.

그래서 어느 날 일부러 서재로 불러들여서 말을 꺼냈다.

시르 공작을 적대하는 것 같던데 아니냐고.

그랬더니 아주 화사하게 웃으면서 '그걸 발견하신 분은 폐하께서 두 번째예요' 라고 아주 상큼하게 대답하는 거였다.

한마디로 내 말이 맞다는 소리.

덤으로 덧붙이자면 그 첫 번째는 자기 남편이란다.

하지만… 내가 눈치 채고 나서도 카난 공작이 시르 공작을 대할 때의 태도는 여전하다. 한마디로 아직 그 지독한 이중성은 없어지지 않았다는 것.

본인 말로는 자신의 감정 때문에 괜히 거대한 시르 공작가와 적대 관계로 돌아설 정도의 모험을 할 수는 없어서 그렇다고 한다.

하여간 그 덕으로 나와 꽤 친하게 지내고 있다.

성격이 비슷하다 보니 서로 이야기하는 게 재미있다고 할까.

제노시아가 우리 둘이서 이야기하고 있는 걸 가끔씩 질렸다는 눈빛으로 보고 있기는 하지만 그것도 나름대로 재미있다.

확실히 말해 두자면 난 카난 공작이 시르 공작에게 적의를 가졌다는 걸 의심하지 않는다.

엄청난 이중성을 지닌 사람이긴 하지만 나 역시 그런 사람이라서인지 카난 공작을 알 수 있을 것 같다고 할까. 한마디로 동류끼리의 느낌이라고 할까.

하지만 가끔은…

"카난 공작."

“예?”

“그대는 시르 공작과 꽤 친하지?”

이렇게 찔러보고 싶다.

카난 공작이 무슨 생각을 하는지 궁금하기도 하고.

“나름대로 친합니다. ‘친하다’ 는 의미가 서로 조금 다르기는 합니다만, 그건 중요한 일이 아니지요.”

카난 공작은 아주 예쁘게 미소를 지었다.

어찌 보면 섬뜩하게 느껴질 미소를.

“그런데 잘도 이런 짓을 하는군.”

“어떤 짓을 말씀하시는 건지 모르겠습니다만?”

카난 공작의 미소가 더 더욱 짙어진다.

“어찌 보면 이것도 시르 공작에 대한 배신인데.”

“이 정도로 무너진다면 저도 볼일없습니다. 너무 쉽게 쓰러진다면 우리 카난 공작가가 굳이 친분을 유지할 필요가 없는 사람이라고 생각합니다.”

차가운 말.

진심이라는 점에서 나보다 더 대단한 사람이라고 생각한다.

“그럼 나는 어찌 생각하지?”

“솔직히 말씀드리는 걸 원하시리라 믿고 말씀드리겠습니다. 약하든 강하든 황제와의 친분은 어떤 식으로든 도움이 됩니다. 그러니 절대 폐하께 등 돌리는 일은 없을 거라는 건 확실히 말씀드릴 수 있습니다.”

그 말을 다르게 표현하자면 황제가 아닌 나에게는 볼일없다는 것.

여전히 엄청난 사고방식을 가진 사람이야.

그래, 어찌 보면 정말 대단한 사람이지. 최고 권력자가 누가 되든지 그 사람에게 빌붙어 살아갈 수 있게 준비한다는 점이.

지금은 시르 공작에게 붙어 있지만 여차하면 내 쪽으로 기울어질 사람이다, 카난 공작은.

뭐, 이건 순전히 내 생각이다.

솔직히 말하자면 카난 공작의 생각은 읽을 수가 없어서 어떤 생각을 하고 또 뭘 하려는 건지 전혀 짐작이 안 간다.

내가 생각하는 대로 아무 곳으로나 이기는 쪽에 멋대로 빌붙을지, 아니면 뭔가의 다른 목적이 있는 건지, 그도 아니면 정말 아무 생각도 없는건지도 모르지.

그저 이 상황을 즐기는 건지도.

동류라 느끼고 있기 때문에 더 더욱 카난 공작의 생각을 알 수가 없다.

"가끔은 말이지."

"……?"

"난 그대의 생각이 궁금해."

"푸훗."

오랜만의 내 솔직한 말에 카난 공작은 웃었다.

진심이다.

저 머리 속에서 대체 무슨 생각을 하는지 알고 싶다.

뭘 위해서 움직이고 있는 건지… 목적이 아예 없는 사람은 아닌 것 같으니까 말이다.

대체 뭘 위해서 남의 밑에서 지내려고 하는 건지 알 수가 없다.

시르 공작보다 세력이나 힘이 못하지 않은 사람인데, 왜 시르 공작에게 적의를 가지고 있으면서도 굳이 그녀의 아군처럼 행동하고 있는 건지.

"저도 제 생각을 잘 몰라요."

한참 만에 가벼운 어조로 카난 공작이 대답했다.

"이상한 일이로군."

"그런가요?"

굳이 캐묻지는 않는다.

그럴 필요도 없거니와 또 지금 아쉬운 건 나니까.

난 카난 공작의 도움이 절실히 필요하다. 특히 카난 공작이라면 거짓으로 내 행동을 보고한다고 해도 시르 공작이 절대적으로 믿을 테니까.

그런데 정말 카난 공작은 무슨 생각을 하고 있는 걸까?

혹시 역으로 나와 시르 공작의 뒤통수를 칠 생각을 하고 있는 건 아니겠지?

불안한데…….

"그런데, 폐하."

"음?"

"루이스 자작도 정말 굉장한 딸을 키웠다는 생각이 듭니다. 어떻게 하면 이런 결과가 나올 수 있는 걸까요?"

"음."

맞는 말이다.

시에라 못지않게 굉장한 딸을 키웠다. 자신의 어머니를 칼로 난도질할 정도의 아이라니.

난 독만 건네줬을 뿐이었는데, 그것도 고통없이 죽을 수 있는 즉효성으로.

그런데 라일라가 그 정도까지 하리라고는 상상도 못했었다니까.

너무 차분하고 얌전하게 생겨서 루이스 자작에게 설득당해 버릴지도 모른다고 생각했었는데 말야.

생각 외로 무시무시한 사람이었어.

나야 귀찮은 녀석 치워 버려서 기분 좋지만.

하지만……

늘 궁금한 거지만, 카난 공작은 대체 어떻게 전부 알고 있는 걸까?

가끔 카난 공작은 나 이상의 정보망을 가지고 있는 것 같다는 생각도 들곤 한다.

…나와 상관없는 일이지만.

내 이름은 엘비라 헤레니안 펠 아스힌드.

외우기 어려울 정도로 긴 이름은 아니지만 가끔씩 내 이름이 헷갈릴 때가 있다. 원래 이름은 헤레니안 켈 시르였으니까.

나의 생모는 루이네 켈 시르라는 이름을 가진 사람이고, 얼마 전까지만 해도 내 어머니였다.

하지만 지금은 내 어머니가 아니다.

내 이름이 바뀐 이유는 부모님이 바뀌었기 때문에, 더 이상 그 사람은 내 어머니가 아니라고 한다.

그래서 지금은 내 원래 어머니를 그저 '시르 공작' 이라고 부르면 된다고 한다. 그녀를 '어머니' 라고 불러도 상관은 없다지만 되도록이면 조심하라고 들었다.

"엘비라 황녀님, 공부하실 시간입니다."

"알았어."

난 읽고 있던 이야기책을 덮어버리고 시녀를 따라나섰다.

수업은 별거 아니다. 늙은 선생이 중얼거리는 걸 멍하니 듣고 있기만 하면 된다.

역사니 뭐니 하는 건 너무 어렵단 말야.

"좋은 아침입니다, 엘비라 황녀님. 밤새 평안하셨는지요."

"예, 그리아 남작께서도 편히 지내셨습니까."

"물론입니다, 엘비라 황녀님. 그럼 수업을 시작하겠습니다."

내 역사 수업을 해주는 그리아 남작의 말에 따라 책을 펼쳤다.

하지만 머리 속에는 다른 생각들만 떠다닌다.

어린 시절.

아니, 어린 시절이라기보다 내 가장 오래된 기억은 내 생모(원래 어머니를 이렇게 부른다고 한다)인 시르 공작에 대한 것이다.

그리고 여기 오기 전의 기억들 모두 시르 공작에 대한 기억들뿐이다.

다정한 기억이냐고?

그래서 시르 공작만 기억하느냐고?

천만에.

어머니는 날 늘 차가운 눈으로 내려다볼 뿐 한 번도 안아주시지 않았다.

분명 날 싫어하는 걸 거다. 틀림없어. 아니면 안 안아줄 이유가 없잖아?

어쨌거나, 내 최초의 기억(이라고 해야 되는 건가?)은 시르 공작이 날 차갑게 보면서 '황제와의 계약 외에는 쓸모가 없는 아이야'라고 했던 거다.

3살 무렵이었는지 4살 무렵이었는지는 잘 기억나지 않는다.

그때는 아직 시르 공작이 어머니였다.

그래도 ‘나의 어머니’ 라고 내 나름대로 어머니를 기쁘게 하기 위해 꽃을 가져다 드렸던 것 같다. 제대로 기억나지 않아서 확실하지는 않지만 말이다.

그때 시르 공작은 뭔가를 하고 있었다.

내가 뭔가에 열중하고 있는 그녀에게 다가가 꽃을 건네는 순간 어머니는 날 뿌리쳤고, 난 바닥에 주저앉았다.

그때 누군가가 날 감싸자 한 말이었다.

‘계약 외에는 쓸모없는 아이’ 라고.

그때는 무슨 뜻인지는 몰랐다. 다만 그냥 울었다.

아프고 아파서.

지금 생각하면 내가 참 눈치가 빨랐구나 하는 생각이 든다.

지금도 그 ‘계약’ 이라는 게 뭔지는 모르지만 ‘쓸모없다’ 라는 게 무슨 의미인지는 알고 있다. 그래서 지금은 그때의 말을 어느 정도 이해할 수 있다.

어머니인 분이 한 그 말은 내가 필요없었다는, 없었으면 좋았을 아이라는 말이라는 걸 지금은 알고 있다.

그리고 얼마 뒤부터 시르 공작은 아예 안 보였다.

시녀가 무슨 전쟁이라는 게 있어서라고 했지만 난 그런 건 몰랐다. 시르 공작은, 나의 어머니는 내가 보기 싫어서 가버린 걸 거라고 생각했을 뿐.

지금은 많이 커서 전쟁이 뭔지는 알고 있지만 그때는 전쟁이 무슨 뜻인지 전혀 몰랐었다.

그저 내가 아는 건 어머니가 날 버리고 어디론가 가버렸다는 것뿐이었다.

덕분에 매일매일 울었다. 그리고 어머니가 돌아오셨을 때는 이미 난 어머니가 싫었다.

그저 무서울 뿐이었다. 차가운 시선으로 날 내려다보는 것이 너무너무 무서웠다.

아침저녁으로 꼭 같이 밥 먹자고 부르는 것도 싫었다.

하루에 적어도 한 번은 같이 차를 마신다며 불러서는 아무 말 없이 가만히 날 보는 시선이 너무너무 무서웠다.

언제 한 번은 어머니의 시녀인 로레타에게 어머니 좀 안 들어오게 해달라고 빌다시피 말하면서 울어버린 적도 있을 정도니까.

그 로레타의 말로는 엄청나게 바쁘다면서 왜 매일 들어오는 건지 모르겠다.

한 번은 그렇게 툴툴거렸다가 로레타에게 무척이나 혼났었다.

어찌 그렇게 어머니의 마음을 모르느냐고.

흥! 내가 알게 뭐람.

"엘비라 황녀님, 듣고 계십니까?"

날 회상에서 현실로 끌어올린 건 그리아 남작의 목소리였다.

"아, 응."

"그럼 리디아 성황제 시절에 있었던 일 중에 가장 대표적인 게 뭔지 말씀해 보시겠습니까?"

그걸 내가 어떻게 알아.

멍하니 그리아 남작을 보고 있자 그리아 남작은 상당히 화가 난 듯이 부들부들 떨기 시작했다. 그리고 내 뒤쪽에 서 있는 리나에게 소리쳤다.

"리나! 이리 나와라!"

"예, 예……."

리나는 내 공부 친구이자 시녀.

정확히 말하면 내가 실수할 때마다 대신 맞아주는 애.

나보다 나이도 많은 아이인데 난 별로 안 좋아한다, 재미없는 아이라서.

리나가 파들파들 떨며 앞으로 나가서 그리아 남작에게 맞고 있는 모습을 구경했다.

어쩐지 재미있기는 하지만 그렇다고 웃어버리거나 하면 나중에 어마마마께 혼난다. 남이 아파하는 걸 재미있어하는 게 아니라고.

어마마마는 대체 내 수업 시간에 일어난 일을 어떻게 아는 걸까?

리나가 맞고 나자 다시 수업이 시작되었다.

"리디아 성황제께서는 나라 안을 정돈하시고 모든 기본적인 법률을 만드셨으며……."

그리아 남작의 목소리는 높낮이가 없어서 그런지 너무 재미없어. 따분해.

5살 무렵부터 난 이런 재미없는 공부라는 걸 시작했다.

그때 날 가르친 사람은 로레타였다.

로레타는 어머니 유모의 딸로서 어머니와 함께 자랐다고 했다.

"당신은 시르 공작님의 유일한 혈육이십니다. 훌륭히 자라셔서 어머님의 뜻에 맞는 사람이 되셔야 합니다."

처음 날 가르치게 된 날 로레타가 한 말이었다.

그 말이 묘하게 싫어서 늘 수업 시간에는 다른 생각을 했다.

아, 그러고 보니 그게 버릇이 돼서 지금도 수업을 안 듣는 걸지도…….

하여간 그곳에서 받은 수업은 조금 이상했다.

지금처럼 선생이 책을 펼쳐 놓고 가르치는 게 아니라 날 앉혀놓고 하루에 얼마씩 설교하는 게 수업이었다.

"시르 공작께서는 아스티안님과 결혼하셔서 아가씨를 낳으셨습니다. '시르'라는 이름 하나로 그 어떤 이들도 아가씨를 무시할 수 없을 겁니다. 시르 공작께서는 황제보다 더한 권력을 가지고 계시니까요. 아가씨께서는 그런 어머님을 존경하고 사랑하셔야 합니다. 당신에게 생명을 주신 분이기도 하며 누구에게도 비굴하지 않게 해주는 분이시니까요."

늘 설교의 시작은 이 말이었다.

너무 많이 들어서 외워 버릴 정도로 똑같았다.

설교의 내용은 절반도 알아들을 수가 없었다.

전부 어머니가 잘났다는 내용이라는 것 정도는 눈치로 알 수 있었지만 대부분은 알아듣지 못하고 그저 고개만 끄덕였다.

'당신에게 생명을 주셨으니 당신도 목숨을 걸고 따라야 한다'는 말도 들었었는데, 그건 지금도 무슨 뜻인지 잘 모르겠다.

"시르 공작님께서는 아가씨를 무척 사랑하십니다."

라는 말도 들었었다.

그 말을 듣는 순간 말도 안 된다는 생각에 웃어버렸지만.

정말 말도 안 되는 소리 아닌가. 정말로 날 사랑한다면 남에게 줘버릴 리가 없지 않아?

아마 내가 지금 이런 생각을 하고 있다는 걸 로레타가 알면 기본으로 한 시간 정도는 설교를 늘어놓을 게 분명하다. 어쩜 그렇게 어머니의 마음을 몰라주느냐고 하면서.

그리고 또 집사 역시 자주 뭔가를 이야기했다.

"시르 공작께서는 냉철해 보이시지만 정이 많은 분입니다. 아마 아가씨께서 공작님을 배신한다면 공작님은 무너지실지도 몰라요."

"배신? 그게 뭔데요?"

내가 되묻자 집사는 난처하다는 표정이었다. 그리고 잠시 뒤에 내가 이해하기 쉬운 말로 풀어 말해 주었다.

"아가씨께서 공작님의 명에 따르지 않으시는 걸 말하는 겁니다."

그 말에 난 속으로만 '난 어머니가 싫은데' 라고 중얼거렸을 뿐이다.

소리 내서 말할 용기 따위는 없었으니까.

그때는 말할 곳이 없어서 그렇게 속으로만 생각했지만 지금은 아니다.

지금의 어마마마는 아주 상냥하고 좋은 분이셔서 이야기를 하기 편하다. 그래서 가끔 어마마마께 로레타에게 들었던 이야기나 집사에게 들은 이야기를 하면 어마마마께서는 묘한 눈빛을 하고는 웃으신다.

그리고는,

"너에게 '시르 공작의 명령에 따라야 한다' 는 걸 주입하려는 거였던가 보구나. 하지만 걱정 말아라. 과거는 과거일 뿐. 그리고 넌 이제 시르 공작의 아이가 아니니까. 더 이상 신경 쓸 것 없단다. 그리고 시르 공작도 오래가지는 못할 테니까."

라는 말을 했다.

지금의 나에게는 너무 어려운 말이라서 알아들을 수가 없어 고개를 갸웃하자 어마마마는 웃으면서 날 꼭 안아주셨다.

문득 배가 고프다는 생각이 들어서 그리아 남작을 빤히 봤다.

언제쯤 끝나나 싶어서.

"그럼 오늘은 여기까지만 하도록 하지요."

내가 빤히 보자 그리아 남작은 평소 같지 않게 빨리 눈치 채고는 수업을 끝내주었다.

"가자, 리나."

"예, 엘비라님."

소심하게 대답하는 리나를 이끌고 공부방으로 사용하는 작은 방을 빠져나왔다.

아까 맞은 게 꽤나 아픈지 주춤거리고 있는 모습이 보기 안 좋았다.

정말이지, 다른 녀석들 데리고 다니는 게 좋겠다.

난 리나처럼 소심한 애들은 싫다. 강한 사람이 좋아.

난 어머님의 궁으로 향했다.

아마 이 시간쯤이면 어머님께서 차와 과자를 준비하고 기다리실 거다.

지금까지 늘 그래 왔으니까.

난 시르 공작, 그러니까 생모와 사이가 나빴다.

내가 피하고 시르 공작은 빤히 보고 있는 관계일 뿐이었지만 서로 이야기한 적도 없으니까 사이가 나쁜 게 맞을 거다.

그렇게 지내다가 일 년 전에 지금 부모님의 딸이 되었다.

내가 황궁으로 들어오는 날, 로레타가 날 예쁘게 꾸미더니 조금 떨리는 목소리로 '오늘이 이곳에서의 마지막이 되실 겁니다' 라고 했다.

아마 로레타는 내가 그 '마지막' 이라는 말에 솔직히 조금 기뻤다고 하면 화냈을 거다.

하여간 로레타에게 이끌려 서재로 들어가 시르 공작을 만났다.

그때 시르 공작은 이상하게 평소의 표정이 아닌 약간 일그러진 표정으로 날 빤히 보면서 아무 말도 하지 않았다.

너무 오래 그러고 있어서 평소처럼 무섭다기보다 지루하다고 느낄 무렵 그녀는 내 손을 잡았다.

그리고 한다는 말이,

"가자."

였다.

'마지막이니 좀 다정하게 말해 주면 좋을 텐데' 라고 속으로 중얼거리면서 그녀가 이끄는 대로 따라갔다.

어디로 가는지는 로레타에게 들어서 알고 있었다. 왜 가는지도.

솔직히 말하자면 두근거렸다, 새로운 부모님이 생긴다는 것에.

마차를 타고 황궁으로 갔다. 그리고 그녀는 정식으로 '황녀' 로서 선포되기 전에 먼저 황제를 뵈어야 한다며 내 손을 잡고 어떤 방으로 데리고 갔다.

난 다른 것보다 그녀가 내 손을 잡고 있다는 게 신경 쓰였다.

평소에는 손을 잡아주지 않았다.

안아주지도 않았고 조그만 스킨십도 없었으니까.

놀라지도 않았고, 행복하지도 않았고, 기쁘지도 않았다.

다만 그저 신경이 쓰였을 뿐이었다.

그녀의 손에 끌려 들어간 방에는 허리까지 오는 물빛 머리칼을 한 여자와 청은발을 가진 남자가 서 있었다.

둘은 날 보더니 좀 놀란 듯이 눈이 커졌다.

"이 아이인가."

"예. 전에 한 번 보셨다고 생각됩니다만."

여전한 어머니의 말투.

두 분은 날 관찰하듯이 빤히 보더니 여자 쪽, 그러니까 이제 내 어머니가 되실 분이 놀라워하는 듯한 말투로,

"어머나. 따로 입양이라는 이야기 하지 않고 그냥 우리 아이라고 해
도 될 뻔했군요."

라고 했다.

난 어머니를 닮지 않았다. 로레타의 말에 의하면 아버지도 닮지 않
은 것 같았다.

난 내 앞의 여인(황후님이라고 했다)과 내 머리 색이 같다는 걸 그때
처음 알았다.

"운명이네요."

그 말에 난 눈을 동그랗게 뜨고 황후님을 올려다봤다.

그분은 굉장히 즐거워하고 있는 듯했다.

남자는 천천히 몸을 낮춰 나와 시선을 맞추었다.

그 모습에 난 상당히 놀랐다. 지금까지 그래 주는 사람은 없었으니
까.

"이름이 뭐니?"

다정한 말투.

"아시리라……."

하지만 내가 대답하기 전에 어머니가 먼저 말을 시작했다. 하지만
이내 황후님께 말이 가로막혔다.

"조용히 해주세요, 시르 공작."

차분한 목소리.

내가 스스로 이름을 말하길 원하시는 걸까?

난 잠시 머뭇거리다가 조심스럽게 입을 열었다.

"저, 전 헤레니안 켈 시르라고 합니다, 폐하."

약간 떨면서 배운 대로 대답하니 그 사람은 나에게 미소 지어주었
다.

안심하라는 듯이 편안하게.

"네가 오늘부터 나의 딸이 된다는 걸 알고 있니?"

"예, 어머님께 들었습니다. 후, 훌륭하신 폐하의……."

"그런 말은 필요없단다. 그저 넌 나의 아이라는 게 중요할 뿐이야."

그렇게 말씀하시고는 내 머리를 쓰다듬어 주었다.

"반갑다."

"예, 예에……."

굳이 '반갑다' 라고 말씀하시는 이유를 알 수가 없었다.

로레타의 말대로 내가 어려서 그런 걸까.

그렇지만 그 말이 싫지는 않아서, 그분의 손길이 너무 따스해서 웃어버렸다.

그러자 그분은 날 안아주셨다.

따스한 품.

너무 기분이 좋았다.

하지만 내 어머니는 뭔가가 마음에 들지 않은 듯 날 차갑게 내려다보고 있었다. 그리고 이내 내 손을 이끌었다.

"그럼 저희는 가보겠습니다."

그렇게 어머니의 손에 끌려 밖으로 나왔고, 저녁 연회 때까지 뭔가 불쾌해하는 듯한 어머니와 어떤 방에서 마주 앉아 있어야 했다.

정말 무서웠다, 평소보다 훨씬 더.

그래서 이번에는 지루하다는 것도 못 느끼고 가만히 고개를 숙이고 되도록 빨리 이 방에서 나갈 수 있기를 빌었다.

그리고 연회의 시작과 동시에 새로운 이름을 받았다.

엘비라 헤레니안 펠 아스힌드… 라는 이름을.

그리고 시르 공작은 더 이상 나의 어머니가 아니게 되었다.

"어머님."

역시 어머님은 차와 과자를 준비하고 날 기다리고 계셨다.

"어서 오렴."

다정히 날 반겨주시는 어머님.

난 의자에 앉으며 헤실거리고 웃었다.

"공부는 잘했니?"

"예."

"흐음… 그런 것치고는 네 공부 친구의 안색이 별로 안 좋구나."

"아마 수업 시간 내내 서 있어서 그럴 거예요."

바로 대답하자 어머님은 부드러운 미소를 지으셨다.

"후훗, 그러니?"

난 어머니가 미소 지으시는 게 너무너무 좋은데, 아버님은 저런 미소를 보실 때마다 '무섭다' 라고 하신다.

난 전혀 안 무서운데.

정말이지 어른들이란 알 수가 없다니까.

아, 내가 두 분을 아바마마, 어마마마가 아닌 아버님, 어머님으로 부르게 된 것도 아버님 때문이었다.

그날은 평소완 약간 다른 날이었다.

그리아 남작의 수업도 없고 시츠아의 예절 수업도 그날은 잠시 쉬겠다고 했었다.

그래서 시간이 남은 나는 처음으로 시녀의 안내 없이 혼자 어마마마의 궁으로 향했다.

그런데 잘못해서 길을 헤매 버렸다.

"어쩌지……."

신나게 걷다가 문득 정신을 차려보니 처음 보는 곳이었다.

잠깐, 아주 잠깐 고민을 해서 내린 결론은 '계속 걷다 보면 아는 곳이 나오겠지'라는 단순한 결론이었다.

그런 결론을 내린 뒤 그냥 걸었다. 혹시나 황궁 밖과 통한 문이나 성벽이 나오면 다른 방향으로 걸으면 된다는 생각으로 그냥 계속 걸었다.

그렇게 계속 걷다가 어느 정원에서 시르 공작과 카난 공작이 이야기하고 있는 모습을 발견했다.

시르 공작의 모습이 보이자마자 숨었기 때문에 아마도 시르 공작은 날 보지 못했을 거다.

"그러니까, 결국은 황후의 태도가 마음에 들지 않는다는 말이로군요?"

"카난 공작."

"휴… 대체 겨우 그런 말을 하려고 절 이런 외진 곳에 불러서 한 시간이나 이야기를 늘어놓으신 겁니까?"

카난 공작은 나도 잘 아는 사람이었다.

시르 공작이 나의 어머니이던 때 자주 만났다. 집으로 자주 와서 시르 공작과 이야기하던 사람이니까.

재미있고 다정한 사람이라서 무척 좋아했었다.

어째서 저런 사람이 어머니와 함께 있는 건지 이해를 못하겠다는 생각도 했을 정도로 어머니와는 안 닮은 사람.

카난 공작은 늘 시르 공작을 언니처럼 깍듯이 대했는데, 지금은 좀 이상하다.

짜증난다는 듯한 말투.

왜 그런 건지 궁금해서 조금 더 이야기하는 쪽으로 몸을 기울였다.

더 잘 듣기 위해서.

"그대가 도와주었으면 한다."

"무엇을요?"

"그 계집이 멋대로 설칠 수 없게 하려고 한다."

"어차피 황후는 아무 힘도 없지 않나요? 공식적인 서약에 의해 지금의 저 뮤리아 황후는 정치 권력이 없어요. 그리고 지금은 황제 역시 당신께 눌려 있는데 '설칠 수 없게 한다'니. 대체 무슨 말을 하고 싶은 거예요?"

와! 정말 카난 공작은 말도 잘한다.

그런데 아바마마께서 시르 공작에게 눌려 있다니? 그건 또 무슨 소리지?

이렇게 엿듣는 건 나쁜 일이라는 걸 알면서도 돌아갈 수가 없었다. 더 듣고 싶었다.

"그 계집은 머리는 좋은 모양이던데 이상하게 자기 처지는 잘 모르는 것 같더군. 그래서 하는 말이다. 따끔하게 혼을 내기 위해."

"그런데 왜 제가 해야 하는 건가요?"

"네가 하라는 말이 아니라 좀 도와달라는 말이다."

"그게 그거 아닌가요?"

어쩐지 카난 공작의 말이 매서운 것 같다.

이상해. 대체 저게 무슨 말이길래 저렇게 기분 나빠하는 걸까?

"카난 공작."

"전 이런 쓸데없는 일을 하려고 시르 공작님을 보좌하겠다고 한 게 아니에요."

"하아… 미안하다."

"알면 됐어요."

시르 공작은 뭔가 불쾌한 듯한 표정이면서도 더는 말하지 않고 내가 숨어 있는 곳의 반대 방향으로 휭하니 가버렸다. 그리고 남은 카난 공작은 한숨을 내쉬면서 시르 공작이 간 방향을 보고 있었다.

내 쪽에서는 등밖에 안 보여서 어떤 표정으로 보고 있는지는 모르겠지만 적어도 좋은 분위기는 아닌 것 같다는 느낌이 들었다. 그래서 조심조심 빠져나가려고 하는데 카난 공작이 내 쪽으로 오기 시작하는 거다.

"힉!"

너무 놀라서 이상한 소리가 나왔다.

내가 낸 소리 때문에 카난 공작은 누가 있다는 걸 알아버린 모양이었다.

"거기 누구?"

카난 공작이 오는 소리에 움직이지도 못하고 가만히 있을 수밖에 없었다.

"어라? 엘비라님?"

"안녕하세요……."

할 수 있는 말이 이것뿐이었다.

분명 어마마마라면 말을 잘하셨을 텐데… 라고 한탄하면서 내일부터 어마마마께 말 잘하는 법을 배워야겠다고 결심했다.

"푸훗! 다 보셨습니까?"

고개 젓는다고 될 상황이 아닌 것 같았다.

오랫동안 시르 공작을 보면서 지낸 내 그 '눈치' 가 그렇게 말하고 있었다.

"예."

"어머나. 부끄러운 모습을 보여 드렸네요. 죄송합니다."

카난 공작은 미소 지었다.

그런데… 예전엔 몰랐는데 카난 공작의 눈은 전혀 안 웃는 것 같아. 시르 공작과 똑같은 눈동자를 하고 있어.

약간 무섭다는 생각이 들었다.

"그런데 이런 외진 곳에는 무슨 일로 오셨는지요?"

"아… 그게……."

솔직히 길 잃었다고 하기에는 너무 창피해서 대답을 못했다.

그러자 카난 공작은 미소 지었다.

"괜찮으시다면 저와 함께 황후마마의 궁으로 가시겠습니까?"

"아, 그래."

그런데 역시 아까는 내가 잘못 생각한 걸까? 카난 공작은 저렇게 다정하게 웃는데.

어마마마의 궁에 도착하자 카난 공작은 나에게 목례를 하고는 할 일이 있다며 가버렸다.

아마도 내가 헤매는 걸 알고는 데려다 준 모양이었다.

역시 좋은 사람이야.

시녀에게 어마마마가 계시는 곳을 묻고 그쪽으로 가니 마침 아바마마도 와 계셨다.

두 분은 정말 사이가 좋은 것 같다.

같이 있는 모습을 자주 봤으니까 분명할 거다.

"아바마마."

내가 그렇게 부르자 아바마마는 순간 불쾌하다는 표정을 지으셨다.

"그렇게 부르지 말거라."

"예?"

순간 무슨 말인지 모르겠다는 생각이 들었다. 그 다음으로는 날 싫어하는 게 아닌가 하는 생각에 겁이 났다.

누군가가 시르 공작처럼 차가운 눈동자로 날 보는 건 싫었다.

울 것 같은 기분이 들어서 가만히 아바마마를 보고 있는데, 이내 아바마마는 다정한 목소리로 말을 이었다.

"그 단어 외 다른 걸로 부르도록 해라. 아버지도 괜찮고 아버님도 괜찮고. 그 '아바마마'란 소리는 정말 듣기 싫으니."

너무 기뻤다. 나를 싫어하지 않는다는 것에 너무 기뻤다.

"호호호. 다행이네요, 폐하."

내가 뭐라 말하기도 전에 어마마마께서 웃으시며 말했다.

"별로."

"엘비라, 이리 앉으렴."

아바마마는 금방 가버리셨다. 좀 섭섭해서 그쪽을 보고 있자니 어마마마께서 웃으셨다.

"폐하께서 하신 말씀 기억하지?"

"예."

"그럼 나도 어머님이라고 부르렴."

즐거워하는 듯한 목소리.

"예."

그렇게 돼서 그날 이후로 난 두 분을 어머님, 아버님이라고 불렀다.

처음에는 '예의'가 어쩌고 하던 선생도, 시녀들도 두 분이 허락하셨다는 말에 입을 다물었다.

"무슨 생각을 하니."

"아무것도 아니에요, 어머님."

"그래?"

정말 행복하다.

전처럼 차가운 시르 공작의 눈을 보지 않아도 된다는 것에, 그리고 내 부모님이 너무 다정하다는 것에.

난 배시시 웃었다.

그런데 요즘은 섭섭한 게 하나 있다.

"아버님은 왜 안 오세요?"

얼마 전부터 아버님을 만나기가 어려워졌다.

"글쎄, 이제 슬슬 바빠지시려나 보지."

"예? 그게 무슨 말이에요?"

"후훗."

어머님은 제대로 대답해 주시지 않고 웃기만 하셨다.

그 웃음이 무슨 뜻인지는 몰라도 더 이상 대답해 주시지 않을 거라는 건 안다. 지금까지 그래 왔으니까.

그래서 난 더 묻지 않고 차를 마셨다.

어째서 이제 이곳으로 오시지 않는 걸까.

예전에는 늘 여기 오면 아버님도 뵐 수 있었는데.

그렇다고 아버님의 집무실로 찾아갈 수는 없는 일이었다.

요전에 한 번 서재에는 간 적 있지만 그 이후에 어머님으로부터 '되도록 가지 말라'는 이야기를 들었기 때문에 갈 수가 없었다.

난 착한 딸이 되고 싶었으니까.

어머님이나 아버님이 하시는 말씀은 다 들을 거다. 할 수 없는 일은 노력할 거고.

"하지만 벌써 5일이나 못 뵈었는걸요."

"어머, 벌써 그렇게나 됐나?"

어머님은 어쩐지 즐거워하는 기색이었다.

왜 즐거워하는지는 모르겠다.

아버님이 안 오시면 어머님도 외롭지 않나?

그런데 왜 저렇게 웃으시는 건지 모르겠다.

어머님과 그렇게 차를 마시고 내가 지내는 궁으로 돌아가려다가 문득 괜찮은 생각이 떠올랐다.

"어머님."

"왜 그러니?"

어머님은 늘 그렇듯이 다정하게 물었다.

"아버님의 집무실엔 정말 가면 안 되는 건가요?"

"그건 왜?"

"어머님이랑 같이 가도 안 되는 건가요?"

어쩌면 어머님이랑 가면 괜찮을지도 모른다는 생각에서 그렇게 물었는데 어머님은 난처한 표정을 지으셨다.

"안 될 것 같구나. 미안한걸."

"그런가요……."

조금 실망했다.

문득 아버님께서는 내가 싫으신 걸지도 모른다는 생각이 든다. 늘 내가 이야기하고 있는 걸 보고 있기만 하고 웃어주시는 일도 거의 없으니까. 가끔씩 미소를 지어주시기는 하지만… 환하게 웃어주신 적은 거의 없다.

"폐하께서 이곳에 오시면 널 부르마."

"예."

곱게 대답하고 보니 이상하다는 생각이 들었다.

"어머님은 왜 집무실에 안 가시는 건가요? 아버님께서 싫어하시는 거예요?"

"음? 그건 이유가 있단다. 그리고 폐하께서도 내가 집무실에 드나드는 건 그리 좋아하시지 않을 거란다."

"네?"

"좀 더 크면 더 자세하게 이야기해 주마."

이상한 말이었다. 왜 말해 줄 수 없는 걸까 생각하면서도 그냥 고개를 끄덕였다.

그리고 내가 지내는 궁으로 왔다.

내가 지내는 궁은 대대로 제1계승자가 쓰는 곳이라 들었다. 난 양녀지만 자격도 있고 아버님이 다른 자식이 없기에 제1계승자라고 한다. 그래서 이 궁을 쓰는 거라고.

이 궁과 마주한 정원은 너무나 아름다워서 좋아하지만 싫은 부분도 있다.

너무 복잡하다는 것.

물론 시녀들 따돌리고 탐험할 때는 좋지만 길을 찾기가 어려웠다.

자주자주 길을 잃는 나에게는 이 커다란 궁이 좋은 것만은 아니었다.

그리고 무엇보다도…

"시르 공작께서 오셨습니다."

시르 공작이 매일 찾아온다는 게 싫었다.

"알았어."

여기서 도망치면 안 만날 수 있을까 하는 생각도 들지만 그건 그저 생각일 뿐 만나야 한다는 걸 알고 있다. 그래서 겁이 나는데도 불구하고 고개를 끄덕여 만나겠다고 하는 거고.

어차피 내 의사는 중요하지 않다.

저번에, 여기 온 지 얼마 안 되었을 때 처음으로 시르 공작이 찾아온

날에는 안 만나겠다고 바동거렸었다.

싫다고 고함지르고 난리를 피웠던 걸로 기억한다.

그런데도 시르 공작은 떡하니 내 앞에 나타났다. 싫다고 했는데도.

너무 놀라고 또 날 보고 있는 시르 공작의 눈이 너무나 무서워서 벌벌 떨었다.

날 그렇게 한참을 보고 있던 시르 공작은 딱 한 마디를 했다.

"앞으로는 피하지 마십시오."

라고.

시르 공작이 그 말을 하고 방을 나간 후 나는 펑펑 울었다.

너무 무섭고 화가 나서.

내가 멍하니 있자 시녀가 몸이 달았다.

늦게 가면 혼나는 건 자신이었으니까.

"황녀님?"

만나고 싶지 않아서 걸음이 안 떨어진다.

"응? 시르 공작은 어디서 기다리는데?"

"응접실에서 기다리고 계십니다."

천천히 걸었다. 되도록 천천히.

만나고 싶지 않지만 안 만날 수가 없으니까 되도록이면 늦게 보고 싶어서 천천히 걸었다.

하지만 얼마 지나지 않아 응접실에 도착했다.

"오셨습니까."

안 오면 엄청 화내면서.

난 말로 하지는 못하고 그저 입만 삐죽 내밀었다.

하지만 이내 평소의 표정으로 돌아가야 했다.

내가 입을 삐죽이거나 하면 시르 공작은 정말 무섭게 날 쳐다봤으니까.

아마도 내가 이렇게 시르 공작을 무서워하는 건 어린 시절의 일 때
문일 거다.

무엇 때문이었는지 그 이유는 잘 기억나지 않는다.

지금 내가 기억하고 있는 건 시르 공작이 무섭게 화를 낸 것. 그리고
로레타가 열심히 시르 공작을 말리던 것. 파랗게 질린 얼굴을 한 집사
가 멍청히 서 있었던 것.

그 정도일까?

하여간 그때 아주 많이 맞았다.

가느다란 채찍 같은 걸로 기절할 때까지 맞고 깨어나서 더 맞았다.

맞으면서 아프다고, 싫다고 울부짖었던 기억도 있다.

그리고 딱 일주일을 앓았다.

로레타의 말로는 내 등이 많이 헤져서 후에 흉터가 남지 않게 하기
위해 포션을 엄청나게 쏟아 부었다고 한다.

신관을 부르면 끝날 일이기도 하지만 로레타의 말로는 '아주 특별한
사정'이 있어서 부를 수 없다고 했다.

나중에 시녀들이 하는 말을 몰래 엿들은 바로 그 '아주 특별한 사
정'이란 건 날 위한 게 아닌 시르 공작을 위한 거였다.

이 제국의 대귀족으로서, 그리고 황제에 버금가는 자로서 집 안에
'신관'을 끌어들이면 좋지 않다는 이유. 그리고 그런 시르 공작의 딸
인 날 때릴 수 있는 건 시르 공작뿐이니까 혹시나 자식을 때리는 어미
로 소문날까 봐 쉬쉬했다고 한다.

그게 특별한 사정이었다는 거다.

내가 아프든 말든 주변의 눈이 더 중요했던 거다.

시녀들이 불쌍하다고 수군거리던 건 지금까지도 선명하게 기억한다.

내가 불쌍했는지 아니었는지는 잘 모른다.

다만 그때 난 정말 아팠는데, 죽을 만큼 아팠는데 아파 누워 있는 동안 어머니였던 시르 공작은 한 번도 날 만나러 오지 않았던 게 조금 슬펐을 뿐이었다.

그리고 내가 자리에서 일어났을 때까지 내 어머니라고 있던 시르 공작은 나에게 '미안하다' 라든가 '아팠니?' 라는 말 한마디 하지 않았다.

그때부터 난 그녀가 어머니란 생각을 하지 않았다.

내가 오자 자리에서 일어나 가벼운 인사를 건네는 시르 공작의 모습이 싫었다.

얼굴을 보고 싶지 않다.

난 애써 내색하지 않고 인사를 건넸다.

"오늘은 무슨 일로 찾아오셨어요?"

"평안히 계신 것 같아 다행입니다."

시르 공작은 내 질문에 대답하지 않는다.

늘 그렇다. 내 말은 무시. 자기가 하고 싶은 말만 한다.

정말 싫다. 안 봤으면 좋겠어. 다시는 안 찾아오면 좋겠어.

"오늘은 어찌 지내셨는지요."

"늘 똑같아요."

하지만 난 대답해야 한다.

안 그러면 또 무시무시하게 쳐다본다.

한 번은 무서웠지만 그런 시선도 무시하고 대답하지 않으려 한 적이 있었다.

그런데 시르 공작은 내가 대답할 때까지 단 한 발자국도 안 움직이고 가만히 날 보고 있는 거였다.

너무 무서웠다.

그래서 그 이후로 전부 대답해 준다.

왜 묻는 건지는 모르겠지만, 하여간 빨리 하고 가버렸으면 좋겠다.

"그럼 오늘도 황후마마께 다녀오셨습니까?"

"그래요."

내 대답에 시르 공작은 미간을 찌푸린다.

그 반응에 겁을 먹어버렸다.

어째서인지 모르겠지만 시르 공작은 어머님을 무척 싫어하고 있다.

저번에 들었던 카난 공작과의 대화도 아마 그래서였을 거라고 생각한다. 시르 공작은 어머님을 싫어하니까 카난 공작에게 괴롭히라고 말한 게 분명하다.

너무 나빠.

"되도록이면 황후마마께 다가가지 마십시오. 황녀님을 위해 말씀드리는 겁니다. 아니, 이제 만나지 않으시는 것이 좋을 듯합니다."

"어째서요?"

"네?"

난 용기를 내서 처음으로 말대답을 했다.

몸이 부들부들 떨렸지만 더 이상 어머님을 만나지 말라는 말에는 따를 수가 없었다.

어머님이 얼마나 다정하신데. 얼마나 나에게 잘해주시는데.

난 그분을 잃고 싶지 않았다.

"어째서 만나면 안 되느냐고 묻고 있는 거예요. 그녀는 나의 어머니잖아요. 그런데 왜 만나면 안 된다는 거죠?"

"황후마마께서 황녀님의 어머니라 해도 하나의 형식이자 절차일 뿐입니다. 당신이 황제가 되기 위한. 황녀님, 당신의 생모는 저라는 걸

잊은 건 아니시겠지요."

"당신이야말로 내 어머니가 아니에요!"

반사적으로 소리치듯이 말해 버렸다.

내가 말하고도 놀라서 손으로 입을 가렸다.

시르 공작 역시 꽤 충격이었던 듯했다.

평소의 가면 같은 표정이 아닌, 처음 보는 표정으로 날 응시했으니까.

"지금 뭐라 말씀하셨습니까."

다시 말해야 하나 난처하기도 했지만 그렇다고 해서 물러설 마음도 없었다. 지금 물러서면 더 이상 어머님과 아버님을 만나지 못할지도 모른다는 생각에 필사적이었다.

"당신이야말로 제 어머니가 아니라고 했습니다."

"당신은 저의 피를 이었습니다."

"이리로 오는 순간 당신과 나의 혈연관계는 없는 거나 다름없어진다고 말씀하신 건 당신입니다. 잊으셨는지요."

가물가물한 기억 속에서 시르 공작이 내가 입양될 때 연회장에서 했던 말을 떠올려 그대로 대답해 주었다.

"그렇다고 해서 정말 없어지는 건 아닙니다."

"듣기 싫어요!"

"뭐라고요?"

"듣기 싫어요! 황후님은 제 어미이시고 황제는 제 아비 되십니다. 부모 자식이 만나는 걸 막을 권리는 없어요!"

내가 여기로 왔을 때 아버님의 여동생 되시는, 나에게는 고모님이 되시는 분께서 해준 말을 그대로 말했다.

그렇게 거의 발악하듯 말하자 시르 공작은 좀 화가 난 듯한 표정이었다.

"정말 그리 생각하십니까?"

낮게 울리는 목소리에 전에 내가 맞았던 일이 떠올랐다.

등이 욱신거리며 아파오는 것 같았다.

내가 겁을 먹어 대답을 못하자 시르 공작은 가만히 날 내려다보더니 한숨을 내쉬었다.

"황후께 이상한 소리를 잔뜩 들으신 모양이로군요."

어머님이 말씀하신 게 아니라 말하고 싶었지만 입이 움직이지 않았다.

시르 공작은 나에게 너무 무서운 사람이니까.

정말 아끼는 내가 어떻게 말대답을 했는지 모를 정도로 겁이 났다.

몸이 부들부들 떨렸다.

분명히 화를 낼 거라고 생각했다. 그런데 시르 공작은 가만히 고개를 숙이고 뭔가를 말하기 시작했다.

"그렇습니까. 그럼 상관없겠지요. 황녀님의 말씀대로 이제 부모 자식 간이니 오히려 만나지 않으신다면 이상한 것이겠지요."

뭔가 이상하다는 생각이 들었다.

시르 공작이 하는 말은 나에게 하는 거라기보다 혼자 중얼거리는 것 같았다.

왜 그러는지 몰라서 더 무섭다는 생각이 들었다.

"이제는 제가 어미가 아니니까요."

시르 공작은 눈을 감고는 한동안 말이 없었다.

무거운 분위기가 싫었지만 내가 먼저 입을 열 수도 없었기에 가만히 있었다.

조심조심 시르 공작의 눈치를 살피면서.

잠시 뒤에 시르 공작은 눈을 떴다.

그 차가운 눈과 마주치는 순간 평소의 시르 공작이라는 생각에 이상하게도 약간 안심해 버렸다.

"황후마마와 무슨 이야기를 나누셨는지요."

"별 이야기 없었어요. 그저 아버님께서 뭐 하시는지에 관해서……."

"뭘 하고 계시다고 하던가요."

"몰라요. 그냥 한 며칠 못 뵈었기에 찾아가면 안 되는지 여쭈었을 뿐이에요."

그냥 순순히 내가 아는 건 전부 말해 주었다.

"다른 말은 없었습니까?"

"그래요."

시르 공작은 이상하게 나와 어머님의 대화에 관심을 보이고 있었다.

이건 어머님께도 말씀드렸었다.

나름대로 꽤 큰 결심을 하고 시르 공작이 늘 어머님과의 대화에 대해 묻는다고 말씀드렸더니 어머님은 웃으셨다.

그리고는 별일 아니니 걱정 말고 그냥 대답하라고 해주셨다.

그냥 솔직하게 대답하면 된다고. 그리고 시녀들이나 다른 사람들이 없을 때 아버님과 어머님끼리 하신 이야기만 말 안 하면 되는 거라고 말씀하셨다.

그래서 난 시르 공작이 묻는 건 거의 다 솔직히 대답한다.

"달리 하신 이야기가 없으셨다니 전 이만 가보겠습니다."

이만 가보겠다는 말에 기뻤다.

"그럼 나도 방으로 가지요. 조심해서 가도록 하세요."

난 인사를 건네고 재빨리 응접실을 빠져나왔다.

시르 공작과 오래 있고 싶은 마음은 조금도 없으니까.

방에 들어오는 순간 힘이 쭉 빠져서 바닥에 주저앉을 뻔했다.

아마 리나가 날 부축하지 않았더라면 정말로 쓰러졌을 거다.

"엘비라님, 괜찮으세요?"

평소라면 날 부축하는 손을 뿌리쳐 버렸겠지만 지금은 그럴 힘도 없었다.

역시 시르 공작에게 '말' 을 하는 건 너무 힘들었나 보다.

리나는 날 부축해서 의자에 앉혔다.

내가 너무 기운이 없어 보였는지 한참을 안절부절못하던 리나는 걱정스럽다는 듯이 몸을 낮춰 나와 시선을 맞추었다.

"차라도 내어 올까요?"

"필요없어."

딱 잘라 거절하면서 리나의 옷소매를 잡았다.

"……?"

리나는 의아한 표정이었지만 이내 아무 말 없이 몸을 바로 한 다음 자신의 옷소매를 잡은 내 손을 따스하게 감싸주었다.

정말 리나는 싫어. 소심하면서도 눈치만 빨라.

한참을 그렇게 있다가 떨림이 멈추자 난 리나의 손을 뿌리쳤다.

"치워."

"예."

리나는 기분 나쁜 기색 하나 없이 손을 거두고는 내 옷매무새를 만져 주었다.

혼자 저녁을 먹고 나서 리나가 잠자리를 봐주었다.

난 어머님께서 읽어보라고 건네주신 이야기책을 읽다가 졸리자 침대로 갔다.

"잘래."

“예, 엘비라님.”

리나는 불을 끄고 커튼을 닫은 다음 내 침대 옆에 있는 의자에 앉았다.

늘 그렇듯이 내가 잠이 들 때까지 옆에 있어주기 위해서.

더 어릴 때, 시르 공작의 집에 있을 때는 혼자 잤는데.

여기서는 내가 좀 더 나이가 들 때까지는 리나가 내 잠자리를 지켜줄 거라고 한다. 어머님이 그렇게 시키셨다고.

난 침대에 누워서 오늘 하루를 다시 생각해 봤다.

평범한 하루다.

아침 먹고, 조금 놀다가 예절에 대한 교육을 받고, 또 역사를 공부하고… 그리고 나서 어머님께 가서 함께 이야기를 하고. 또 시르 공작에게 이야기를 하고.

단조로운 하루.

아마 내가 조금 더 크기 전까진 이 일상은 변하지 않을 거다.

아버님도, 어머님도, 그리고 고모님도 어릴 때는 이렇게 지내셨겠지.

난 리나의 손을 꼬옥 잡고 눈을 감았다.

이제 잘 시간이었다.

11장

나의 권리와 힘

아린드의 역사에서 대표적인 '개혁'은 두 가지이다.

첫 번째 개혁은 리디아 성황제의 '시오인 개혁'이다.

이것은 그때까지 제대로 정비되지 않았던 법률을 정리하고 또 나라를 안정시키기 위한 개혁이었다. 그리고 그 '법률'에 '황위 계승 서열을 정하는 방법'을 정의하셨는데, 그 때문에 엘리자벳 태황제의 혈족 중 상당수가 반기를 들었다가 죽음을 맞이했다.

자신이 리디아 성황제가 정한 후계자에 대한 규율에 맞지 않다는 걸 알고는 '황제'의 자리에서 배제될 수 없다고 생각하여 칼을 들었던 것이다.

두 번째 개혁은 처음으로 남자 황제가 등극하면서 있었던 '카르인 개혁'이었다.

그때까지 '황자의 계승'은 문서상에만 존재할 뿐이라 여기고 있었기 때문에 대다수의 황족들이 반대를 했다.

황자는 당연히 황제가 되지 못할 거라 여기고 다른 이가 황제가 될 수 있게 준비하고 있었기 때문에 반감이 상당했던 것이다. 그래서 그 황자는 스스로 반대파를 모두 죽이고 피 속에서 대관식을 치렀다……(중략)…….

신세력이 구세력을 몰아내며 가장 쓰기 좋은 말이 개혁이니 합당하지 않은 곳에도 그 말은 자주 쓰이고 있다. 그저 반대파의 살육에 불과한 일을 하고도 '이것은 개혁이다'라고 주장하는 일도 비일비재하다.

그래서 어떤 이들은 '개혁'이란 승자가 하는 변명에 지나지 않는다고 말하기도 한다.

실제로도 그런 사태는 많다. 아마도 역사 속에 묻혀 버린 일들을 조사한다면 살육전이 어느샌가 개혁이라는 이름으로 불리게 된 경우는 더 더욱 많으리라.

—'개혁'이라 이름 붙여진 피의 전쟁

겨울이 다가올 무렵.

서서히 진행되던 준비가 거의 끝났다.

준비라는 건 별거 아니다.

시르 공작이나 나나 시에라의 경우처럼 요란하게 군대를 쓰면서 싸울 생각은 전혀 없다. 그러니 이럴 경우 준비는 한 가지밖에 없다고 할 수 있다.

'포섭'. 나의 편을 늘리기 위해서, 내가 쓸 수 있는 패를 늘리기 위해서 이 사람 저 사람과 대화를 나누고 끌어들이는 것이다.

누구를 끌어들이는 게 좋을지 고민할 필요가 없었다. 시르 공작을 반대하는 녀석들은 이미 다 알고 있으니까.

어지간히 인심을 잃어서 그런지 세력이 좀 강한 이들은 모두 시르 공작을 적대하고 있었다.

모두 순순히 날 따라줄 것 같지는 않지만, 적어도 지금보다 나은 대우를 해주겠다 하고 내 쪽으로 오게 한 것이다.

그러다 보니 내가 끌어들인 녀석들은 전부 날 돕는다기보다 자신의 이익을 위해 시르 공작을 적대하는 녀석들뿐이었다.

자신의 이익을 위해서 중립을 택한 사아라 후작 같은 자들도 몇몇 있었지만, 그들은 누가 군림해도 상관없다고 여기고 있는 자들이다. 사아라 후작처럼 ‘나에게 방해되지만 않으면 세상 모든 사람이 없어져도 상관없다’ 는 이들이라고 할까.

뭐, 이들이 어느 한쪽으로 붙으려 한다면 나도 좀 신경을 쓰겠지만 그럴 것 같지가 않은지라 이들은 중립을 지키게 내버려 둘 생각이다.

게다가 지금 포섭한 자들이 시르 공작을 적대하고 있긴 하지만 크게 도움받을 생각은 별로 없다. 도움을 받게 된다면 나중에 뭘 요구할지 알 수가 없으니까.

한마디로 날 돕게 하기 위함이 아니라 단 한 가지를 지키게 하기 위해 포섭했다고 할 수 있다.

내가 내린 명령은 한 가지다.

‘시르 공작을 돕지 말 것.’

물론 저들도 시르 공작을 적대하고 있으니 돕지 않겠지만 혹시나 하는 생각으로 말해 둔 거다. 그리고 그들에게서 그 말을 지키겠다는 것과 시르 공작에게 적대하고 있다는 내용의 맹세문 같은 글도 적게 해두었다. 갑자기 저들이 시르 공작 쪽으로 움직인다면 상당히 곤란하니까.

솔직히 이런 명령에 절대 복종해 줄 거라 생각하고 있지는 않지만, 그래도 일단 쐐기를 박아두면 나중에 편하다. 그래서 그 ‘쐐기’ 의 역할로 맹세문을 적게 한 것이다. 혹시 시르 공작에게 붙으려 하면 지금 적게 한 그 맹세문을 시르 공작 쪽으로 보낼 거라는 무언의 경고인 셈이다.

그 맹세문을 본다면 시르 공작도 그대를 받아들이지 않을 테니 우리를 배신한다면 양쪽 모두를 적대하는 거라고 말한 셈.

꽤 유치한 협박 같지만 효과적인 방법이다.

다른 쪽으로 가봤자 '전 쉽게 충성하겠다고 맹세한 분을 배신합니다'라고 한 셈이니 상대 쪽에서 받아들이지 않는다.

누가 언제 배신할지 모르는 자를 옆에 두려고 하겠는가.

그리고 저들은 때가 되면, 내 쪽으로 세력이 기운다 싶으면 말하지 않아도 알아서 나설 것이다. 조금이라도 더 도움이 되어야 나중에 더 많은 이득을 얻을 테니까.

남은 일은 시르 공작의 목을 서서히 조르는 일이라고 할까.

하지만…

"카난 공작."

"왜 그러시죠?"

"어떻게 생각하고 있나."

"확실히 말씀드릴 수는 없지만 아마도 절반일 거라고 생각합니다."

이게 문제다.

난 확률 따지고 비교해 보는 걸 별로 안 좋아하지만, 그리고 이런 건 머리 속의 계획과 현실이 다를 수도 있지만(실제로도 예전에는 예상에서 크게 어긋났고).

그래도…

"100% 성공할 수 있는 방법은 없을까."

누군가가 '절대로 성공한다'라고 말해 줘도 불안할 판국에 확률 반이라니, 신경 쓰이지 않을 수가 없는 노릇이다.

"너무 그런 데 신경 쓰지 마십시오. 잘될 겁니다."

"신경 안 쓰이는 게 이상하지 않을까 생각하네만."

아무래도 이번이 세 번째 도전이다 보니 그런 걸까.

이상하게 저놈의 확률이라는 데 신경이 쓰인다.

카난 공작도 내가 이상하게 신경 쓰는 걸 보고는 그저 웃을 뿐이다.

"흐음… 뮤리아한테나 가볼까."

이렇게 카난 공작과 쓸모없는 이야기를 나누느니 뮤리아와 노는 게 더 좋을지도 모르겠다.

내 말에 카난 공작은 부럽다는 듯이 말을 걸어왔다.

"정말 황후마마와 부부애가 좋으신가 봅니다."

말이 좀 이상한 것 같다는 생각이 드는군.

"부부애라기보다……."

"네?"

말을 하고 보니 뮤리아와 내 사이를 정의할 말이 없다.

난 잠시 생각하다가 웃으면서 덧붙였다.

"그저 친구라고 해두지."

그러고 보니, 나와 뮤리아는 정말 어떤 사이일까?

뮤리아와 난 부부라고 할 수는 없는 사이다. 함께 동침한 건 딱 한 번이고 그 이후로는 서로 그런 문제에 관해서 이야기한 적도 없다.

그리고 지금 친구라고 말은 했지만 사실은 친구라고 할 수 없는 사이. 그저 가끔 함께 이야기나 하는 편한 사이일 뿐.

흐음… 언젠가 한번 진지하게 고민해 볼까.

농담 같은 생각을 하면서 황후궁으로 향했다.

카난 공작도 일단은 나의 감시역으로 있다 보니 내가 가는 곳은 거의 다 따라다닌다.

뮤리아를 만나러 갈 때도 마찬가지였다.

“오셨습니까.”

늘 그렇듯이 멍하게 앉아 있던 뮤리아는 내가 오자 반듯하게 인사를 건넨다.

그리고 최근 친해진 카난 공작을 살갑게 맞이한다.

“카난 공작도 오셨습니까.”

“예, 황후마마. 두 분의 시간을 방해하여 죄송스럽습니다.”

나로서는 카난 공작과 뮤리아의 설전을 한 번 보고 싶었지만… 이상하게 둘은 마음이 잘 맞는 모양이었다.

루이스 자작에게는 매일매일 독설을 퍼부어대며 놀리던 뮤리아지만 카난 공작에게는 절대 그러지 않는다.

카난 공작 역시 뮤리아에게는 절대로 쓸데없는 말을 하지 않는다.

처음 카난 공작이 내 감시역으로 따라왔을 때 서로를 한동안 가만히 응시하더니 곧 미소 짓고는 그 이후로 이런 상황이다.

재미없다고 할까.

둘이서 놀면 어떨지 무척 기대하고 있었는데 말야.

“그런데 오늘은 무슨 일로 오셨습니까?”

“아무 이유 없네.”

솔직한 내 대답에 뮤리아는 황당하다는 표정을 지었다.

“왜 그러지? 평소에도 곧잘 아무 이유 없이 오지 않았나.”

“그렇긴 하지만…….”

뮤리아는 뭔가 할 말이 있는 듯 입을 오물거리더니 결국 한숨을 내쉬었다.

“바빠야 할 시기라고 알고 있는데, 제가 잘못 알고 있는 건가 하는 생각이 들었을 뿐입니다.”

“바쁠 시기이긴 하지. 하나 내가 바쁠 이유가 있겠는가.”

사실 바쁠 이유가 하나도 없다.

행동은 내가 하는 게 아니다. 그저 난 자리에 앉아서 명령만 내리는 것뿐. 그러니 바쁠 리가 없지.. 머리 속은 이런저런 일들로 복잡할지 몰라도 말이야.

뮤리아는 멍청히 날 보더니 고개를 저었다. 그리고 거의 포기했다는 듯한 어투로 말했다.

"폐하께서 하시는 일이니 저는 그저 믿겠습니다."

"좋을 대로 하게."

태연히 대답을 해줘도 뮤리아는 불안한 듯이 날 보더니 다시 한숨을 내쉬었다.

"의욕이 없어 보이십니다."

"하하하."

대답할 말이 없군.

뭐라고 대답하는 게 더 이상할 거 같아.

"아, 폐하, 조금 있으면 황녀가 올 텐데 만나고 가세요. 며칠 동안 폐하를 뵙지 못했다며 뵙고 싶어하고 있답니다."

"그런가."

뮤리아의 말에 카난 공작이 살짝 웃었다.

"황녀님은 정말 순수한 분이시지요. 아직 어려서 그런지는 모르겠지만 정말 좋은 분이십니다."

"그래, 그 시르 공작의 딸 같지가 않아."

"폐하, 폐하의 말씀에 반하는 말을 하는 것 같사옵니다만 제 눈에는 많이 닮으신 것 같았습니다."

엘비라와 시르 공작이 닮아? 전혀 아닌 것 같은데.

나와 뮤리아가 이상한 말을 들었다는 표정을 보이자 카난 공작은 살

풋 웃으면서 말을 이었다.

"저와 시르 공작은 어린 시절에 자주 함께 지냈습니다. 그래서 잘 알고 있습니다만, 어릴 때의 모습은 지금의 황녀님과 상당히 닮았다고 생각합니다."

그러고 보니 카난 공작은 시르 공작과 어린 시절부터 친구였지. 나이도 가장 비슷해서 꽤 친했었다고…….

그 말을 듣고 난 한참 동안 카난 공작을 응시했다.

그렇게 친했다면서 지금 시르 공작을 적대하는 위치에 선 이유를 알 수가 없다는 생각과 함께 그런 적의를 품고 있는 카난 공작은 참 굉장한 성격을 지녔구나 하는 생각이 들어서.

"그런데 지금은 그런 모습이란 말입니까? 세상에나! 설마 엘비라도 자라면 그렇게 되는 건 아니겠지요?"

나도 그렇게 생각한다.

어떻게 하면 그렇게 바뀔 수 있는 걸까.

뮤리아가 호들갑을 떨면서 걱정하자 카난 공작은 고개를 저었다.

"그럴 리가 있겠습니까. 시르 공작의 어머님께서 좀 극성이셔서 성격이 약간 바뀐 거니 아마 황녀님께서는 괜찮으실 겁니다."

"흐음……."

하긴 카난 공작도 어렸을 때는 순수했겠지. 저렇게 사악한 이중성격이 아니라.

그렇게 생각하니까 어쩐지 설명이 되는 듯한 기분이 든다.

카난 공작이 들으면 불쾌해하려나.

"엘비라 황녀님께서 오셨습니다."

시녀의 목소리가 들리자마자 안쪽의 허락도 듣지 않고 문이 열리더니 엘비라가 뛰다시피 안으로 들어왔다.

“어머님.”

카난 공작은 자리에서 일어나 엘비라가 들어오는 방향을 보고 서서 고개를 숙였고, 엘비라는 내 쪽을 보고 치마를 살짝 들어 올리며 인사를 했다.

“오랜만에 뵙습니다, 아버님.”

뭔가 가시가 느껴지는 말이로군.

“그래.”

“정말 오랜만이에요.”

역시 한동안 보러 오지 않은 데 대해 화를 내고 있는 걸까.

이런 아이를 상대하는 건 처음이라서 무슨 말을 해야 할지 모르겠군. 예전의 세레나와 같다 생각하고 상대하면 되는 걸까.

난 억지로 미소를 떠올렸다.

“미안하구나.”

“아니에요.”

내 사과를 기대했던 것이었는지 활짝 웃는다.

귀엽긴 하지만 뭐랄까… 방금 시르 공작과 닮았다는 소리를 들어서 그런지 상대하기 어색했다.

내가 더 이상 말을 않자 뮤리아는 살짝 웃으며 엘비라에게 말을 걸었다.

“엘비라, 폐하께 화가 난 건가요?”

“아니에요.”

엘비라가 놀란 듯이 고개를 젓자 뮤리아는 까르르 웃었다.

흐음… 엘비라가 오니 계속 있기 껄끄러운데.

난 잠시 머뭇거리다가 자리에서 일어났다.

“가십니까.”

"그래."

"아버님……."

엘비라가 금방이라도 울 듯한 눈으로 날 올려다보았다.

왜 저러는 건지.

엘비라는 시선을 돌리지도 않고 계속 날 빤히 보고 있다.

대체 나보고 어쩌라고.

내가 어쩔 줄 몰라 하며 허둥거리는 모습에 뮤리아는 웃음을 참기 위해 손으로 입을 가리고 고개를 숙였다. 어깨까지 떨리는 걸로 봐서 상당히 재미있는 모양이다.

뮤리아는 절대 도와줄 것 같지 않다고 판단한 난 다른 사람에게 도움을 청하기로 했다.

슬쩍 본 카난 공작은 뮤리아와 별로 다를 게 없는 상태였다. 뭐, 내가 먼저 묻지 않는 한 자신이 먼저 이야기한다면 예법에 어긋난다는 문제도 있겠지만.

결국 내가 처리해야 됨을 느낀 난 한숨을 내쉬며 엘비라를 내려다보았다.

으음… 세레나는 이런 식의 반응을 보인 적이 없었는데 이럴 때는 어떻게 해야 하나?

솔직히 그냥 가버리고 싶긴 하지만 어린아이가 이렇게 울 것 같은 얼굴로 있으니 그럴 수가 없다.

"왜 그러니."

"제가 싫으세요?"

눈물이 그렁그렁하다.

그 말에 대답을 못하고 허둥거리자 뮤리아가 필사적으로 웃음을 참으면서 고개를 들었다.

억지로 웃음을 참느라 입가에 경련이 일어나고 있는 모습. 그리고 가만히 내 쪽으로 시선을 준다.

난 고개를 들길래 도와줄 줄 알았더니만 그게 아니라 구경을 위함이었는지 나와 엘비라를 빤히 보고 있을 뿐이었다.

"음… 엘비라, 왜 그렇게 생각하지?"

일단은 수습을 해야 되겠는지라 당황하면서도 말을 건넸다.

그랬더니 엘비라의 눈에서 눈물이 방울방울 떨어지기 시작하는 게 아닌가.

"에, 엘비라?"

혹시 내가 울린 건가?!

"흑… 매번 제가 오면 가버리시잖아요. 그러니까……."

그 눈물 때문에 내가 당황해서 어쩔 줄을 몰라 하자 뮤리아가 살며시 다가와서 엘비라를 뒤에서 감싸 안았다.

"폐하, 당신의 여식이 이대로 울게 두실 겁니까? 폐하께서 원인 제공을 하신 듯한데."

내가 울린 게 아니라 엘비라가 마음대로 운 거야! 라고 소리치고 싶었지만 우는 아이 앞에서 그럴 수는 없는지라 입만 벙긋거렸을 뿐이다.

어떻게 하지.

"음… 엘비라, 그런 게 아니라 그저 좀 어색해서……."

"저 싫으세요?"

한참을 허둥거리다가 예전에 세레나를 달래주던 때가 떠올랐다.

어린 시절 세레나를 상대할 때를 떠올리며 지금 해야 할 말을 찾았다.

그리고 기억난 건 어린 시절, 세레나가 자주 울먹이며 물어오던 말은 '어머님은 날 싫어해요?' 였다.

생각해 내고 보니 지금 상황과 상당히 비슷하다는 생각이 들었다.

물론 세레나는 지금의 엘비라와 약간 달랐다. 울기부터 하지는 않았었다. 어머니가 어땠다는 말을 하다가 조금씩 울곤 했다. 그래서 무엇 때문에 우는지 바로 알 수 있었지.

분명 그때 세레나는 다른 어떤 말로 설득하는 것보다,

"아니, 좋아하고 있어."

이 말을 들어야만 환하게 웃었다.

그리고 내 대답이 맞았는지 엘비라도 환하게 웃었다.

한숨 돌렸다는 생각에 난 미소 띠며 엘비라를 쓰다듬어 주었다.

어째서 아이들은 좋다, 아니면 싫다로 생각하는 걸까.

정말 아이들은 상대하기 어려워.

작게 한숨을 내쉬었다.

"황녀님께서 두 분을 무척 따르시는 것 같습니다."

엘비라를 달래주고 나서 뮤리아의 궁을 나올 때 카난 공작이 한 말이었다.

"그런 것 같군."

어째서인지는 모르겠지만 나와 뮤리아를 상당히 따르는 건 사실이다.

나도 그게 싫지는 않고.

"부럽습니다."

평소 카난 공작답지 않게 상당히 감정이 실린 목소리였다.

정말로 부러워하는 듯한.

"카난 공작?"

"제 아이들은 절 무서워하거든요. 게다가 얼마 전부터는 절 피해 다니기 시작했어요."

“그래?”

놀랍다는 듯이 대꾸는 해주었지만 나라도 그럴 것 같다.

저런 사람이 어머니면 무서울 거야.

“역시 제가 얼마 전에 야단쳤던 게 문제였을까 하는 생각이 들긴 하지만 이제 와서 그때의 일을 들춰 이야기할 수가 없어서 그저 지켜보고 있을 뿐이지요.”

어떤 식으로 야단쳤길래.

속으로만 대답해 주면서 계속 걸음을 옮겼다.

“평소에는 잘 지냈습니다만.”

“그런가.”

아주 대꾸 안 해줄 수는 없는지라 간단한 대답만 해주었다.

카난 공작은 한숨을 푹 내쉬면서 한탄했다.

“그저 아카데미에 안 갈 바에야 가정교사에게 확실히 배우라 했던 것뿐이었습니다만 아이들에게는 그렇게 받아들여지지 않은 모양입니다.”

그러면서 다시 한 번 한숨을 푹.

이거 잘못하면 계속 들어줘야겠는걸.

뭣 때문에 사이가 나쁘다는 건지 궁금해서 계속 대꾸해 주기는 했지만, 이 이상은 별로 안 듣고 싶다. 왠지 뻔한 내용을 들을 것 같은 느낌.

“지금 나에게 가정 문제를 상담하겠다는 건가?”

적당한 타이밍에서 퉁명스럽게 말을 내뱉었다.

관심없으니 조용히 해달라는 소망을 담아서.

“죄송합니다. 그만 감정적이 되어서…….”

카난 공작은 말을 막을 줄 알았다는 듯 장난스럽게 말하면서 웃었다.

카난 공작은 오늘따라 초조해 보였다.

처음에야 재미있다는 생각으로 구경했지만 이제 지루하다.

가만히 구경하다가 낮은 목소리로 말을 걸었다.

"가만히 있어주었으면 하는데… 무리인가?"

계속 집무실을 왔다 갔다 하고 있으니 내가 다 어지럽다.

"아, 예, 죄송합니다."

문득 정신이 든 듯이 대답을 하고는 또 얼마 지나지 않아서 서성거리고 있다.

깊은 생각에 잠겨서 자신이 뭘 하는 건지도 모르고 있는 모양이다.

대체 왜 저러는 건지.

카난 공작은 확실히 자신의 페이스를 잃어버린 모양이다.

내가 내 페이스를 되찾은 것과는 반대로.

"카난 공작!"

결국 난 큰 소리로 카난 공작을 불렀다.

"아, 예."

"좀 가만히 있게."

"…노력하겠습니다."

이젠 말이 바뀌었다.

'죄송하다' 와 '이제 안 하겠다' 에서 '노력하겠습니다' 로.

난 다시 생각에 잠기려는 카난 공작을 보며 노골적으로 한숨을 내쉬었다.

"대체 뭐가 문제인가?"

"폐하께서 너무 침착하신 겁니다."

카난 공작의 아주 단호한 말에 난 웃었다.

뭔가 했더니.

"그 문제 때문에 그렇게 초조해하고 있는 건가?"

"자칫하면 제 일족이 몰살당하는 일입니다. 초조해하는 게 당연하지요."

"설마. 과장이네."

내가 피식 웃어버리자 카난 공작은 미간을 찌푸렸다.

상당한 포커페이스인 카난 공작으로서는 드문 일.

"오호, 표정이 바뀌기도 하는군."

가볍게 농을 걸었지만 카난 공작의 표정은 변하지 않았다.

그렇게 얼굴을 찌푸리고 있다가 결국은 포기했다는 듯이 고개를 저으며 한숨을 내쉰다.

"정말이지 너무 태평하시다는 생각이 들었을 뿐입니다."

"이 정도 마음이 아니면 못하지. 게다가 이제 시작 아닌가."

그 말에 카난 공작은 멍한 표정을 짓더니 피식 웃어버렸다.

"그도 그렇군요."

그 모습을 보니 이제 좀 안정이 되는 모양이었다.

난 카난 공작이 저리 불안해할 정도의 일은 아니라고 생각했는데 말이야.

지금은 시르 공작을 고립시키기 위한 계책이 진행되고 있는 중이었다.

그 첫 걸음으로 시르 공작이 가장 친하다는, 그리고 꽤 의지하고 있다는 로레타라는 이름을 가진 시녀를 죽이기 위해 손을 써두었다.

그녀를 타깃으로 고른 이유는 시르 공작과 그녀가 친하다는 이유 외에 하나가 더 있다. 시르 공작 스스로 가장 안전하다고 여기고 있는 자택 안까지 적들이 마음대로 드나들 수 있음을 보여주기 위한 것이다.

그래서 시르 공작에게 앞으로 어떤 곳도 안전하지는 않을 거라는 걸 느끼게 해주기 위해서, 그리고 그만큼 불안해하고 초조해하라고.

아직은 여기까지밖에 하지 않았다.

어떤 의미로는 '선전 포고'를 하는 셈이지만 가벼운 일이다.

그런데 어째서 카난 공작은 저리 불안해하는 건지.

"실패한다고 해도 겨우 시녀 하나의 목숨이네. 과잉 반응하지는 않을 거다."

"겨우 시녀 하나가 아닙니다. 시르 공작에게는 둘도 없는 친구이니까요."

안심하라고 가볍게 말을 던졌더니만 바로 대답이 나온다. 그것도 꽤나 격한 반응이.

"흐음… 그런가."

"폐하께서 너무 가볍게 생각하고 계시는 게 아닌가 하는 생각이 듭니다만."

"그렇다고는 해도……."

카난 공작의 말을 느긋하게 받아치면서 일단 한 템포 쉬었다.

그리고 지그시 카난 공작을 보며 말을 이었다.

"만약 실패한다고 해도 나와 자네가 손을 잡았다는 건 모르리라 생각되는데. 아닌가? 그리고 내가 시도했다는 증거도 없지."

카난 공작은 아주 철저히 연기를 해온 사람이다. 겨우 이깟 일로 시르 공작에게 꼬리를 잡히지는 않을 것이다. 게다가 시르 공작은 내가 로레타를 노렸다고는 생각하지 않을 거다.

내 성격상 노렸다면 자기 자신을 노렸을 거라고 생각할 테니까.

그저 자신을 적대하는 자들 중에 한 세력이 한 것이라 여길 것이다.

내 말이 맞다고 생각했는지 카난 공작은 가벼운 한숨과 함께 눈을 감았다. 그리고 이내 약간은 난처해 보이는 미소를 지었다.

"제가 좀 감정이 격해졌던 모양입니다."

"알면 됐네."

시르 공작의 가신들이 아닌 일개 시녀에 불과한 로레타를 목표로 삼게 된 건 카난 공작의 말 때문이었다.

카난 공작에게 누가 죽어야 시르 공작이 받을 영향이 가장 크겠냐고 물었더니 세 사람을 꼽아주었던 것이다.

한 명은 지금은 나의 딸이 된 엘비라.

그리고 또 하나는 자신, 즉 카난 공작.

나머지 하나는 로레타.

그 말에 난 허탈하게 웃었다.

"너무 자신만만한 거 아닌가? 자기 자신이 시르 공작에게 중요한 인물일 거라고 그렇게 자신하다니 말이야."

그렇게 말했더니 카난 공작은 약간 오만해 보일 정도의 미소를 지으면서 말했다.

"사실일 뿐입니다."

그 말을 듣고 참 허탈했었지.

아, 그러고 보니 나도 로레타를 만난 적이 있다.

예전에 날 감시하기 위해 시르 공작이 보낸 인물 중 하나.

내 시녀로서 잠시 동안 날 돌봤었지.

그녀도 상당히 무표정하던데 시르 공작을 닮은 건가?

"로레타가 죽으면… 확실히 시르 공작에게 영향이 크다고 생각하나?"

"예, 확실합니다. 아닌 척해도 상당히 동요할 겁니다."

정말 그럴까.

사실 이 '암살' 이라는 말이 나왔을 때 대부분이 반대했다.

처음 의견은 지금이 아니라 좀 더 내 세력이 확실해진 다음에 '시르 공작을 암살하자' 는 거였다. 괜히 다른 이들을 노리는 것보다 바로 시르 공작을 노리는 편이 훨씬 빠를 거라는 생각들이었다.

그런데 키나이가 반대를 했다. 시르 공작에게는 늘 사람들이 많이 붙어 있으니까 불가능하다고.

그 의견은 나 역시 반대였다.

물론 나도 당연히 쉽지는 않더라도 시르 공작을 직접 노리는 게 낫다 생각하고 있었다.

하지만 만약 실패했을 경우를 생각하면 함부로 움직일 수가 없다는 생각이었다.

그러다가 시르 공작 역시 '나(황제)라면 직접 자신을 노릴 거다' 라는 걸 잘 알고 있을 테니 차라리 다른 세력이 한 것처럼 위장하면서도 시르 공작에게 타격을 주는 게 어떻겠냐는 말이 나왔던 것이다.

그래서 먼저 시르 공작에게 영향을 줄 수 있는 인물을 노리게 된 것이다.

그리고 카난 공작이 말한 그 '영향을 줄 수 있는 인물' 중에서 죽일 수 있는 자는 로레타 하나뿐이었으니 자연스럽게 로레타가 당첨, 오늘 그 실행에 들어가는 것이다.

세실리아가 잘 해주어야 할 텐데.

＊　　　＊　　　＊

로레타는 오늘도 꽤나 바쁜 하루를 보내고 있었다.

시르 공작의 권력이 강해지면 강해질수록 저택에는 방문자가 늘어났으니 바쁠 수밖에 없었다.

"후우……."

"로레타님, 어디 계십니까?"

"이런……."

로레타는 한숨을 쉬면서 누군가가 자신을 찾고 있는 방향으로 향했다. 정말 한시도 쉴 틈이 없다고 한탄하면서.

"무슨 일이지?"

"이상한 상자가 있어서……."

확실히 이상한 상자였다.

검은색으로 된 그렇게 크지 않은 상자. 어떤 서명도 없고, 카드도 없었다.

"누가 보낸 거지?"

"모르겠습니다. 문득 보니 이곳에 있던데요."

로레타는 미간을 찌푸렸다.

누군가가 검사를 하고 안으로 가져다 놓은 건지, 아니면 뭔가 안 좋은 목적으로 보낸 건지, 그도 아니면 저택을 드나들던 손님의 시종이 가져다 놓은 건지 감이 잡히지 않았다.

하지만 계속 이 상자를 여기 둘 수는 없는 일이었다.

"이 상자를 가져가서 안을 검사하고 이상없으면 다시 가져다 놔."

"알겠습니다."

적절하다고 생각되는 지시를 내린 로레타는 곧 시르 공작이 돌아올 시간이라는 걸 깨닫고 걸음을 옮겼다.

시르 공작은 시끄러운 걸 싫어하니 지금처럼 시녀들이 소란을 떨면 굉장히 곤란했다. 시르 공작이 자신에게는 관대하다 하나 어느 한도 정도까지일 뿐이다. 일을 제대로 하지 못하면 당연히 혼나게 되어 있다.

하지만 할 일이 산처럼 쌓여 있으니 모두가 부산하게 움직이는 건 당연한 일.

지금 허둥거리는 시녀들을 정리하기는 힘들 듯했다.

로레타는 짧게 한숨을 내쉬었다.

어떤 시녀가 아까의 그 검은 상자를 들고 말했다.

"로레타님, 이 상자 집사님께 온 건데요. 안에 집사님께 보내는 카드가 있어요."

"그래? 그럼 집사님께……."

"하지만……."

시녀가 주춤거리자 로레타는 얼굴을 찌푸렸다.

집사는 그 시녀 같은 자신보다 한참 아래인, 소위 말하는 부엌데기 하녀가 자신에게 말을 거는 걸 싫어했다.

그걸 잘 아는 로레타는 어쩔 수 없다고 생각하며 그 상자를 자신이 받아 들었다.

"집사님이 어디 계시는지 알고 있나?"

"아까 서재로 가시던데요."

시녀의 얼굴이 밝아졌다.

자신이 가지 않아도 된다는 게 어지간히 좋은 모양이었다.

"알았어. 그리고 곧 공작님께서 돌아오실 시간이니 모두 행동을 조심하라고 일러."

"알겠습니다."

시녀에게 가볍게 주의를 주고 서재로 향했다.

앞으로는 물건 전하는 시녀들에게까지 화를 내지 말아달라고 당부해야겠다고 생각하면서.

서재의 문을 여니 집사는 보이지가 않았다.

혹시나 책장 사이에 있나 싶어서 서재 안으로 들어가 책장들이 있는
쪽으로 걸어갔다.

"집사님."

부름에 대답이 없다.

'여기 안 계신 건가?'

로레타는 걸음을 멈추고 짧게 한숨을 내쉬었다.

아까 서재로 갔다고 해서 지금도 서재에 있다는 건 아니니까라고 생
각하면서 걸음을 옮기려는 순간, 약간 낮은 목소리가 들려왔다.

"이름이 로레타지요?"

"누구지?"

낯선 목소리에 뒤를 돌아보니 처음 보는 여자가 서 있었다.

"놀랄 것 없습니다. 저는 제 일을 위해 여기 온 것이니까요."

약간 경박하고 가벼운 말투.

이곳은 시르 공작이나 집사, 그리고 자신 외에 다른 이들은 들어오
지 못한다.

자신이 직접 모두에게 그렇게 지시를 내렸었다. 여긴 공작님의 공간
이니 함부로 들어오지 말라고.

그러니 저자는 '침입자'다.

이곳의 시녀가 아니라는 생각이 머리에 스치자 다음으로 든 생각은,

"자객이냐?"

로레타가 긴장된 투로 말을 내뱉자 상대는 웃었다.

"그렇다고 볼 수도 있겠지요."

다음 순간 로레타는 거의 반사적으로 소리를 질러 사람들을 모으려
했다.

하지만 목소리는 나오지 않았다.

"우와! 정말 교육이 잘 되어 있네. 너무 섭섭하게 생각 말아요."

작은 단도를 던져 로레타의 목을 꿰뚫어 버린 여자, 세실리아는 싱긋 웃었다.

로레타의 몸이 무너지고 그녀가 가져왔던 상자도 바닥으로 떨어졌다.

천천히 로레타에게 다가가 확실히 숨이 끊어졌는지 확인하고 자신의 단도를 로레타의 시체에서 뽑았다.

이런 사소한 것 하나라도 남기고 갈 수는 없는 법.

그리고…

"미안하게 생각은 하고 있으니까 화내지는 말아요."

세실리아는 혼잣말처럼, 그리고 로레타에게 말을 건네는 것처럼 중얼거리면서 품에서 작은 연장을 꺼냈다.

"이런 일을 하는 나도 좋아서 하는 건 아니니까."

연신 중얼거리면서 작업을 시작했다.

다음 순간 남은 건…

"분리 끝."

세실리아의 말대로 분리되어 버린, 토막나 버린 로레타의 시체였다.

"미안해요. '보는 사람이 가장 쇼크받을 만한 방법' 이라는 조건이 있어서 이럴 수밖에 없었어요. 이해해 달라고요."

마지막으로 인사를 건넨 세실리아는 피 묻은 옷을 벗고는 로레타의 시체 옆에 떨어진 검은 상자를 열어 새 옷을 꺼냈다.

새 옷으로 갈아입은 세실리아는 피 묻은 옷을 상자 안에 넣고 그 상자를 들었다. 그리고 서재에서 나와 주변을 살피면서 조심스럽게 걸음을 옮겼다.

'정말 잠입하기 어려운 곳이라니까. 굳이 어쌔신을 고용하지 않고

우리를 쓰신 이유를 알 것 같아. 에휴, 난 암살이라는 건 정말 싫어하
는데. 이왕 하려면 화려하게 전면전을……'
　속으로 끊임없이 투덜거리며 탈출을 감행했다, 카난 공작이 일러준
가장 편한 이동 루트를 따라서.
　물론 상자는 나가는 길에 잘 태워 버렸다.

　세실리아가 빠져나가고 얼마 안 되어 시르 공작이 돌아왔다.
　"오셨습니까."
　시르 공작은 이상하다는 생각을 했다.
　평소라면 집사와 함께 나와서 자신을 맞아줄 사람이 보이지 않았던
것이다.
　게다가 평소 같지 않게 집 안이 조금 소란스러웠다.
　"로레타는?"
　"예? 아… 잘 모르겠습니다. 아까부터 보이지 않았습니다."
　시르 공작은 미간을 찌푸렸다.
　대체 어디서 뭘 하길래 나오지 않는 건지 속으로 화를 냈다.
　"알았다."
　하지만 그런 기분을 내색 않고 바로 서재로 향했다.
　집에 돌아왔다고 해서 쉴 수 있는 게 아니다.
　자신이 자리를 비운 동안 들어온 편지와 선물들을 정리해야 하니까.
　서재의 문을 여는 순간 비릿한 피 냄새가 시르 공작의 신경을 자극
했다.
　눈살을 찌푸리며 고개를 돌리는 순간 눈에 들어온 건…
　처참하다 할 정도로 잔인한 죽임을 당한 시체,
　그리고 피에 젖어 있는 로레타의 얼굴.

"…이게……."
"헛!"
시르 공작을 따라 들어온 집사 역시 놀라 숨을 들이켰다.
"로레… 타?"
멍청히 죽은 이의 이름을 부른 시르 공작은 그 자리에 주저앉았다.
다리에 힘이 들어가지 않았다.

"그다지 달라진 것 같지는 않더군."
"그래 보이십니까?"
암살 성공의 보고가 들어오고 이틀이 지났지만 시르 공작은 전혀 달라지지 않은 모습이었다.
잘못 찍었나 하는 생각이 들 정도로.
하지만 카난 공작은 뭐가 그렇게 기분이 좋은지 생글거리며 웃고 있다.
"카난 공작의 눈에는 뭔가 달라진 것 같던가?"
"저에게는 시르 공작이 약간 여유가 없어진 모습을 보이는 것 같습니다만."
그런가.
하지만 내 눈에는 평상시와 다를 바가 없다.
로레타가 죽은 날 시르 공작이 엄청나게 소란을 피웠다는 소리는 들었지만 그것도 자신의 저택을 지키는 사병들에게 경비를 제대로 안 섰다고 화를 냈다는 정도였다.
그거라면 굳이 '소중한 사람'이 죽은 게 아니어도 충분히 할 수 있는 일이고 해서 이번 일은 실패인가 하는 생각이 슬금슬금 고개를 들고 있는 참이었다.

"일단은 카난 공작의 생각을 믿지."

"감사합니다… 라고 해야 합니까?"

정말 카난 공작은 만만한 사람이 아니다.

"그 일 이후로 시르 공작이 뭔가 특별히 자네에게 한 말이 있는가?"

"있긴 합니다."

"뭐지?"

"폐하께서 특별한 행동을 한 적이 없으신지 물어왔었습니다."

카난 공작은 상대하기가 까다롭다.

뭔가를 물어도 질문 그대로의 대답만 할 뿐 그 이상은 말하지 않는다.

정말이지 다루기 어려운 사람.

하긴 내가 다루고 있다기보다 카난 공작이 자신의 목적을 위해 스스로 나에게 휘둘려 주고 있는 거지만.

"그래서?"

"제가 보기에는 평소와 전혀 다르지 않았다고 대답했습니다만?"

그런가? 확실히 틀린 말을 하지는 않았군.

카난 공작이 보기에는 평소와 다름이 없었으니까.

하지만 그건 시르 공작의 질문에 대한 대답은 아니다.

시르 공작은 내가 로레타를 죽이는 일을 한 건지 묻고 싶었던 것일 테니까. 카난 공작은 알면서도 대답을 피한 것이다.

"여전하군, 그대도."

"사람이 갑자기 바뀌면 안 된다고 합니다."

능글맞은 대답.

"그래서 다음은 어찌하실지 결정해 두셨습니까?"

"결정은 했네."

문제는 그 시기다.

지금 해야 할지 아니면 좀 더 후의 시기를 노려야 할지.

"겨울이 다가오지, 아마?"

"네? 그렇긴 합니다만."

갑작스런 내 말에 카난 공작은 이상하다는 표정을 지었다.

"어찌할까……."

이 말에는 웃었다.

내 말뜻을 눈치 채기 시작한 거다, 언제 일을 벌일지 계산하는 중이라는 것을.

"일을 벌이시려면 역시 겨울이 낫지요."

"흐음."

난 잠시 고민했다.

하지만 역시…

"잠시 더 두고 보지."

연달아 일이 터지면 시르 공작이 내가 의도한 것 이상으로 긴장할 거다. 그럼 목적한 성과가 나타나지 않을지도 모르는 일. 그러고 보니 주의 시켜야 할 일이 있다.

"가지."

"예."

카난 공작은 어딜 가는 거냐고 묻지도 않고 바로 대답하고 따라 나온다.

귀찮은 일 없어서 좋다니까.

뮤리아의 궁은 늘 그렇듯이 한산했다.

오늘은 엘비라도 없고.

"하실 말씀이 있으신 듯한 표정입니다만."

뮤리아가 웃으면서 나에게 말을 걸어왔다.

"남의 표정을 잘도 읽는군 그래."

할 말이 있어서 온 건 사실이다.

꽤 중요한 말이라고도 할 수 있는 말.

"엘비라에 관한 문제네."

"네에. 너희들은 물러가 있어라."

분위기상으로 중요한 이야기라는 걸 알아챘는지 뮤리아는 시녀들을 모두 내보내 버렸다.

난 시녀들이 모두 나가기를 기다렸다가 입을 열었다.

"그리고 시르 공작에 관한 문제."

"뭔가 중요한 문제 같은데요."

그렇게 말하면서도 웃고 있다.

내가 말할 게 별거 아닐 거라고 여기는 사람처럼.

"엘비라와 시르 공작이 되도록 마주치지 않았으면 한다."

"그건 제가 어떻게 할 수 있는 문제가 아닙니다."

뮤리아가 약간은 난처한 표정을 지었다.

"게다가 엘비라에게 뭐라 한다고 해서 될 문제는 아니라 생각합니다. 시르 공작이 매일 엘비라를 만나러 오는 모양입니다. 저녁에 만나러 와서 한동안 이야기를 한다고 합니다. 주로 시르 공작이 묻고 엘비라가 대답하는 정도라 들었습니다만……."

말은 참 잘하는군. 저렇게 말 잘하는 사람이 어찌 이렇게 조용히 지낼 수 있는지 늘 신기하단 말야.

"생각을 조금만 바꾸면 되는 게 아닐까."

"설마……."

"시르 공작과 엘비라가 만날 때 그대도 같이 있으면 되는 문제라고 생각하네만."

　말도 안 되는 소리라는 건 알고 있다. 하지만 엘비라가 시르 공작에게 중요한 존재라면 반드시 이렇게 해야만 한다.

　엘비라와 시르 공작이 만나지 못하게 해야 한다.

　하지만 지금 그럴 수가 없으니까 차선책으로 뮤리아를 중간에 끼우는 거지만.

　"뭔가 일을 꾸미시는 듯한 느낌이 드는군요."

　뮤리아의 말에 난 웃었다.

　그 웃음에 확신이 생겼는지 뮤리아는 한숨을 내쉬었다.

　"적당히 해주세요. 그런데 설마 엘비라에게 상처가 될 일은 아니겠지요?"

　"엘비라가 시르 공작을 사랑한다면 상처가 될지도 모르네."

　"그럼 괜찮겠군요."

　엘비라가 시르 공작을 사랑할 리가 없다고 확신하는 말투였다.

　"그럼 그렇게 알아두게."

　"예, 노력하지요. 그런데 폐하께서는 늘 제게 까다로운 일만 시키시는 것 같아요."

　그 말에 난 웃었다.

　까다로운 일이라니.

　그래 봤자 리아나 이모님과의 연락과 시에라에 관한 일들, 그리고 엘비라에 관한 것뿐이었는데.

　"싫은가?"

　"그다지. 오히려 심심하지 않으니 좋은 일이지요. 하지만 가끔은 간단하게 끝나는 일을 하고 싶다는 생각도 들어서요."

　저 말이 그냥 나에게 장난을 거는 거나 다름없는 말이라는 걸 알고 있다.

하지만… 갑자기 나도 슬며시 장난을 치고 싶어졌다.

"예를 들면?"

예상치 못한 내 말에 뮤리아는 좀 놀란 표정이더니 이내 생각에 잠겼다.

한 번도 생각해 보지 않았을 테니까 꽤 오래 생각하겠지?

"음… 음……."

내 예상대로 뮤리아는 그렇게 한참이나 생각을 하더니 허탈한 표정을 지었다.

"없군요."

"그래?"

그럴 줄 알았다는 표정으로 뮤리아를 보자 그녀는 짧은 한숨을 내쉬었다.

"너무하세요."

"뭐가."

가볍게 장난을 치며 이야기하다가 엘비라가 올 정도의 시간이 되었을 때 일어났다.

"피하시는 건가요?"

내가 일어난 이유를 아는 뮤리아가 작은 웃음과 함께 말을 걸어왔다.

"글쎄."

피하는 게 맞긴 하다.

엘비라가 펑펑 울어버렸던 사건 이후로 더 얼굴 보기가 껄끄럽고 어색한 느낌에 되도록이면 만나지 않는다. 도망 다니고 있는 거나 다름없다는 걸 알면서도 말이다.

"그래도 가끔은 엘비라와 만나시지 그러세요."

"시간나면 그러지."

가 아니라 시르 공작이 정리되고 나면.

속으로 말을 중얼거리면서 뮤리아의 궁을 나왔다.

시르 공작과 엘비라를 떨어뜨려 놓는다는 생각은 카난 공작의 의견이나 내 생각이 아닌 리아나 이모님의 생각이다.

카난 공작에게서 '시르 공작은 엘비라를 아낀다' 라는 말을 듣기는 했었지만 엘비라는 그냥 내버려 둘 생각이었다.

이미 버린 아이이니 영향이 있어봤자 얼마나 있겠느냐는 생각에.

그런데 이 말을 들은 리아나 이모님이 자신의 아이를 사랑하지 않는 사람은 없다고 하면서 날 부추긴 것이다. 그에 난 어차피 실패해도 상관없는 일이라는 생각에 지금 실행에 옮기는 거고.

세레나를 만나는 건 꽤나 어려웠다.

내가 나갈 수가 없으니 불러와야 하는데, 그게 쉽지가 않았다.

나에게 단단히 삐친 세레나는 쉽게 오려 하지 않았고.

또 내가 밖과 연락을 하는 데 신경을 곤두세우는 시르 공작이 있었기 때문에.

그래도 하나뿐인 동생이니 더 바빠지기 전에 어떻게든지 화해를 해야겠다는 생각에 노턴을 통해서 세레나를 불렀다.

그렇게 세레나에게 거의 사정하다시피 해서 만날 수 있었는데.

"표정 좀 펴지 그러니."

"싫어요."

부루퉁한 표정을 해서는 다른 곳으로 시선을 돌리고 있다.

"세레나."

“…….”
이번에는 대답도 없다.
“세레나.”
“…….”
아까부터 이런 상황이다.
이런 상황이 너무 어색해서 여기저기로 시선을 돌렸다.
그 시선의 한곳에서 내가 쩔쩔매는 모습이 재미있는 듯이 구경하던
카난 공작과 제노시아는 둘이서만 뭔가 숙덕거리고 있다.
뭐가 그렇게 재미있는지 웃기까지 하면서.
약간 기분이 나빠졌다. 하지만 문제는 지금 내 앞에서 퉁퉁 부어 있
는 내 동생.
어떻게 해야 할지…….
“세레나.”
“왜 부르신 건가요?”
차갑게 딱딱 끊어지는 말투.
“화났나 보구나.”
“당연하다고 생각하는데요.”
재고의 여지도 없다는 듯이 바로 튀어나오는 대답.
게다가 시선마저 다른 쪽으로 돌려 버린다.
“세레나, 내 얼굴 보고 대답하지 그러니.”
“내키지 않는데요.”
아까부터 이 대화의 반복이다.
아무리 다정하게 말해도, 또 빌다시피 말해도 똑같은 반응이다.
흐음… 계속 비는 게 아니라 조금 강하게 나가야 할까?
“세레나, 계속 그러고 있을 거니?”

“……..”

“그럼 완전 남이 되고 싶은 거니?”

“글쎄요.”

그래, 계속 그렇게 나온다 이거지.

“좋아. 그럼 내가 확실하게 정리해 줄게. 더 이상 세레나 에이스트 란 펠 아스힌드는 없는 걸로. 황족을 상징하는 ‘펠 아스힌드’라는 성 을 없애 버리면 되겠지? 그럼 네가 원하는 대로 더 이상 내 동생이 아 니게 될 거야.”

높낮이없는 어조로 죽 이야기하자 세레나는 벌컥 화를 냈다.

“예에? 그럴 리가 없잖아요.”

“그럼 어쩌고 싶은데?”

난 빤히 세레나를 응시했다.

한참을 씩씩대던 세레나는 퉁명스런 반응을 보였다.

“정말 제 생각 이상으로 매정하시군요?”

“나도 잘 알고 있어.”

태연히 대답을 하자 세레나는 울컥하는 표정이었다.

“하지만 나에게도 내 사정이 있는 거다, 세레나.”

“알아요. 하지만… 하지만 사람이 죽었다는데, 평생의 꿈을 포기한 다는데 아무렇지 않은 표정으로 그렇게 태연한 반응을 보인다는 게 너 무 싫었어요.”

아직도 화가 나 있는 모양이다. 편지를 막 받았을 때는 실감이 나지 않아 가만히 있었지만, 지금은 난 이게 당연하다 생각하고 있다.

그건 내 꿈이 아니었다. 드레이크의 꿈이었지.

얼마나 노력하고 있었는지도 어느 정도는 알고 있다. 그런데 그 본인 이 그 꿈을 ‘포기한다’고 했을 때는 상당히 고민하고 한 결심일 거다.

내가 뭐라 할 수 있는 수준이 아니지.

그런데 굳이 내가 무슨 반응을 보일 필요가 있을까.

그리고…

실비아에 관해서는…….

나도 모르겠다.

눈물 따위 나오지 않는 거야 원래 난 이런 자이니 그렇다고 생각하지만.

잊은 것도 아닌데 어째서 슬프지 않은 건지…

어째서 안타까움조차 들지 않는 건지…

난 속으로 한숨을 내쉬었다.

그리고 좀 낮은 목소리로 다정하게 말을 건넸다.

"세레나, 나도 마음 편한 건 아니었다."

내 대답이 만족스러웠는지 세레나의 표정이 약간 풀렸다.

"드레이크 씨에게 편지는 썼어요?"

"무슨 편지를 말하는 거냐."

"안부 편지 말이에요. 설마 이대로 연락을 끊을 건 아니겠지요?"

아아… 그것 때문에 화가 난 거였던가.

"아직은…….""

내 솔직한 대답에 드디어 세레나가 폭발했다.

"뭐라고요! 벌써 5년도 더 지났잖아요!!"

"아직 5년 안 됐어. 겨우 3년이라고. 그리고 요즘 조금 바쁘거든."

"저로서는 어디가 바쁜 건지 모르겠는데요."

아주 단호하게 말하네.

"글쎄… 조만간 편지를 쓸 거다. 그런데 전달해 줄 네가 날 안 만나려고 하면 아무것도 할 수가 없잖니? 그래서 널 불렀지."

즉석에서 생각한 변명치고는 꽤 괜찮다는 생각을 하면서 웃었다.

세레나도 납득한 듯이 고개를 끄덕였다.

"알았어요. 그럼 지금 편지 써주세요."

에휴… 세레나는 정말로 기운이 넘치는구나.

세레나는 내가 한참을 끙끙거려서 쓴 편지를 받아 들고서야 만족했다는 표정을 지었다.

"그럼 전 물러가겠습니다."

"그래……"

완전 폭풍을 경험한 느낌이다.

세레나가 집무실을 나가고 나자 카난 공작은 작게 쿡쿡거리며 웃었다.

"동생 분께는 꼼짝 못하시는군요."

"뭐… 어릴 때부터 응석만 받아준 아이라서."

어릴 때부터 어머니의 사랑을 못 받은 아이라는 생각에서 계속 더 잘해주려다 보니 이런 관계가 되어버렸다.

그런데 저 녀석, 저 성격으로 신전에서 제대로 생활을 하나 몰라. 걱정되는걸.

…이런 걸 과보호라고 하는 걸까.

첫눈이 내리던 날.

레비스가 오랜만에 날 찾아왔다.

"오랜만이로군."

"예, 폐하. 그간 평안하셨습니까."

"그다지."

솔직하게 대답해 주면서 미소 지어주었다.

내가 지금 '평안하게' 있을 수 있을 리가 없지 않은가.

"무슨 일로 온 거지?"

그 말에 레비스가 날 가만히 응시했다. 어처구니없다는 표정을 하고서.

저절로 웃음이 나오는 상황이다.

"왜?"

"저… 제가 듣기로는……."

"아, 그래. 내가 불렀네. 무슨 할 말이라도?"

레비스는 꽤 놀리기 쉬운 사람이다.

태연하게 대답했더니만 어쩔 줄 몰라 하는 모습이 재미있다.

하지만 적당히 놀려야겠지.

"부탁할 일이 있어서 말이지."

"무슨……."

"별거 아니네."

그래, 별거 아니지, 나에게는.

"자세한 건 나중에 키나이를 통해서 연락이 갈 거네. 지금 말하기는 좀 그러니까."

"알겠습니다. 그런데 왜 지금 부르셨는지요?"

"따로 이렇게 불러낸 이유는 별거 아냐."

그냥 키나이를 통해 명령만 내려도 되는 일이지만 굳이 자택에 있을 레비스를 부른 이유는…

"그대는 시르 공작을 어떻게 생각하지?"

이걸 듣고 싶어서이다.

전혀 예상 못했던 말이었는지 레비스는 잠시 멍한 눈초리를 했다. 그리고 잠시 생각을 하고 있는 모습이 어쩐지 불쾌했다. 바로 대답이 나오지 않는다는 것이 조금 거슬린다고 할까.

"시르 공작은 그대의 적인가, 호의에 가까운 감정이 조금이라도 있는 건가. 그대는 시르 공작을 어찌 생각하고 있지?"

왜 곧바로 대답을 못하냐는 식의 내 다그침에 레비스는 약간 당황한 듯했다.

잠시 머뭇거리던 레비스는 한숨처럼 대답을 시작했다.

"호의에 가까운 감정이 있었습니다. 서로의 집안 특성상 어린 시절부터 부모님의 손에 이끌려 자주 만나서 친했으니까요. 마치 남매 같은 그런 감정이 있기는 했습니다. 하지만 지금은 그런 감정까지 없어져 버렸습니다."

흐음, 여기까지는 카난 공작과 똑같은 말을 하는군.

슬쩍 카난 공작에게 시선을 돌리자 그녀는 고개를 끄덕이며 동의하고 있었다.

나도 들었었다.

4대 공작가는 서로의 이익을 위해서 후대의 아이들이 서로 다투지 않게 하기 위해, 친하게 지내기 위해 어린 시절을 함께 보내다시피 한다는 이야기를.

하지만 그렇다고 해서 지금도 그렇게 친근히 여기고 있다면 난 상당히 곤란하니까 굳이 '어떻게 생각하느냐'라고 묻는 것이다. 혹여 마지막에 가서라도 시르 공작을 돕게 되면 곤란하니까.

"시르 공작을 어찌 생각하느냐 물으신다면… 대답할 수 있는 게 없습니다. 좋은 감정이 있어서가 아니라 말씀드릴 정도의 감정이나 생각이 없기 때문입니다."

"감정이 없다?"

이건 또 특이한 대답이로군.

카난 공작에게 물었을 때는 '나에게 언니 같은 사람으로서 존경하고 좋아합니다. 하지만 증오합니다. 그리고 한 가문의 가주로서 싫어합니다' 였는데.

아니, 카난 공작의 대답이 이상하긴 했지만… 레비스의 대답도 이상하다는 말이 맞겠군.

"지금까지 적이라고 생각해 본 적은 없지만, 싸우게 되면 전력을 다해 상대할 수 있습니다. 저희는 그렇게 자랐으니까요."

흐음… 어느 정도 이해가 가는 말이다.

하긴, 서로 친근하게 만든답시고 자주 만나게 하고 또 어린 시절을 함께 보낸다지만 '라이벌' 같은 감정은 있었을 테고, 또 지금 레비스는 시르 공작 탓에 자택에서만 지내게 되었으니 그 앙금이 사라지지 않았을 테니까.

"한마디로 내가 어떤 방식을 써도 따라와 줄 수 있다는 말인가?"

"예."

정말 그럴까.

내 생각에 레비스는 성격상 내가 쓸데없는 사람을 끌어들이게 되면 반발할 것 같은데 말이지. 하지만 굳이 지금 이런 말을 하며 태클을 걸 이유는 없지.

"그럼 됐네."

"설마… 그걸 물어보려고 부르신 겁니까?"

레비스가 약간 어처구니없어하는 듯하다.

당연한가? 겨우 질문 한 가지를 위해 사람을 오라고 했으니.

사실은 이 이유만으로 부른 건 아니지만…

"아아, 다른 이유도 있긴 하지."

하지만 말이지.

“자네는 알 필요가 없는 이유가 하나 있네.”

“예?”

놀라든 말든 이야기해 줄 마음은 없다.

내가 싱글싱글 웃기만 하자 레비스는 묘한 표정으로 날 보더니 이내 한숨을 내쉬었다.

“알겠습니다. 그럼 이만 물러가겠습니다.”

“그래.”

집무실을 나가는 레비스에게 손을 흔들어주고는 피식 웃어버렸다.

레비스는 재미있을 정도로 진지하고 또 어떤 면에서는 순수하다.

나와는 정반대 타입.

난 오래전에 타락한 녀석이니까.

“리튼 공작은 지금 이 상황에 머리가 아플 겁니다.”

카난 공작도 걱정되는 척 말하고 있지만 말속에 웃음기가 배어 있다.

“그렇겠지.”

왜 자신에게 말할 수 없다는 건지 머리가 아플 정도로 고민하고 있을 거다.

솔직하게 물어볼 수도 없으니 오늘 하루 종일 고민하겠지.

“아아… 카난 공작은 아까 그 대답을 어떻게 생각해?”

“어떤 대답 말씀이십니까?”

“내가 어떤 방법을 써도 따라와 줄 수 있다고 한 대답.”

“글쎄요, 지금은 진심일 겁니다. 그렇게 말씀드릴 수밖에 없습니다.”

나 역시 그렇게 생각한다.

의자에 기대어 앉아 눈을 감았다.

레비스는 분명 지금은 진심일 거다.

지금은.

하지만 내가 쓰려는 방법 중 몇 가지는 찬성하지 못하겠지.

레비스는 그저 '시르 공작만 상대하면 된다'고 생각하고 있을 테니까.

말도 안 되는 소리이기는 하지만.

그런 바보 같은 면이 나쁘다는 건 아니다. 아니, 오히려 좋다. 내 주변에는 모두 사상이나 생각이 음침한 사람들만 있으니까 레비스 같은 사람도 하나쯤은 있는 게 좋겠지.

"조금 있으면 시르 공작이 오겠군요."

"그렇겠지."

난 천천히 눈을 떴다.

내가 레비스를 굳이 이곳으로 오라 부른 또 하나의 이유.

잠시 뒤면 시르 공작이 확인을 위해 이곳으로 올 것이다.

굳이 오지 않고 카난 공작만 부를 수도 있겠지.

카난 공작과 난 잠시 말없이 시르 공작을 기다렸다.

곧 이어 밖에서 누군가의 목소리가 들렸다.

"폐하, 들어가도 될는지요."

빙고.

"역시 왔군요."

"그러게."

카난 공작이 직접 문으로 다가가 열어주었다.

"무슨 일로 오셨는지요, 시르 공작."

시르 공작은 카난 공작의 물음에 대답도 하지 않고 내 쪽으로 다가온다.

"오랜만에 뵙습니다, 폐하."

"오랜만이라니, 특이한 인사로군. 오늘 아침 회의 때 나온 건 시르 공작이 아니라 그대를 꼭 닮은 인형이었나? 참 신기한 일이로군."

말뜻을 뻔히 알면서도 다른 소리를 했다.

하지만 이런 단순한 도발에 휘말릴 시르 공작은 아니었다.

"물론 그때도 뵈었지요. 하지만 이렇게 개인적으로 뵙기는 오랜만이 아닙니까."

"그랬던가. 난 보고 싶지 않은 사람에 대해서는 생각하지 않는 사람이라서 말이야. 오랜만인지 아닌지는 잊었는데."

"그건 저도 마찬가지입니다. 되도록이면 이쪽으로 오고 싶지 않습니다."

정말 말을 예쁘게도 하는군. 능력만 된다면 몇 대 패주고 싶다. 분명 시르 공작도 같은 생각을 하고 있겠지. 아니, 저렇게 냉정한 녀석이니까 태연할까?

하아… 여기서 서로 긁어대는 건 그만둘까.

지금 으르렁거려 봤자 용건이 없어지는 것도 아니니까.

"오래 마주하고 싶지 않군. 무슨 일로 그 어려운 걸음을 한 건지 듣고 싶은데."

내 말에 시르 공작은 잠시 멈칫하더니 카난 공작 쪽으로 시선을 보냈다.

나가달라는 듯한 모습.

하지만 카난 공작은 못 알아들은 척하면서 그대로 서 있었다.

그래, 무슨 이야기를 하나 구경하고 싶다 이거지?

카난 공작에게 숨길 일도 아니라는 생각에 나 역시 그런 시르 공작의 태도를 무시했다.

잠시 동안 카난 공작을 응시하던 시르 공작은 결국 비켜달라는 말을 하기 위함인지 입을 열었다.

"카난 공작."

"왜 그러시는지요."

아주 순박하게 대답하는 모습이 재미있다.

시르 공작과 카난 공작이 이야기하는 모습도 재미있겠군. 그냥 구경이나 할까?

"잠시 자리를 피해주겠나."

"왜 그러시는지 모르겠네요. 전 폐하의 보좌로서 곁에 있어야 합니다만?"

순수한 척하는 대답에 웃음이 나왔다.

그저 구경하고 싶은 것뿐이면서 잘도 말한다는 생각도 들고.

"카난 공작."

"시르 공작님, 황제 폐하의 앞입니다. 목소리를 높이시는 건 조금……."

지극히 상식적인 말을 입에 담는다. 정말로 내 앞이라 난처해하는 사람처럼 다소곳한 모습을 하면서 말이다.

그 말에 시르 공작은 입술을 깨물었다.

포기하려나 보군.

"그럼 좋을 대로 해."

"그러고 있어요."

한마디도 안 진다.

시르 공작도 카난 공작이 저렇게 구는데도 아직 카난 공작의 성격을 눈치 못 채다니. 생각 이상으로 둔한 걸지도 모르겠는걸. 아니면 내가 알고 있는 것 이상으로 카난 공작을 맹신하고 있는 건지도.

“그래서, 하고 싶은 말은?”

더 이상 이야기하지 못하게 적당히 끼어들자 시르 공작은 카난 공작을 매섭게 한 번 노려본 다음 내 쪽으로 시선을 돌렸다.

차가운 표정과 시선.

역시 그다지 달라지지 않았어.

“방금 리튼 공작이 다녀갔다 들었습니다.”

“그래서?”

“무슨 일로 여기 온 건지 궁금해서 폐하께 여쭤볼까 하여 온 겁니다.”

하지만 순순히 대답해 주고 싶지는 않다.

대답한다 해도 거짓을 말할 생각이지만.

“글쎄, 심심해서 왔나보지.”

“폐하께서 불러들이셨음을 알고 있습니다.”

“어떻게 알고 있는 건지 모르겠군. 혹시 말해 줄 수 있나?”

원하는 대답은 않고 계속 다른 말만 했다.

“그건 폐하께서 신경 쓰실 일이 아니라고 생각합니다.”

“흐음, 그럼 그런 셈치지.”

“제 질문에 답해주십시오.”

더 이상 대답을 피할 수는 없겠군.

난 싱긋이 웃었다.

그리고 약 올리는 듯이 느긋하게 대답하기 시작했다.

“묻고 싶은 것이 있어 오라 했었네. 내가 나갈 수도 있지만 그러긴 힘들어서 말이지.”

“그렇습니까.”

의심을 지우지 않은 듯한 반응.

“사실이야.”

그럼. 사실이고말고.

“무엇을 물으신 건지 말씀해 줄 수 있으시겠습니까.”

“호오, 내가 말하면 그대로 믿을 건가?”

신기하다는 듯이 말해 주었다. 하지만 이 정도의 말 장난에 휘말릴 시르 공작이 아니었다.

“믿는다 하면 말씀해 주시겠습니까?”

이렇게 받아칠 줄은 몰랐군.

“그렇게까지 말하니 말해 주지. 그저 최근 어찌 지내고 있는지 궁금했을 뿐이었네.”

“그렇습니까.”

내가 더 이상 말할 기색이 없자 시르 공작은 의심스런 눈초리로 날 보면서도 목례를 건네고 나가 버렸다.

“흐음… 예민하게 구는걸.”

“아무래도 최근에 일이 많았으니까요.”

“그런가.”

나도 참, 내가 한 일이면서도 태연하게 대답하는 모습이라니.

카난 공작을 닮아가는 건가. 어쩐지 씁쓸한데.

“이걸로 더욱 초조해하겠군요.”

“음.”

이게 레비스를 굳이 이리로 오게 한 진짜 이유라고 할 수 있다.

조금씩 조금씩 시르 공작을 한쪽으로 몰아넣는 것.

아마 시르 공작이라면 아까 내가 한 말을 믿지 않을 것이다. 스스로 조사하려고 하겠지.

자신이 믿고 있는 카난 공작이 있는 곳에서 이야기를 나눴다지만 자신이 확실하게 확인하지 않는 한 마음을 놓지 않을 거다.

아마도 날 만난 이후의 레비스 태도 같은 걸로 이번에 무슨 이야기를 했는지 짐작하려 할 것이다. 그리고 초조해하겠지.

다시 내가 움직일 것 같다는 것에. 그리고 자신의 주변에 있는 일들 때문에 더욱 초조할 거다.

"그래서 다음 계획은 무엇인지요, 폐하."

"다음? 카난 공작, 그대가 도와야 할 일이네."

내가 웃으면서 말하자 카난 공작 역시 미소 지었다.

"아아, 이걸로 저도 이제 빠져나갈 방법이 없어지는 거로군요."

"그래. 그러니까 빠지고 싶으면 지금 빠져나가도록 하게."

능글맞게 웃으면서 한마디 덧붙여 주었다.

"마음에도 없는 말씀을 하시는군요. 그리고 빠져나가라 하셔도 그럴 생각 없습니다. 그러니 걱정 마십시오."

난 서랍을 뒤적여 오래전부터 조사하고 정리해서 보관해 두었던 것을 꺼냈다.

그걸 카난 공작에게 내밀자 그녀는 서류를 받아 들지 않았다. 다만 그것을 보며 의아한 표정을 지을 뿐이었다.

모르는 건 받지 않는다 이건가.

"이것은?"

"시르 공작의 영지에 대해 조사한 걸세. 내가 표시해 놓은 곳만 신경 쓰면 되네."

"무엇을 하시려고요?"

드물게도 카난 공작은 내가 하려 하는 일이 전혀 짐작되지 않는 모양이었다.

"겨울은 평민에게 괴로운 계절이지. 먹을 것도 적고 추운 계절."

　나는 경험해 본 적 없지만 소작농들이나 돈 없는 평민들에게는 겨울만큼 혹독한 계절도 없다고 들었다.

“그렇긴 합니다만, 그것과 무슨 상관이 있는지요.”

“몇몇 사람을 움직여 주게. 내가 표시해 놓은 여섯 곳의 영지에만 수고해 주면 돼.”

“흐음… 영지에다 손을 쓸 생각이십니까? 과연 리튼 공작이 알면 반대할 만한 일이로군요.”

카난 공작은 하겠다는 말은 않고 딴소리를 했다.

뭐, 나도 무슨 일을 할지 설명도 안 했지만.

“그러니 자네에게 부탁하는 게 아니겠는가.”

“그렇군요.”

“할 건가?”

“재미있는 일이라면 합니다.”

이럴 때 보면 카난 공작은 정말 무섭다.

이런 일에 재미라니.

“그다지 재미는 없을 것 같은데?”

“그런가요? 꽤 많은 사람이 괴로울 일인 모양이로군요.”

“그런 셈이지.”

카난 공작은 그제야 내가 내민 서류를 받아 들었다.

하려나 보군.

받아 든 서류를 읽기에 앞서 부드러운 눈으로 나에게 질문을 해온다.

“해야 할 일은요?”

담담한 목소리.

“독.”

긴 설명은 필요없을 터였다.

단 한 마디였는데도 카난 공작은 이해를 한 듯이 미소 지었다.

"그렇군요."

카난 공작이 해야 할 일은 그 영지의 우물 같은 식수원에 독을 넣는 일이다.

"쓸 독은 키나이가 가져다 줄 거다."

"극독은 아닌 모양이로군요."

당연하지. 먹자마자 사람이 죽을 정도의 강한 독을 탈 생각은 없다. 난 상관없는 이들을 전부 몰살시킬 정도로 매정한 사람은 아니니까.

카난 공작 역시 극독이 아니라는 점에 안심했는지 아까보다 훨씬 밝은 표정을 하고는 가벼운 미소를 띠었다.

"설마 내가 그렇게 지독하겠는가. 시르 공작도 아니고."

"시르 공작도 그런 짓은 안 할 겁니다."

뭐, 사실 극독이 아니라고는 해도 먹은 이들은 꽤 고통스러울 거다. 독은 독이니까.

게다가 설사약이라든지 하는 걸 쓸 생각은 전혀 없으니까.

마치 전염병이 퍼진 것처럼 그 지역에서만 사람들이 아프도록 만들어줄 생각이다.

그러니 그 영지에 있는 이들에게는 조금 미안하다는 생각이 들긴 한다.

전혀 상관없는 일로 고통받을 테니까.

아무리 약한 독이라지만 잘못하면 죽는 이들도 나올 거다.

정말 미안한 일.

"이래서 겨울을 기다리신 건가요?"

"아아… 그런 셈이지."

사실 전염병을 가장할 거라면 겨울에서 봄으로 넘어가는 시기나 여름을 선택하는 게 좋겠지만 그때까지 기다릴 수는 없는 일이다. 그리고 겨울이라면 힘들 때라서 영지에서 그런 병이 돌거나 하면 한번 가볼 확률이 높다는 말을 들어서 이 계절을 선택한 거다.

"그럼 언제부터?"

"일주일 정도."

"알겠습니다. 알려두지요."

카난 공작은 서류를 꼼꼼히 읽기 시작했다.

아마도 독을 풀어야 할 곳을 기억하기 위해서이겠지.

"서로 전혀 연관성이 없는 곳이군요."

"아아, 그래."

너무 큰 영지에만 그런 일이 일어난다면 의심할지도 모른다는 생각이 들어서 두 곳 외에는 거의 무작위로 골랐다.

시르 공작의 영지 중에서 가장 부유하다는 영지 둘은 당연히 포함하는 거니까.

타격을 주기 위해서 그런 중요한 곳에 문제를 일으키는 건 당연한 일.

뭐, 어차피 의심은 하겠지만.

의사나 사제들이 바보도 아니고, 진짜 전염병과 독을 구분하지 못하는 일은 없을 테니까 곧 독이 퍼졌다는 걸 알게 될 거다.

그리고 시르 공작도 결국은 알게 되겠지.

다만 우물에다가 하는 거니만큼 돈 없는 이들도 먹게 될 거고 그들은 스스로 치료를 할 수가 없을 거다.

그러니 수습하려면 꽤 고생할 거다.

다들 가까운 곳도 아니고.

"이것만 하실 겁니까?"

"글쎄."

슬쩍 대답을 피하며 웃었다.

아무리 카난 공작이 날 돕고 있다지만 전부 이야기하는 건 위험한 일이다.

"흐음… 일단 제가 맡은 바는 확실하게 해드리도록 하겠습니다."

카난 공작이 하겠다고 했으니 확실하겠지. 성격이 여려서 못할 사람도 아니고 하니까.

카난 공작이 움직일 동안 레비스가 시르 공작의 눈길을 끌어주어야 할 텐데 말이야.

아마 시르 공작은 한동안 다른 곳보다 레비스를 감시하는 데 신경을 곤두세울 테니까 말이다.

아무래도 내가 불러 황궁으로 와서 이야기까지 한 데다 내가 뭔가 숨기는 듯했다고 느끼고 있을 테니까.

사실 카난 공작에게 시선 끄는 역할을 맡기고 레비스를 시킬 생각이었다.

아무래도 배신할 위험이 적은 사람을 시키는 게 좋을 테니까.

하지만 다시 생각해 보니 레비스의 성격상 '관계없는 사람'에 속하는 영지 주민들을 다치게 하라는 말을 잘 따를 것 같지가 않았다.

어떻게든 다른 방법을 쓰려 들겠지.

그래서 역할을 바꾸었다.

카난 공작의 성격상 한다고 했으니 제대로 해주기는 할 거라고 생각한다.

하지만…

지금 겉으로는 태연한 척하고 있지만 솔직히 많이 불안하다.

카난 공작은 아군인지 적군인지 구분하기 애매한 게 사실이니까.

혹시 시르 공작에게 전부 말해 버리는 게 아닐까 해서.

여기까지 왔으니 믿어야겠지만.

"그럼 잘 부탁하네."

"노력하지요."

불안하다.

카난 공작이 내 명령을 수행하기 위해 사람들을 보냈다고 보고한 날 밤, 키나이를 불렀다.

"무슨 일이십니까?"

"빈말로도 인사부터 할 수는 없는 건가."

괜히 시비도 한번 걸어보면서 미리 써두었던 편지를 내밀었다.

"이걸 아리아에게."

"알겠습니다. 달리 시키실 일은?"

"아아… 별로 없네. 그보다 카난 공작에 대한 감시는?"

"하고 있습니다. 아직까지 별다른 반응은 없습니다."

그런가.

"하지만 생각을 알 수 없는 사람이니만큼 계속 경계를 하고 있습니다."

"카난 공작이 풀어놓은 사람들은?"

카난 공작이 시르 공작의 영지에 독을 풀기 위해 쓰는 사람들도 감시하라고 했다.

이상 행동을 하지 않게끔.

"별 이상은 없습니다."

"알겠다. 가봐."

“예.”

키나이가 가고 나서 제노시아는 작게 미소 지었다.

그 모습이 영 마음에 안 들었다.

“뭐야.”

“아니오. 다만… 카난 공작을 아직도 의심하시는구나 하는 생각이 들어서…….”

“당연한 거 아닌가.”

“그렇습니까. 하지만 늘 마음이 잘 맞으시는 것 같기에 이제 의심을 하지 않으시는 줄 알고 있었습니다.”

그 말에 난 웃음을 참을 수가 없었다.

제노시아도 나와 다니면서 별의별 모습을 다 봤을 텐데 꽤나 순진하게 생각하는구나 싶어서 말이다.

“푸후후후후!”

내가 갑자기 웃음을 터뜨리자 제노시아는 이상하다는 듯이, 그리고 약간 당황한 듯한 시선으로 날 보고 있었다.

“아아, 제노시아. 꽤나 재미있는 말이었어.”

“폐하?”

“그래서야.”

“네?”

제노시아는 전혀 못 알아듣겠다는 듯한 표정으로 되물어왔다.

“나와 마음이 잘 맞는 듯하기 때문에, 나와 비슷한 생각을 할 수 있기에 경계하는 거다. 나라면 어떻게 할까 하는 생각도 드니까.”

이건 절반만 사실이다.

나라면, 내가 카난 공작이라면 지금쯤 시르 공작에게 붙어 있겠지.

하지만 카난 공작은 그러지 않아.

"그리고 나와 카난 공작은 그다지 닮지 않았어."

제노시아가 의아해하는 게 느껴진다.

하지만 이게 사실이다.

카난 공작은 나완 다르다. 성격은 비슷할지도 모르지만.

근본적인 부분에서 달라.

카난 공작은 자신이 지켜야 할 것을 위해 생명이라도 내놓을 수 있는 사람인 반면 난 내가 살 수 있다면 다른 건 보지 않을 거다.

카난 공작은 자신이 지켜야 할 것이 연관되지 않는다면 모든 일을 자신이 얼마나 재미있는가 하는 걸로 판단하지만, 난 내가 얼마나 안전할까 생각하고 판단하지.

완전히 다른 생각.

하지만 그렇다고 해서 카난 공작과 내 생각이 아주 다르다는 건 아니다.

카난 공작은 워낙 비밀주의자인지라 최근에야 조금씩 알게 되었다.

옆에서 보고 함께 이야기하면서 조금씩.

머리로 이해하기보다 먼저 그냥 느꼈다, 적어도 시르 공작에 대한 생각은 꽤 많이 일치하고 있다는 것을.

그러니 지금 일시적으로 손을 잡게 된 거라는 걸.

카난 공작은 겉보기와 달리 무척 시르 공작을 증오하고 있을 거다.

그게 아니라면 이 모든 것을 게임으로 생각하고 있을 거라는 것을 알게 되었다.

증오와 재미.

정반대의 생각이고 정반대의 모습인 셈이지만 카난 공작이기에 설명이 된다.

그 지독한 이중성이라면 말이다.

카난 공작은 자신의 증오나 재미, 혹은 그 둘 모두를 위해 나의 편에 선 사람이다.

하지만… 그런 카난 공작이기에 언제 나에게 등을 돌릴지 모른다.

자신의 일족을 위해 지금까지 자신이 죽을 만큼 증오하는 사람에게도 무릎 꿇고 태연하게 언니 동생 하며 지낼 수 있는 사람이니까.

"좀 무서운 사람이야."

그리고 고고한 정신의 소유자이기도 하지.

자신을 따르는 자들을 위해 그 무엇이라도 할 수 있는 사람이라는 점이.

하지만 미쳐 버린 사람이기도 하다.

모든 것을 '재미' 로만 풀어간다는 점에서.

아마 카난 공작은 '재미' 하나를 위해 모든 사람을 죽일 수도 있는 사람일 거다.

"카난 공작은 정말 알 수가 없는 사람이야."

난 짧게 투덜거리며 침대에 누웠다.

"폐하?"

"아직은 카난 공작을 몰라."

지금 이렇게 말하는 나는 아직도 카난 공작을 다 파악하지 못했다. 아마도 영원히 카난 공작을 이해한다는 건 불가능할 거라는 생각이 든다.

대체 어떻게 하면 그렇게 이중적인 사람으로 자랄 수 있는 건지 몰라.

아리아는 내가 지시한 사항을 받아 열심히 하고 있는 것 같았다. 확실하진 않지만.

그런데…

"만나고 싶다고?"

"왜 그러십니까?"

여느 때처럼 집무실에서 놀고 있다가 누군가가 전해준 아리아의 안부 편지를 보곤 나도 모르게 소리 질러 버렸다.

그에 카난 공작은 놀란 표정이었다.

아니, 놀랐다기보다 재미있어하고 있었다.

"폐하께서도 놀라실 때가 있군요."

"사람이니 당연한 거 아닌가."

놀리는 듯한 말투에 대꾸해 주고는 다시 편지를 읽었다.

다시 읽는다고 내용이 바뀔 리는 없지만.

"헤스던 씨의 안부 편지 아닌가요?"

"맞네."

역시 잘못 본 게 아니었다.

'오랫동안 보지 못했으니까 한 번쯤 뵙고 싶습니다. 괜찮으실지요' 라니.

"으음… 어쩌지."

지금까지 조용히 리나이트 상단을 운영하면서 잘 지내고 있다가 왜 갑자기 만나자는 건지 모르겠군. 설마 뭔가 문제를 일으킨 건 아니겠지. 은근히 걱정되는걸.

"헤스던 씨라면 폐하의 가디언 중 한 분 아닙니까. 그러니 만나는 데 별문제는 없을 거라고 생각합니다만."

물론 문제는 없지. 하지만 내가 걱정하는 건…

"아리아가 무슨 사고를 친 것 같다는 생각이 들어서 말이네."

"그런가요?"

아리아는 상당히 어린아이 같은 면이 있으니까 말이야.

무슨 사고를 치고 나에게 수습해 달라고 하려는 건지도 모른다는 생각이 든다.

어쩌면 그냥 보고 싶다는 소리일 수도 있고.

하여간 못 만날 이유는 없다.

카난 공작의 말대로 아리아는 내 곁을 지켜야 할 가디언 중 한 명이니까 못 볼 이유는 없는 셈.

만나고 나면 또 시르 공작이 뭐라고 하긴 하겠지만 말이다.

"흐음… 어쩔 수 없나."

결국 만나겠노라는 답장을 보내 버렸다.

그리고 아리아는 내가 '만날 수 있다'는 내용으로 답장을 보내고 일주일 정도 지나자 집무실에 나타났다.

"오랜만에 뵙습니다, 폐하."

"그래, 오랜만이로군."

그 '오랜만' 이라는 말에 악센트를 주는 모습을 보니 꽤 쌓인 게 많은 모양이다.

"정말 오랜만이네요."

역시 화났나.

그러고 보니 한 5년 동안 전혀 만나지 못했군.

"미안하군."

"역시 말 한마디로 넘어가시는군요."

많이 섭섭하다는 태도다.

"아하하하……."

전혀 안 변한 그 모습이 반갑기도 하고 오랫동안 못 만난 게 미안해 웃으면서 자리를 권했다.

아리아는 앉자마자 카난 공작에게 슬쩍 시선을 주었다.

"카난 공작님께서는 왜 이곳에?"

"아, 루이스 자작의 사망 후 내 보좌를 하고 있다."

"아, 예……."

루이스 자작의 이름이 나오자 아리아는 움찔했다.

아무래도 그 죽음에 자신도 연관이 되어 있는 만큼 태연할 수가 없었나 보다.

여전한 모습에 조금은 안심이 된다.

"그래, 갑자기 보자고 한 이유는 뭐지?"

"저어… 사실은 특별히 드릴 말씀은 없습니다. 단지 너무 오래 뵙지 못해서 한 번 뵙고 싶었을 뿐입니다."

솔직한 대답이네.

그 말에 난 씩 웃었다.

다행이라는 생각도 들고 변한 게 없다는 점이 안심되어서.

"그래? 미안한걸."

"아닙니다."

세레나의 말대로 너무 매정한 건가.

지금까지 난 보고 싶다는 생각은 한 번도 안 했으니까.

"안 놀라시네요. 급하게 만나야 한다고 청해놓고, 아무 이유가 없다고 하는데도……."

"어쩌면 그럴지도 모른다고 생각은 했거든."

"그럼 진작에 좀 불러주지 그러셨어요."

아리아는 그럴 줄 알았다는 듯 한숨을 내쉬며 대답했다. 그리고는 잠시 머뭇거렸다.

"그리고 이왕 온 김에 보고드릴 것이 있습니다."

“뭔데?”

“하지만……”

그러면서 카난 공작에게 슬쩍 시선을 준다.

아아, 카난 공작이 거슬리는 모양이로군.

“카난 공작은 신경 쓸 것 없네. 없는 사람이라 생각해.”

“폐하, 좀 심한 말씀이십니다.”

카난 공작은 난처한 ‘척’ 하면서 미소 지었다.

아무래도 어떻게 하면 아리아를 놀릴 수 있는지 간파해 버린 모양이었다.

그러니 당연하게도 이런 분위기에 당황한 건 아리아뿐이었다.

“아, 저기……”

눈에 보일 정도로 허둥거리며 카난 공작에게 미안해했다.

“신경 쓸 것 없다. 그보다 할 말은?”

“폐하께서 시키신 일에 관한 겁니다.”

일의 성격상 벌써 결과가 나올 정도는 아닐 텐데.

의아한 생각이 들었다.

“벌써 결과가 나온 건가?”

“아니오.”

“그런데?”

아리아가 말 장난을 하고 있는 듯한 기분이 든다.

한참 만에 그녀가 한 말은 좀 이상한 말이었다.

“시키신 일은 이제 시작 단계입니다. 자세한 건 따로 보고가 들어갈 겁니다. 하지만 거기에 관해서, 아니, 관련된 일은 아니지만… 그래도 조금은 관련되어 있는 일이니까 말씀드리는 게 좋겠다는 생각이 들어서요.”

“하아?”

무슨 소린지 하나도 모르겠다.

아리아는 자신이 횡설수설하고 있다는 걸 알았는지 곧 입을 다물었다. 그리고 잠시 머리 속으로 생각을 정리하는지 고개를 약간 숙이고는 아무 말이 없었다.

정리가 끝났는지 고개를 든 아리아는 차분하게, 그리고 천천히 말을 이었다.

“라일라에 관한 일입니다. 그게… 라일라가 루이스 자작의 사망 후에 잠적해 버려서 어찌할지 여쭤보려고……”

“잠적했다고?”

내가 알기로는 자신의 영지를 정리하고 있는 중이라고 했던 것 같은데?

“영지를 정리한다고 연락이 끊어졌었는데, 하도 소식이 없기에 얼마 전에 알아봤더니 완전히 숨어버린 모양입니다.”

흐음, 그런가.

“그건 내가 알아서 하지.”

아무래도 정보에 관해서는 리나이트 상단으로 움직이는 것보다는 키나이에게 말하는 게 나을 테니까 말이야.

“예.”

아리아가 웃는 모습은 정말 보기 좋다.

진심으로 웃는 모습이라서 그런 거겠지.

“아, 그리고 말씀드릴 게 한 가지 더 있어요.”

아리아가 활짝 웃으면서 하는 말에 나보다 카난 공작이 흥미를 나타냈다.

“무슨 좋은 일이 있으신가 보군요.”

“예? 어떻게 아셨어요?”

“푸훗.”

카난 공작은 눈을 동그랗게 뜨고 대답하는 아리아가 귀여운지 살짝 웃었다.

“좋은 일?”

“예. 이건 폐하의 오랜 친구로서 말씀드리려고 온 거예요.”

그럼 개인적인 일이라는 소리로군.

하지만 나로서는 짐작 가는 일이 없다.

“무슨 일이지?”

“저… 아이를 가진 것 같아요.”

“어머! 축하해요.”

내가 뭐라 말하기도 전에 카난 공작이 나서서 축하해 준다.

“축하해.”

“축하드립니다.”

제노시아도 축하의 말을 건넸다.

아리아는 즐겁게 웃었다.

행복한 듯하군.

축하해, 누님. 당신이 행복해 보여서 그나마 다행이야.

그렇게 한동안 이야기를 하다가 아리아가 돌아가고 나자 카난 공작은 묘하게 즐거운 웃음을 지었다.

“좋은 분이시네요.”

“그런가.”

“예. 그런데…….”

“음?”

뭔가 불만스러워하는 듯한데.

"라일라라는 사람이 누구지요?"

"다 알면서 물을 경우에는 대답하고 싶지 않은데."

뻔히 알면서 묻다니. 왜 저러는 건지 모르겠군.

"알고는 있지만… 리나이트 상단과도 연관이 있는 줄은 몰랐습니다."

"호오, 몰랐다니 기쁘군 그래."

늘 '뭐든지 다 알아요~' 라는 듯한 표정만 하고 느긋하게 있는 사람이어서 그게 은근히 거슬렸는데 말이지.

"저… 폐하께서 아리아에게 대체 무슨 일을 시키셨는지 여쭈어도 되겠습니까?"

"글쎄, 자네가 알 필요가 없어 보여서 말을 안 했는데. 알고 싶나?"

"그다지. 굳이 알고 싶은 생각은 없습니다."

생글생글 웃으며 딱 잘라 말한다.

말 그대로 '그냥' 말해 본 모양이로군 그래.

쓸데없는 데까지 관심을 나타내지 않는 면이 마음에 든다.

"흐음… 하지만 임신이라… 임신 중에 힘든 일을 시키시면 안 될 텐데요."

"별로 힘든 일은 아니라고 생각하네만."

"그래요?"

확실히 별로 힘든 일은 아니다. 내가 시킨 것은 그저, 시르 공작에게 금전적인 압박을 넣기 위한 일이니까.

아무래도 재산 자체는 그리 많이 없는 사람이니 이건 꽤 타격이 클 거다.

예전에 시에라가 반란을 일으켰을 때 자신의 사병을 전투에 투입시킨 덕분에 꽤 재산을 소모했고, 또 이번에 몇몇 영지에 생긴 문제를 해결하느라 돈이 꽤 들어갈 테니 말이다.

둘 다 내가 저지른 일인데 이렇게 태연하게 말하는 게 좀 이상하지만.

그나저나 시르 공작도 꽤 특이하단 말야.

어째서 그렇게 재산이 적은 걸까?

지금처럼 권력도 있고 영지도 꽤 많으니까 상당한 부를 축적해 두는 게 정상일 텐데.

그게 아니더라도 건국 때부터 내려온 대공작 가문의 가주인데 어떻게 움직일 수 있는 재산이 그리 적은지 모르겠어.

아무리 자신의 사병 수가 많아 그 운용비가 많이 든다고는 해도 조금 이상할 정도라니까.

혹시 나 또 속고 있는 거 아닐까?

으음…

"카난 공작."

"예?"

역시 이런 건 잘 아는 사람에게 물어보는 게 낫겠지.

"시르 공작은 재산이 많은 편인가?"

"아닐 겁니다."

호오, 바로 대답이 나오는구만.

"그래?"

"시르 공작은 다른 곳에 돈을 많이 쓰고 있습니다. 영지에서 나오는 수익의 절반을 거기에 쏟아 붓고 있습니다."

"무슨 일을 하는 거지?"

내가 들은 보고 중에는 없었다.

"조선술, 즉 배를 만드는 기술을 개발하는 데 상당한 돈을 투자하고 있습니다.”

“호오…….”

“이건 지금의 시르 공작만이 아니라 선대부터 해온 일입니다. 그 덕분에 시르 공작 쪽의 배는 상당히 좋습니다만 물질적인 재산은 많이 줄어들었지요.”

“흐음… 굳이 거기에 투자하는 이유는?”

“그건 저도 잘 모릅니다. 지금의 시르 공작도 잘 모르는 모양입니다. 다만 선대의 유지가 있는지라 쉽게 그만두지를 못하는 모양입니다.”

의외의 말이로군. 그 시르 공작이 잘 알지도 못하면서 돈을 쏟아 붓고 있다니.

그런데…

“좀 이상하군.”

“예?”

“내가 알기로는 시르 공작의 영지 중에는 바다와 인접한 곳이 딱 한 곳뿐이네. 그런데 왜 그렇게 배에 집착하는 거지?”

“글쎄요.”

게다가 우리 제국의 해군은 그다지 강하지 못하다. 바다와 접한 영토가 거의 없어서 그런지 지상군은 강하지만 우리의 해군은 다른 나라에 비해 형편없다고 할 정도로 약하다.

그러니 뭔가 이상하지 않은가.

“시르 공작은 나라보다는 자신의 이익인가?”

“예?”

내 혼잣말에 카난 공작은 의아한 표정을 한다.

“아니, 우리 해군이 얼마나 약한지 생각했네.”

그 말에 카난 공작은 웃었다.

내 생각을 짐작한 모양이었다.

"자신의 이익을 위해 개발하고 있는 겁니다. 그렇게 돈을 들여 개발했는데 다른 이들에게 쉽게 가르쳐 주기 아깝지 않겠습니까."

"그럼 카난 공작에게도 그 기술을 가르쳐 주지 않던가?"

"예. 굉장히 섭섭해했지만 알려주지 않더군요."

말속에 약간의 가시가 있는 듯하다.

시르 공작이 그 기술을 안 가르쳐 준다는 데 약간 감정이 있는 모양이었다.

"흐음… 이번에 시르 공작과의 일이 잘만 풀리면 해군 쪽이 조금은 강해질지도 모르겠군."

"그거 좋은 일이로군요."

바로 웃으면서 찬성하는 모습을 보고 난 미소 지었다.

아무래도 카난 공작은 그 기술이 상당히 탐났었나 보다.

어쩌면 날 도와주는 것에 그 이유도 포함되어 있을지도 모르겠는걸. 아니면 그런 부분에 대한 질투도 시르 공작에 대한 '적의'에 포함되어 있는 건지도. 카난 공작가는 뭔가를 '이거다' 하고 내세울 정도로 연구한 것도 발전시킨 것도 없으니까.

그것도 아니면 그 조선술에는 관심이 없을지도 모르겠어.

대체 어느 쪽일까?

제5권 끝

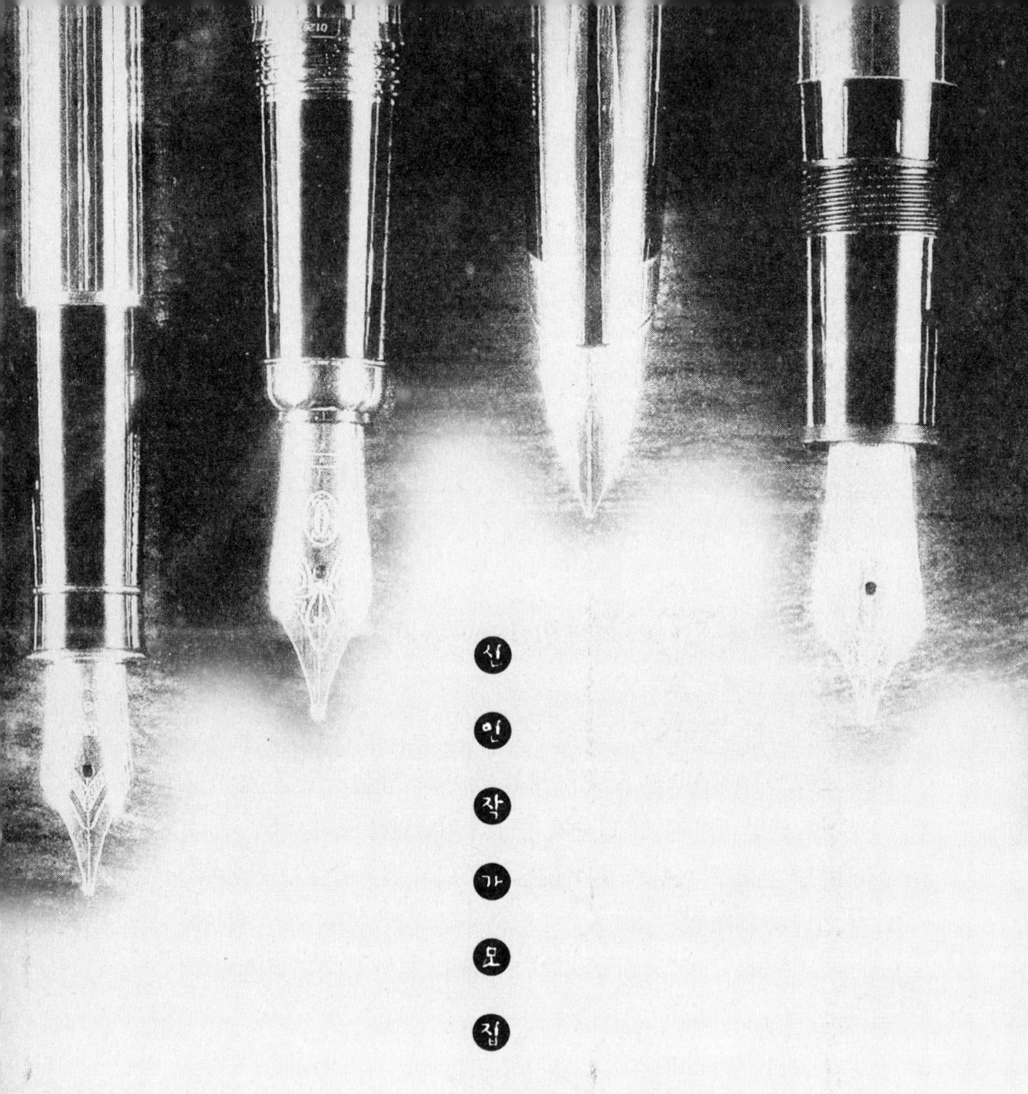

신인작가모집

시작이 반이라고 했습니다.
작가의 길에 대한 보이지 않는 벽을 과감히 깨뜨리십시오!
청어람은 작가 지망생 여러분들의
멋진 방향타가 되어드리겠습니다.

저희 도서출판 청어람에서는
소설 신인 작가분들을 모집합니다.
판타지와 무협을 사랑하시는 분들의 많은 참여를 바랍니다.
소정의 원고(A4용지 150매)를 메일이나 우편으로 보내주시면
검토 후 출판 여부를 알려드리겠습니다.

주소:경기도 부천시 원미구 심곡1동 350-1 남성B/D 3F 우편번호420-011
TEL:032-656-4452 · FAX:032-656-4453
http://www.chungeoram.com
e-mail:chungeoram@chungeoram.com